你消失的那一夜

あなたが消えた夜に

〔日〕中村文则 著
万鲁建 译

中国工人出版社

目录

Contents

上部

大衣男

“多么让人吃惊啊！”

“什么啊？”

那是小时候，我看着家里着火了。

当时，大风袭来，火花四溅，房柱倒塌，巨大的火焰扶摇而上。赤红的火焰，映照在围观的人们脸上。

“可是，为什么吃惊呢？”和我一起来到现场的少年，再次向我询问。

好像是为了躲开乱哄哄的人群，我们坐进了车后座。这是一个总是头发散乱的少年。他叫什么名字呢？啊，我似乎想起来了……不过最后我还是忘了。我终于开始说话：“因为，那是我的家吗？”

从消防车喷水的端口冒出黑烟。燃烧的墙壁碎片飞到我们眼前，人们开始后退。看到他人不幸的围观心理，使得人群更加骚动，犹如充满恶意的祭祀。喧哗声犹如充满韵律，开始在我脑中回响。

“是啊，是你的家。”

“为什么，你在这里呢……”我看到他手里拿着打火机，“难道……这是你干的？”

“你说什么呢？”

他呆呆地看着我。我的心跳加快，他高昂的声音在我脑中回荡。房子依然在燃烧着……

“这不正是你希望看到的吗？”

我的耳边又响起高昂而生硬的声音。费了一点时间，才发现手机有一个未接来电。

我想那场火灾就是一个噩梦吧，汗水濡湿了我的脖子。

我从床上坐起来，看了看表，现在是凌晨四点。久违地从警署回到房间，终于睡着了。醒来后一看手机，发现有嫌疑人搜查股股长打来的未接来电。我非常紧张，倒吸一口气，回拨了他的电话。

股长说："你睡了？"

我说："没有。"

我从床上起来，穿上衬衫。

股长说："发现了尸体……这是第二具。"

股长的声音非常轻微，继续说道："手段相同，现场也离得很近……可能是同一罪案，也有可能是……"他停下来小声喘了一口气，继续说道，"是那个大衣男。"

这就是这个小镇突然发生的连环路魔事件。"大衣男"是我们对这个作案人的称呼。

那是一个穿着灰色大衣、戴着灰色针织帽子的年轻男子。也有目击者说他眼睛非常小，脸上还有伤。目击者的一个共同证言就是他的表情。很多目击者都说到这一点，那就是"那个男的毫无表情，令人害怕"。

我说："今天已经回不去了吧。"

股长说："是啊……已经死了两个人了。"

我一边打着手机一边穿着衬衫。

股长说："你，稍后再去警署，先来案发现场吧。"

我说："欸？可是，我……"

股长说："一课的同事不会介意。确实是我们所管辖的事情。"

警视厅派出搜查一课到市高署，设立了特别搜查本部。

这个地区属于我市高署管辖。管辖各地区的警察署以辖区名来称呼。但是如果发生杀人这样的大案件，警视厅就会派搜查一课介入，和现场地域所辖警署共同搜查。实际上，辖区的警察，要按照搜查一课所说的采取行动。此外，尽管属于我们的辖区，但是如果出现第二个死者，也会从邻近的辖区召集搜查员。

像电视剧一样，不能只依靠所辖的警察来办理大案件。有更多警力介入后，负责案件的警员规模就变得更加庞大。所以，警察的工作也是相当无聊的。

“我明白了，我去案发现场。”

我从股长那里了解到案发现场的情况后，便出了房间开车前往。我发动引擎，突然间闻到了一股烟味儿。怎么又出现了？自从做了那个火灾的梦以后，我身边总有那个烟味儿。为什么这个时候我还能做那个梦呢？房屋被烧的梦，烧毁我过去的梦。带着那个烟味儿，我踩上油门前进。

这是一个在小镇发生的案件，案发现场就在附近。

我看到案发现场人山人海，便提前下了车。鉴定科的人已经到达，法医的镁光灯不断闪烁。面对闪个不停的镁光灯，我有点头晕目眩。在苍白的晨雾之中，几名警察用怀疑似的眼光看着我。他们胸口都别着红色徽章，是搜查一课的。

我边走边戴手套，在道路旁边靠近护栏的地方发现有死尸。那是一个短头发、穿着跑步衬衫的男子。他是因为什么被杀的呢？我一直都在思考。尸体为什么会被摆放在这里呢？

照相机的闪光灯不断闪烁。人的身体一旦变为尸体，很容易变得异常。

“你是本辖区的吧？为什么在这儿？需要的时候会叫你，先在警署等着吧。”

听到“本辖区”这个词，表示我成了搜查班的一员。

以案发现场为中心划分区域，需要不断走访收集目击线索等信息。

在搜查一课里，多是年轻人以及像我这样被派到这里的辖区警察。如果设置特别搜查本部，甚至交通课和生活安全课都要被派出进行现场搜查。

在摄影师的相机镁光灯下，眼里还留着残像。残像从红色变成了绿色，最终流向了视野的一隅。

“好的。在新的分区完成前，我想去现场看看。”

对方看着我。远处还有摄影师的镁光灯。

"回警署吧。"

"啊？让我看看吧，可以吗？"

这时吉原回到了人群，他是搜查一课的警察，没有特有的威压感，令人感到亲切。他的级别是巡查部长，但是他这个人没有让人觉得如他的级别般高高在上。由于我是老同志，一直称呼他为班长。

吉原笑着说道："伤口砍得很大，在对手胆怯的时候被刺到了胸口，和上一个受害者相同。"

尸体以爬梯子的姿势趴在那里。到的地方是人行道，大量的鲜血流到了道路中央。

"那就是说他是在那里遇害的。"

我刚一说，让我回警署的警察便用手制止了我。

吉原说："是的，是在那里遇害的，他可能是用尽力气爬到这里的。明白了吧，在警署等报告吧！"

"但是，奇怪的是，他的手指为什么那么干净呢？"我如此说道。

那个警察斜视着我，我继续说道："身上一点砂或砂石都没有，而且手上和膝盖处也没有擦伤的痕迹……人爬行时，如果不使用手和胳膊的侧面、膝盖等是无法前进的。不是吗？"

"这是验尸官的工作。总之先写报告。"

"那就是说，是作案人搬运的尸体？"

吉原又进去了。与其说是善意，不如说是害怕，吉原或许讨厌这个警察吧。

"可是，作案人为什么要搬运尸体呢？"

"可能是为了隐藏尸体。"吉原如此说道。

我再次开口说道："这我能理解，可是……"

"嗯，路魔几乎都不隐藏尸体。这是为什么呢？"

“可能怕尸体妨碍行车吧。”我如此回答道。

一直不说话的警察突然笑了起来。

“你真傻。那个行凶者是一个在路上突然对没有犯罪的市民猛刺的家伙！那个家伙是不会考虑通行的车的。那样的家伙都是怪物、是变态，根本不是人。”

我想说行凶者也是人，但还是忍住了。

如果不能站在作案人的立场，观察变成作案人的事情，那就无法发现真相。大家都是人，问题是，同样是人，为什么要做那样的事呢？

“总之……真是奇怪。”我继续说道，“这是脸的角度。简直像是强迫被害人活动……杀人之后，行凶者想确认一下匍匐而死的人的脸。”

“确认一下脸？哈，杀人之后吗？”吉原如此说道。

为什么呢？此时，我的心跳稍微有点加快，这个现场有点奇怪。

我蹲下来检查尸体。死者脚上的鞋子已被脱下，在一只裸露的袜子底下，沾有蓝色纤维。

我问道：“这是毛毯的毛吧？”

无数蓝线缠着身体，互相牵引，看起来很痛苦，或者说很戏剧化。

“你……检查完了吗？”刚才的警察搭着我的肩膀问道。

我站起来，表示歉意。虽然并不需要道歉。晨雾越来越浓，眼前的一课警察，变得更加模糊不清。

镁光灯还在持续，我有一种奇妙的感觉，简直像自己被曝光在镁光灯下。唉，看啊，那时候的孩子已经长大成人了，现在都工作了。从作案人的立场来看，那是你擅长的领域。你就是“那时候的孩子”。

我有点头痛，晨雾还在飘荡着。我周边仍旧烟雾缭绕。烧毁后，我周边还有没散去的烟雾。

奇怪的尸体

警署不断接到有关该事件的报告，每天都召开会议，比平常要早两个小时。

"大衣男"连续过路杀人事件。这是大众传播的名字。正式名称是市高町连续过路杀人事件。在这个小镇，死了两个人了。

第一个被害者叫竹林结城（40岁），无业，男性。

案件发生在12月21日，发现尸体的现场在停车场附近的小路上。现场发现了落下的装有啤酒的便利袋，还有商店摄像头拍摄的被害者影像，从这两个方面能够判定，被害者是在从便利店回去的路上被杀的。

被害者的服装上下都是黑色训练服。推测死亡时间是凌晨2点30分至3点。当天有雨。

在被害者出现之前，最初也有目击可疑者的情报等报告，但是都没有通报。案件就突然发生了。

案件发生后，有行人在现场附近看到一个男的，在雨中模糊地看到这个男子手里拿着菜刀，没拿伞眺望着前行，被看到也没有躲避。行人不经意间看了一眼这个男子，心想这个男子为何行为如此古怪呢？让人觉得不可思议（手持利刃而行的人为什么毫不在意路人的注视呢？我完全不明白）。这个男子戴着口罩，穿着灰色大衣。

一周后，再次发生案件，这次的受害者是名主妇，名叫横川佐和子（36岁），她是突然被人砍了几刀的。

在她大声呼叫下，行凶者才中止犯罪。但是，彼时的行凶者好像并不明白那个女的为什么会呼叫，拿着利刃不可思议地看着她。而且行凶者并没有慌张，而是慢慢离开现场。他是一个细瘦的男子，身高170厘米~180厘米，戴着口罩，穿着灰色外套。

“大衣男”的称呼，就是以这一连串的目击情报为基础而形成的。

由于行凶者大力挥舞着利刃，刀尖掠过袖子，将女子的手腕割伤，所以这被认定是连续道匪事件。搜查本部设置后，马上又发生了此次案件。

被害者是真田浩二（41 岁），未婚，是一个拥有三家体育俱乐部的株式会社总安托莱斯的社长。他是在深夜跑步时被害的。

警署开会时有近百名搜查员。从昨天开始就明显增加了警力，也有从附近辖区派来的警员，大家都很紧张。

在会议室正面，有难得一见的警视厅“搜查一课课长”。他是这个事件的负责人。按照职级，会议室两侧是理事官，再往外是管理官。

不知道为什么看不清楚他们的脸，甚至身体的轮廓都是模糊的。

“中岛，去现场了吗？”小桥小声向我问道。

她是搜查一课的警察，因这个事件和我一起行动。

从各班、中央过来的搜查一课的警察，和当地辖区的警察配合行动。这是搜查专业的搜查一课的警察和熟悉当地的警察合作的原因。

她很年轻，才 20 多岁。因此，虽然在搜查一课，但和我一样进入了查访班。

她说：“走吧，真讨厌！”接着问道，“怎么样啊？”

我说：“什么？”

她说：“死尸……死尸。”

她有一头乌黑的长发，大眼睛，是一个美人，但有不自觉张嘴的毛病。

她说：“我还没见过现场的尸体，我要能去就好了！”

我说：“你想看尸体？”

我有些疑惑。

“想看尸体哦！我想看不会动的人。这是人生的结束。”她看着远方说道。

说起来，我也偶尔会有这样的狂妄。

我说：“不是什么好东西。初次见到死尸的警察一般都会吐。”

她又问：“真的？”

我说：“啊，不是……你好好学习吧！”

她与我相对而坐。负责会议的搜查一课的警部，刚才向这边看过来，提醒我们注意！

“还是说的那个啊。你们完全是在浪费时间！”那个警部向负责证据搜集报告的警察训斥道。

会议上一直都是如此。我不知道为什么这个警部会如此训斥部下，但是他对管理官以上的上司们却颇为谄媚。

从验尸官的报告来看，死者是因胸部被刺穿失血而死。此次也证明行凶者使用的是同一种刀刃长为 15 毫米～20 毫米的利刃。推测死亡时间为凌晨 3 点至 3 点半。被害者的口腔中有被火烧的痕迹。可以断定，是行凶者烧了被害者的口腔。

验尸官说：“能够推测是被害者死后留下的这个火伤。被害者失血后，还活了几分钟……凶手在这期间一直都在现场。”

听了这个报告，会场开始变得嘈杂起来。

“有油类的东西吗？”警部问道。

验尸官继续说道：“检测不出来。即凶手没用油一类的东西，而是直接用打火机等在尸体嘴里点的火。”

会场继续争吵着，案情还是一片茫然。

是火吗？我有点儿心跳加速。

那时的少年就是“大衣男”吗？这样的事情，应该不会发生。不应该有这样不合逻辑的事情，因为那个少年已经死了。可是，实际上他曾活生生地出现在我面前，犹如电影那样真实。这是因为他的尸体是我发现的，以后他只能出现在我的梦里。

我感到头痛，还稍微有点儿恶心。

我不知道会议什么时候结束的，警察们又都各自回到了工作岗位。

我一直认为会议可以更简短些，小桥也催促我从椅子上起来。

“如果是夏洛克·福尔摩斯或伽利略，一个人就能解决。我们要成为那样的大人物。”

我说完这话，小桥微笑着说道：“他们有助手啊。华生医生或艾琳·艾德勒。”

“是啊，但是我们不需要那样的大人物。”

“确实！”

走出会议室，我行走在寒冷的长廊下。

我说：“德鲁日也行，如果他是搜查一课的课长，事情也能很快解决。”

她说：“但是，他会乔装打扮，如果在现实中，他就会暴露。”

我问她：“你很喜欢读侦探小说？”

她答道：“一般。中岛说的全都是有名的……最好的侦探是谁？”

我马上回答道：“布鲁克林。”

她说：“保罗？”

我说：“布鲁克林，不是侦探啊。在陀思妥耶夫斯基的《罪与罚》里出现过，他追问作案人的方法很厉害。”

从总务课的屋里传来电视的声响，正在播报“大衣男”连续过路杀人事件。电视台在反复播放。我停下脚步看报道。在摄影棚里，甚至准备了一个和“大衣男”等身大的面板，消瘦的记者非常认真地在市高町寻觅着。

从警署出来坐车，我和小桥又回到了查访处。搜查员增加了，但是搜查区域并没有变化。

“不会吧？”

车走了一会儿后，她望着前面不经意地说道：“第二个死者出现时，一课课长和理事官看起来好像很高兴。”

我说：“高兴？”

她说："是的……因为事件有名。"

我微微一笑，说道："就是说这也是资历。成为指挥那个'大衣男'连续道匪事件并负责解决的一课课长。"

她说："是的。这个地方，没有发生过这么大的事件。"

我们很快就进入搜查区域，从这里徒步而行。

我说："也有传言说如果能解决这个事件，一课课长会升为刑事部参事官。"

她说："如果那样的话，理事官就成为一课课长？"

我答道："是啊。"

她皱起脸来，看似整张脸上都是皱纹。尽管如此，眉毛还是那么弯曲，她可能有所不满吧。

"可是，如果出现第三个死者就不那么说了。……如果说有两个死者就是大案件，从第三个人开始他就会崩溃了。是这样吧？"

"是的。其实从第二个人开始他就崩溃了。"

"即便是第一个人，也会如此。"

"是吗？"

"警察的工作就是逮捕作案的人，但是人们真正希望的是防患于未然……但是真的很难。"

我开车进入寂静的停车场。价目表的牌子已经变成了红黑色。

"这里是我管辖的。在我居住的町出人头地是困难的。人已经死了。"

"对不起。"

"啊？不用道歉。"

我们下车后，发现有风，冷空气吹拂而来。我们确认了地图所指的粗红色线条，从眼前的公寓开始查访。旁边的公园空无一人，由于道匪出现，人们都不敢出来了。

从对"大衣男"的目击情报、实际的犯罪现场来判断，这个区域距离犯罪现场比较远。可以说远离案件中心地，但实际上并非如此。

在公寓的入口，我按了房间的门铃，按照房间号码的顺序按。如果有嫌疑人的话，就慢慢靠近。门铃声可能会使人有所防备，因此要尽可能空出房间的间隔。有人出来，是一个女人的声音。同时从身后传来别人生活的响声，还有电视机的噪声，媒体还在继续报道这个事件。

“不好意思，打扰了，我是市高警察署的警察。”

一个悦耳的声音传来，和一般的声音完全不同。

“啊，对不起，打扰了。对于这边发生的过路杀人事件，我们进行查访，不知道您是否知道什么……”

“啊……但是，我不方便……”

“好的，我会将传单投到邮箱，请以后看一下！”

我把写有案件概要、本部电话号码的简单搜查单放入信箱。还有很多传单，我们接着询问下一家。

原本深夜发生的事件，白天去查访，得到信息的可能性很小。如果不寻访深夜活动的人，那就没有意义。但这样的人此时还在睡觉，即使按门铃也不会出来。进一步说，那样的人也不会住在这种家庭类型的公寓。人也有各种类型。

在其他类型的人当中，有可能混入了作案人。

基本工作结束后，小桥喘口气，说道：“好累啊！”

可能确实累吧。脸上皮肤出油，她还在继续工作。

“这里远离案发现场，绝对得不到情报，但是还得干，我觉得只是为了走形式。”

她将长发微微扬起，呆呆地张开嘴，说道：“可是，我觉得这个区域也很重要。”

那我可要注意点了。

“是啊，在本地区划分作业中，咱们很明显不是主力，但是这个地区实际上很重要。”小桥说着笑了起来。

我说：“是的。”

小桥说：“真的？”

我说道：“是啊……第一起案件发生在四丁目，第二个犯罪现场也在四丁目，但是第三个犯罪现场稍微有点远，在二丁目。”

我们出了公寓，这次我开口说道：“我们应该从作案人的角度来思考问题，警察已经大规模行动了，不需要在四丁目附近调查了……余下我们要做的是在稍微远一点的地方，而且应该选择距离作案人住宅远的地方。最近这一次的案发现场位于四丁目东边的二丁目……作案人选择在这里犯案，一般来说不会住在二丁目附近。”

突然，一只白猫从我们旁边蹿过。

我继续说道：“现在这个地方是从四丁目向二丁目方向相反的地方，属于西侧二丁目。从这个位置来看，第三次犯罪现场的二丁目，和最初的四丁目相比，位于‘更远的位置’。作案人有可能隐藏在二丁目。当然，只是有可能。作案人也可能位于四丁目以南或以北的地方。不过，至少不是住在二丁目。”

我看向她的时候，发现一个骑着自行车的男子正看向我们这边。这是一个年轻的男子，穿着破旧的牛仔裤和白色的风衣。

“怎么了？”她看着我如此问道。

我一动未动，由于那个年轻男子还没有发现这边，我笑着说道：“一个奇怪的男子向咱们这边看呢，就是那个年轻的男子。”

她说：“哦，哦！”

我问：“怎么了？”

她说：“没事。如果事件能够很快解决，那我们真是太厉害啦。不管怎么说，都是大功一件。”

她露出毫无畏惧的笑容，真是一个奇怪的女生，不过现在没有这样的人了。我多少有点第六感。

我觉得那个人不大可能是“大衣男”，不过我还是注意到了那个男子的气质。

虽然很普通，但是总感觉和一般行人有所不同，使得他从周围凸显出来，只有他与其他人不是在同一个时间出现。

如果这样的话，自己可能也会被他发现吧。

我说：“可是，很麻烦啊。即便打招呼让他过来这里，他也会逃走吧。”

小桥问道：“那怎么办呢？”

她看上去很快乐，很正常。或许是因为她原本是警察，且在搜查一课。

我说：“现在，咱们两个走过去，我觉得你发现那个男子了。咱们走近看看……我总觉得他在招呼我。”

她问：“什么身形？长什么样？”

我说：“长什么样？……这个？‘啊，这里的路人’那样的人。”

她说：“啊，就是这里的路人……”

我说：“不是，那个……就是很正常的那种。”

如果那个男子逃跑，我们必须马上追。但是，她突然转过来说声“对不起”。正当我觉得有点莫名其妙时，她小跑着过去了。

“问一下路可以吗？我不认识路，想问问路。”

没有办法，我只好也从后面追过去。由于没有事先商量好，我觉得她是故意的，但是我最终还是来到了她身边。

这个感觉让我倒抽一口凉气，可是这个感觉是什么时候有的呢？

极少有人让我战栗，大概是犯过事的人吧。我感到空气包围着那个人。

那个男子看见我紧挨着小桥靠过来，便踏上了自行车的脚踏板，而我则不经意地走到他前面。这样的话，他就不能骑自行车离开了。

怎么办好呢？只好见机行事了，我也如小桥一般打着招呼。

“啊，对不起……我不熟悉这地方，迷路了。那个，我们是警察，正在进行调查。对了，这里发生连续过路杀人事件了，你知道吗？”小桥一边声音柔美地说着，一边四处观察。

穿白色风衣的男子并不高。或许是因为经常挠痒痒，他的脸颊有红痕，牛仔裤也是旧的。他穿着蓝色运动鞋，白色鞋带上沾着血。

看到小桥，他转向了左侧。这是偶然吗？习惯用右手的人突然转方向时，一般都是向左转。跑步的人也是如此。有岔道的时候，习惯用右手的人着急时也会无意识地走左边。

男子说道：“车站，在对面。那个，我有急事。”

小桥问道：“对面？那是大路？”

男子答道：“是的。”

小桥继续说道：“谢谢。对了，你有时间吗？你知道什么吗？”

男子回答道：“不知道。”

小桥问道：“那么，为什么看我们呢？”

我看着那个男子的眼睛，问道：“你的运动鞋上为什么有血迹？”

男子右脚踏上脚踏板。我抓住他的车把手，不让他动。他非常有力气，但是我无论如何也要稳住他。

我说道：“不要动。你一动就会被逮捕……不高兴了？还是冷静点儿好。”

男子说：“我什么都不知道。”

我又说道：“说清楚那个血迹的问题，就让你回去。”

男子说：“我受伤了。”

我说：“让我看看。”

小桥说：“真的假的。”

男子说：“真要看？”

男子掀开牛仔裤，袜子上有血迹，说道：“是狗咬的。”

看着确实像那样的伤口。可即便是那样，也很奇怪。

“这一带没有野狗。我是本地的警察，对于这一点非常清楚。还有，这个伤口是新的。”我说道。

“应该是干什么被咬的。哪里养的狗……或者被狗主人弄的？”

我发现他的帆布背包是紫色的，问道：“可以打开看看吗？”

此时，男子突然丢下自行车就要逃跑。我马上用右手抓住他的帆布背包，同时用脚将他绊倒。这个男子不停地喊叫着，我则压着他。

“逃跑是没用的，我们已经叫了救援。”我吓唬他说。然后夺下他的帆布背包，扔给小桥，“你看一下。”

她打开帆布背包。男子又一次呻吟起来。

小桥说：“里面有刀子……还带血。”

“可以逮捕他吗？上午十一点……五分……”

小桥在给警察署打电话的时候，看着不断低声呻吟的男人的侧脸。她注意到自己的情绪有些高涨。这并不是逮捕了作案人之后的喜悦，而是把对方追到走投无路之后，再逮捕对方的那种感觉。小桥难道不正是因为十分想体会那种感觉，才做了刑警吗？就如同逮捕禁锢了自己一样。这种想法刚一浮上脑海，我就想挥手拂去。因为现在并不是考虑这些事情的时候。

男人的声音渐渐变得微弱，他开始哭泣起来。我没有放松警惕，但是对这个男人开始产生一种异样的感觉。我觉得他并不是作案人。目击证词大多提到，作案人是没有表情的。能够面无表情地杀死别人的人，怎么会如此这般紧张地藏起刀子，慌慌张张得手足无措呢？作案人不是这个男人。这个男人不是“大衣男”。

但是这样也带来了很多麻烦，就像是一个非常不好的前兆。此后接连几日，如同夸张的电视节目一样开始在我的脑海中不断浮现。

模仿犯罪

被逮捕的男人被搜查一课的刑警们带到了市高等警察署的四楼，那里有一间问询室。

男人非常害怕，多次向坐在询问桌前的刑警们解释自己不是“大衣男”，自己只是违反了枪刀法，但是刑警们充耳不闻。所谓坐在询问桌前的人，也就相当于决定搜查方针的首脑们。管理官们本应该坐在那里，但是他们是否真的坐在那里就不得而知了。

明明是自己辖区的大楼，不知怎的被渐渐疏远，成了陌生的大楼，关系渐渐冷淡。正如我所逮捕的这个男人，从我的身边远离，被带到遥远的未知的远方一样。

我向辖区的股长报送消息时表示，如果知道他的身份的话，希望可以调查一下他的家人和朋友，但是并没有得到回复。我又向代理和课长表达这层意思，但也没有得到回复。就连我们所管辖的区域，也像笼罩着一层雾霭一般，不可思议地就被扭曲了。我请求向警察署长进言表达我们的意见，但是意见到底能传达到哪里、会在哪里被卡住，我完全不知道。最终股长告诉我，由一课的刑警们全权处理。即使问到底是谁如此决定，也并没有人回复。股长虽然完全成了摆设，但是还要坐在询问桌前。因为按惯例，所管辖区域的股长要列入搜查本部的询问行列。

“报我们辖区案件的难道不是股长您吗？”我这样说着，股长不知怎的对我笑了笑。

“话虽如此，但是太糟糕了。我们能做的只有等待事情平息过去。”

“啊？”

“好像就连警视厅的副总监都对此次案件表示出了兴趣，还真的是引人关注啊！”

说到警视厅副总监，他上面的官位就是警视总监了。

“真是天外有天啊，我们署长马上就会丢了工作，还是考虑得成熟一点吧！”

虽然上级下达了严格命令，要求绝对不能对媒体透露案情，但还是在一个小时后泄露了消息。在记者们的要求下，搜查本部发布了正式的逮捕令。该男子与案件是否有关联还不明确，他被逮捕的理由是在路上持有沾有血迹的刀子，违反了枪刀类持有法。在那之后的记者采访中警方表示，那个区域是搜查一课的课长指定的重点区域，虽然这种话是随意捏造的，但也是常有的事。

通过媒体发布消息，宣称那个区域是重点区域这件事，令我很不愉快，因为从四丁目开始往西的方向，才是“大衣男”隐匿的可能区域。

“我认为他不是‘大衣男’，如果使用强硬手段使他招供的话，很有可能导致冤案。”

“他们可不是傻子。”股长如此说道。他以前有一些咬指甲的小毛病，但是新上任的代理有洁癖，经提醒之后他正在改正。

股长说：“也是有那样的傻子的，虽然可能有冤情，但是现在还无法断然判定啊。比起那个来，如果此次的逮捕是立了一个大功的话，也就成了一课的功劳。这次的一课真的是不喜欢划定什么管辖区啊。”

我说：“随它吧，怎么样都行。”

股长说：“怎么样都行吗？那一课的小桥可就成了抓捕‘大衣男’连续道路杀人事件真凶的‘功臣’了。”

我望向窗外，一辆漆黑的车从停车场驶出来。车上坐着的人，是理事官还是管理官呢？警视厅管理官以上的职位，都配备专职司机。我听说那些司机也是从将来能成为搜查一课刑警的人里面选出来的，这是他们出世立身的前奏，有时候他们也会担任秘书一职。

漆黑的汽车渐行渐远，我看不见那里面坐着的到底是谁，就连司机的脸也看不清楚。车窗上贴着的黑色薄膜，也被渐渐降落的雨滴拍打得模糊不清。排气管里排出的尾气在四周慵慵懒懒地飘荡着，然后渐渐地消失在空中。

股长说："这次的管理官，好像就是那种精英啊。"

所谓的精英就是通过国家公务员考试的人才。搜查杀人凶手的管理官能被称为精英人士，我还是头一回听说。

股长接着说道："虽然是电视剧中经常有的情节，但还是很罕见啊。大体上，因为职位变动而从警视厅的刑事部调过来的精英人士们，虽说是在管理的职位上，但是不是和出世立身离得更远了啊？"

我说："还是让我们回到查案的主题上来吧！"

可是股长仍继续着关于精英的话题："上面的人到底发生了什么呢？之前，我和夜总会的女子提到现场有精英人士，并且在搜查一课工作时，她们就问我被称为精英人士的搜查员中有长相英俊的吗？那是看上去很精明的女子，估计是小说和电视剧看多了。如果是管理职位的话，长相英俊的人还是有的，但是被称为精英的搜查员中长相英俊的就太少了。"

穿过走廊去搜查本部的时候，小桥正在那里等待，而且皱着眉头，表情十分丰富。

我对小桥说："不是说让你成熟一点吗？而且都说了他不是'大衣男'。"

小桥说："但如果他是'大衣男'的话，听说就能成为我的功劳。我不明白这是什么意思，我很讨厌这些。是中岛你最初发现他的啊。"

我说："怎么样都行，小桥你也许讨厌那些，但他不可能是'大衣男'，所以你就放心吧。对了，当时你为什么要接近他呢？"

我这样一问，她开始有点笑容了。与其说是美丽动人的微笑，不如说是嘴唇左半边一瞬间向上翘起一般，这是无所畏惧的笑。

"是非常自然吧。"

"那个，在那种场合下……"

“小学的时候，在学校的汇报演出中获得了奖励。”

她盯着我看，怎么说呢，她的表情非常悲伤。

“反正，最后不也是被抓住了吗？”

“啊，对，不过……”

“本来以为会被表扬。原来是与期望值大相径庭的男人呀。”

“哈？欸？”

走廊里来来往往的搜查员们，惊讶地看着我们。

我还想着小桥是不是可能会哭，但是她完全没哭。她只是，一直保持着一副极度悲伤的表情。

“看见那个人的一瞬间，”她依旧保持着她那悲伤的表情说道：“他就像被弹到一样，右脚开始蹬上脚踏板。无论是叫他还是不叫他，我觉得都不能着急。不能刺激到他，但又想着必须要到他的近处去。我认为比起来探听询问，再开辟别的方法的话更容易被对方领先一步吧……”

“……把自行车向左转也是吗？”

“是的，因为突然改变自行车方向的时候，右撇子大部分往左转……欸，对，是那样的吧，把方向往左打死。”

她一边那样说着，一边做着手握自行车把手的动作尝试着把方向往左打死。

关于自行车事件的话题到此已经可以结束了，但是我仍感觉打招呼的方式多少有些危险。我也不知道其中的缘由，只是变得想听一听根源上的事情。

我问：“那个，为什么你会进搜查一课？”

她说：“哈？”

“不，怎么说呢，印象上有一点……”

我这样说着，不知怎的，她的脸上浮现出了笑容。

“那个捉住了新宿现金抢劫杀人事件的作案人的刑警是我哟。”

“欸？真的假的？”

小桥说：“是真的，我在询问的过程中发现了作案人，结果被人说成是碰巧。”

我说：“那真是太厉害了，但说你是碰巧就太过分了。”

小桥说：“不，真的是碰巧。”

她笑了。

“我正走着，从对面走过来一个戴着帽子的男人，我对跟我一起来问讯的人说，‘他不会是作案人吧’，想着要不要打个赌，上前一搭话，没想到他真的是作案人。”

“哈？骗人的吧？”

“不，是真的。当时我也吃了一惊。不过，虽说他是作案人，但是毕竟不是主谋，而是那种像联络员一样的最底层的职位，但是从他这一个小位置开始，导致整个指挥部瓦解崩裂。”

我不禁思考起来，难道真的有那样的事吗？

“但是呢，虽然也不能说没有，整个搜查过程也有从一件巧合开始而使案子得到解决的例子，这种事要说有的话也有……”

“那个……”她突然冥思苦想起来，这般说道。怎么说呢，她的感情变换得非常快，“如果是中岛先生的话，就会没有偏见地对待我……我……”

这时候，我的手机响了，我要回搜查本部了。本部召开了临时会议，我们终于知道了被逮捕男子的名字。他叫高柳大助，28岁，没有工作。与他闲谈的话也很奇怪。我们让这一系列“大衣男”连续过路杀人事件的目击者们确认嫌疑人的脸部特征，但因所有人的目击时间都是深夜，都只看到男子戴着针织帽子，戴着口罩和墨镜，所以高柳看上去很像又不像，无法得到明确结果。

高柳还保持着他的神秘，但是从他所持有的租赁影音的会员证上问到的店里，查出了他的住址。搜查一课的人们正朝着他的住所赶去。就在这时，我接到一个电话，是市高等警察署打过来的，说是从医院传来了消息，有位女性今天早上遛狗时被杀人魔袭击，现在就在医院里。

会议变得喧闹起来，也开始出现小声的欢呼。

紧急派遣搜查员前去调查，大家急忙出去了。

其他人依旧继续各自的搜查，在高柳被逮捕的现场附近，也加入了一些别的搜查员。我还记得刑警们从会议室走出去的样子，看上去都非常着急。

"那个……"小桥开始搭话，"恐怕医院里的受害者，是高柳所为吧。"

"应该是吧。"

"嗯，但是我认为'大衣男'不是高柳，这是抓住他的那一瞬间的感觉。"

"是吗？"

对于那种奇妙的反应，我反而故意装作没有注意到。

我说："如果过去的那三个事件都没有不在场证明，而且拘留时间越长的话……高柳就越有可能被认定是'大衣男'。如果拘留时间越拖越长，那么想要主张他是无罪的，也会变得非常困难。密室里的检察官以及警察官的压力惊人的可怕。我们说的话也是，喋喋不休地多次反复。在此之下，人格也会被否定。如果被认定是作案人的话，或者可以被温柔对待，或者人格可以得到恢复，我不仅这么认为……更何况这次是被整了，你怎么看呢？"

我这样问道，她露出一副心不在焉的表情，张着嘴好像在思考着什么。

小桥说："说实话，我不知道。但是怎么说呢，我有一种简单过头的感觉。医院里的那个受害女性，是早上被害的吧，当时高柳先生应该还在外面，而且还拿着刀子。"

"高柳先生？"

"啊，不，该怎么称呼他才好呢？"

“不要纠结这些了，直呼其名就好了。或者像刑警称他为嫌疑人一样。”

“啊，我不太喜欢那样的称谓，难道不觉得很羞愧吗？”

“把他称为嫌疑人什么的怎么都行，那后来呢？”

“怎么都行？怎么都不行！”她说道。她可真是麻烦。

“知道了，怎么都不行。不能说怎么都行。这个问题我们稍后再好好谈……然后呢？”

“然后，那个……”她小声地自言自语。

“后来发展得怎么样了呢？”我很吃惊。

“都说了，真是麻烦啊！”

“欸？麻烦？”

“啊，错了，不是不是，那个……嗯？怎么样了呢？首先该怎么做才好啊。”

我突然和她对视起来，究竟在做些什么啊。

“好，那我们去喝点咖啡吧。我请客。”

我们走到了警察署的自动贩卖机前面，买了杯咖啡。我把她那份的钱也投了进去，但是她却犹豫要买什么。

我本想催促她，想了想还是放弃了，就静静地等着她——或许这么做更快一点。但是，她摇动零钱手柄，把我投进去的钱取了出来，到旁边的自动贩卖机买了瓶红茶。虽然我有点着急且不耐烦，但还是忍住了。

“然后，继续吧。那个，高柳早上刺杀了那位女性，然后就那样一直在那个地方。”

她喝了一口红茶，皱着眉头像是很难喝的样子。我又开始有点不耐烦，但还是忍着。

“也就是说，高柳……想要刺杀那个女性，然后逃跑了，先回了趟家，然后又拿着刀子出去了，是吧。而且是沾着血迹的刀子。”

她一边说着，一边喝了一口红茶，又皱了皱眉头。

“是不是想着把凶器丢在什么地方呢？到底怎么样我也不清楚，但是他太过于动摇，行为不定，总感觉他应该十分小心谨慎才是。说是被狗咬的，肯定会被认为形迹可疑的，但他还是一动不动地看着我们行动。也就是说，如果是那样的话……”

“早就逮捕他了。”

我喝完了咖啡。她还是一边皱着眉头，一边喝着红茶，我故意不去理会。

我们回到房间时，已经是凌晨四点。

在那之后的整整三天，一直在辖区内问询，但是并没有什么显著的收获。我趴在桌子上撰写搜查状况报告书。

七叠榻榻米大小的一间屋子，基本就够起居大小。我每隔四天洗一次澡。

躺在床上，虽然身体十分疲惫，但大脑还是异常兴奋，久久不能入睡，于是，我便观看录下的新闻视频。之后稍微喝了一点威士忌，又躺回了床上。整个屋子仅仅只有开着电视的光亮，我目不转睛地看着那些夸张的新闻现场报道。至少也要睡两个小时啊，明天还那么紧张。

这次关于连续道路杀人事件的报道，非常奇妙。当然也是因为案件本身也非常奇妙。

通常关于这种案件的新闻，都是以犯罪行为的残酷、受害者家属的悲伤心情为中心来报道。激起人们对作案人的愤怒是理所当然的。媒体大肆鼓吹，如果把对作案人的愤怒之情鼓吹加大的话，就会获得很好的收视率。所谓的“愤怒”就是“关心”，燃起了愤怒之情的观众们不会轻易换台。而这就会变成收视率的数字。媒体在一些国际关系的新闻报道中也常常使用这样的手段。

但是，最开始的那位受害者竹林结城是单身，无依无靠，没有职业，也没有同事。没有长时间在一个单位工作过，主要靠做日工和兼职来维持生计。他才 40 岁就被杀害了。由于在电视上评论此事的人，是他中学时候的老师，我们也就知道了他曾经过着多么孤独的生活。住在他附近的人没有发表任何评论，理由非常简单，因为他在邻居中的声誉很差，经常与大家发生矛盾。媒体是绝对不会播放关于受害者的负面评价的，当然也不应该播放。

第二位受害者是一位家庭主妇，她只是受了轻伤，也就谈不上有没有遗属。受害者本人以及她的家人都躲避媒体的报道也是当然的。她的目击证词关系到“大衣男”到底是谁，因此她听到关于作案人的报道就会感到害怕。

第三位受害者真田浩二，就更奇特了，人们对他的评价也是非常差。

他是单身，没有遗属。虽然是有着三家运动俱乐部的社长，但却没有声望。电视上他公司的员工对他的评论，也都只是一些“太可惜了呀”“真是太吃惊了呀”等陈词滥调。几天之后，更是变成了只能通过公关报道来应对媒体的采访。听说公司里的常务成了社长，需要继续维持公司的运转。如此一来，媒体就很难为这位受害者发声了。这真是太奇怪了，曾几何时他们明明都是活生生的生命。

这时候又出现了被逮捕的高柳。关于那些新闻报道，我又感觉到了一些不安，因为我知道了只有负责搜查的相关人员才知道的信息。

听说他 17 岁的时候，强行猥亵女子未遂。当时他还在询问室里施暴胡闹，导致刑警受伤。从少年管制所出来之后，再一次因为强行猥亵女子未遂而被逮捕，又被关进了拘留所。这次的受害者虽然只是手腕割伤，但是作为伤害事件来说，对于加害者的信息报道有些过多。其实，信息是搜查本部和检察一方传递出去的。

煽动人们对他的愤怒之情，加深人们对他就是一系列案件的作案人的印象，这样起诉时就容易多了，也不会引起不当拘留等批评，他的辩护律师也会被人们憎恨。这也就是说，现在检察官正在考虑是否把他定为与其他三件“大衣男”案件相关而进行起诉，或者是正在进行起诉前的准备。这样下去的话，高柳就很有可能真的成为那个“大衣男”了。

那三次案件，高柳都没有不在场证明——因为都发生在深夜，这也是理所当然的。他没有工作，就在家睡觉。虽然从他家里没有发现外套，但是检察官们没收了巨大数量的成人 DVD。谁家都可能有巨大数量的成人 DVD，但是与这些案件联系在一起的话，就难免会让人想当然地认为“果然是这样啊”。

在影像里，记者们采访晚上行走在街上的女性们。她们说，“太恐怖了”“希望快点抓住他”。在其他的节目中，歪曲的影像再次被插播进来，受害者负伤躺倒的位置，以及“大衣男”从哪个方向逃走，都被查证了出来。一位男性漫画家评论员，不知怎的也开始就作案人的形象评论起来。就连美食研究者也都开始评论起作案人的形象。他们大概是知道了什么吧。

睡醒后睁开眼，视频已经播完了，但是电视依旧开着。不知什么时候我就睡着了。我觉得像是做了一场梦，但是却怎么也想不起来梦的内容。一直开着的电视画面也给人一种慌慌忙忙的感觉。早上 6 点，电视开始播放早间新闻。解说员像叫喊一般说着什么，道路上满是鲜血，我条件反射般地从床上坐起来。

VTR 里显示外面还有点黑，好像是两个小时前拍的影像，穿着西服正装的解说员正在向穿着运动衫的男子询问着什么。那是一个有着稀疏短发、头发与脸型非常相称、看上去很精悍的男子。

“虽然感到有些不安，”男子说，“但是跑步是我每天必做的事情。”

“你每天都跑步吗？”解说员问道。

“是的，这周边的景色也很好。”

那个穿着运动衫的男子突然倒下了。也许是工作人员，从相机的后方传来了惊叫声。有一位个子很高的男性和这个男子擦肩而过。相机晃动了起来，条件反射般地拍到了倒地后的穿着运动衫的男子。沥青的人行道上沾上了鲜血。“喂，”解说员叫道，“喂，站住。”摄影师拿着摇晃的相机追着跑走的高个子的男性。解说员一时不知所措，之后像做了什么决定一样，慌慌张张地开始追赶男子，其他工作人员也开始追赶过去，但是男子逃走了。摄影师像是很疑惑地想追上去，但最终还是放弃了。男子的速度太快了，迅速拐进了一个有花丛的角落里，失去了身影。连呼带喘的工作人员大声叫道，“救护车”“快点快点”，画面一片混乱。“快叫……”解说员好像也要说什么，但是最后并没有说出口。

我没有收到任何通知，这是在其他县的管辖区，而且是在电视采访中发生的事件。画面再一次被切换到了男子接受采访的时候，此时变成了慢镜头。

“……每天……都在……跑步吗……”

“……是的，这……周边的……景色也……”

相机拍到了那个高个子男子擦肩而过的一瞬间。在慢动作回放的画面中，高个子男子被放大特写，并停住了。他脸朝下低着头，很年轻，像是喝醉了一样眼神发直。这是一个 31~35 岁的男子，穿着灰色的大衣外套。

画面被切换到了演播室，播报员再次说明这是今天凌晨 4 点的影像。据说被袭击的男性现在危在旦夕。

播报员想要冷静地进行解说，但是因为情绪太过激动，说话的声音还是变了腔调。虽然画面微暗，但是逃跑男子的身影依旧被放大特写。他面容整洁，脸颊消瘦，细小的眼睛十分无趣地打量着镜头这边。

“为什么他会在采访的时候下手呢？”播报员这样问道。神色变得虚幻的解说员们提高了嗓门，“是为了显示自身的存在，追求存在感吧。”

“不，但是吧，这么堂堂正正地。”

“以我们的标准该怎么去评论这样的人。”

是模仿犯罪的人，还是说他就是“大衣男”呢？画面刚要切换到广告的一瞬间，插播一条临时新闻。

（在JR盛泽站内，两名乘客被袭击，袭击者穿着大衣，现在还在逃亡中）

白色的字体出现在画面上。我再一次穿上昨天才刚刚脱下的制服。盛泽站，距这里大概有一百公里远，距离刚才的采访现场大概有三百公里。节目没有插播广告，而是切换到了演播室，拍到了演播室里人声嘈杂的画面。播报员又播报了一遍刚才的临时新闻。

"这个……怎么说？"

"那个……这不是刚才的那条新闻吗？"

"是的，这是刚才插播进来的。"

我赶往警察署。刚才播放的今天早晨发生的事件，都是"大衣男"所犯下的吧？还是说只有一件是他干的呢？还是说都不是他干的呢？我的脑海中开始浮现出"模仿犯罪者"这个词。如果说他不是"大衣男"的话，那就意味着模仿犯罪的人早就已经蔓延扩展到全国各地了。

社会上持续积聚的一些不满，也在寻求一种爆发。电视上反复播放着的"大衣男"，就成了模仿犯罪泛滥的契机。模仿犯罪并不是仅在日本才存在，在英语里模仿犯罪者被称为"Copycat Criminal"，有很多对社会和人生充满强烈不满的人，他们在某些契机会爆发。

广播里也在播放新闻，就连那些平时播放音乐节目的时段也是如此。盛泽站的两位受害者伤情并不清楚，作案人也依旧在逃跑之中。

到了警察署之后，我看到刑警们正在错综复杂的信息之中开展行动，他们一个接一个地返回，并召开了临时会议。

平时总是负责工作进展的搜查一课的警官们也变得沉默无言。虽然管理官在场，但是理事官和搜查一课课长都不在，他们到底在做什么呢？

网络留言板上，指出"大衣男"姓名的留言有八十四条。胁迫罪也开始进入警方的视野，其他部队也开始进行搜查。听说有超过一百通的电话打到电视台，自称是"大衣男"，今天早上所播放的电视台采访过程中的VTR影像也助长了这一现象。从警视厅到各个媒体单位都把"'大衣男'

连续过路杀人魔事件”正式命名为“市高町连续过路杀人魔事件”。此外，作为应对模仿犯罪者的对策，过分夹杂个人感情的媒体报道也被要求进行自我约束和整改。但各个媒体单位是否真的接受要求而有所行动，那就不得而知了。

被高柳刺伤的女性，透过单面可视镜确认了高柳的容貌，指证他就是作案人。高柳因违反刀枪法的嫌疑，再加上故意伤害罪的嫌疑而被再次逮捕，拘留时间也被延长。

从今天开始的新闻报道里，恐怕也会流露出一些对于搜查的不满之情吧。高柳被认定为“大衣男”的可能性越来越大。如果犯罪的源头被逮捕，那么整个事件也将会有个了结。

“那个……”小桥看着我，面色疲惫，“如果是这样的话，谁是‘大衣男’，谁是穿着大衣的过路杀人魔，我们也就会搞不清楚了吧。但是可以肯定的是，今天早上的两起案件并不是高柳所为。”

“嗯，我认为最开始的那三件也不是高柳干的。他只干了一件。”

我如此一说，小桥点了点头，鼻尖闪着光。

“但是在搜查本部，大家都认为刚开始的那三起案件也是高柳所为。”

我们向问询处赶过去。她在车上睡着了，这并不奇怪，这些日子她基本没怎么休息。我小心翼翼地握着方向盘，以免吵醒她。她张着嘴就睡着了。我觉得我还是第一次看到保持这么一副认真的表情张着嘴睡觉的人。或许她是做了什么梦吧，一张脸上眼睛不停地激烈地转动着，令人感到不太舒服。有一些小虫子在她面前飞来飞去，像下定决心一样飞进了她的嘴里，她咳了起来，睁开了眼睛。我想对她说些什么，但最终还是放弃了。

关于高柳，以及从第一起案件到第三起案件，都必须进行问询。但是我需要先把从第一起案件到第三起案件的目击信息集中起来，这才是问题的关键所在。

“邮件说什么了？”小桥一副睡眼惺忪的表情问道，并不时地咳着，马上就要到问询处了。

“说快看电视……是什么意思呢？”

我打开了手机上的电视直播。

“哪个频道？”

“那个。”

电视里出现了一幅画面。一个驼背的男子，坐在办公室的桌子前，手里握着电话听筒。那不是演播室，而像是电视台的播放局，有一种刺耳的声音。

——我要挂了。

“请等一下，再稍等一会就好了。”

这并不是声音转换器，但好像是使用什么变声器处理过的声音。看到画面右上角的放映机标志后，我吃了一惊。

什么报道节目，这是 VTR 啊。

“哈？”小桥小声说道：“这是什么？欸，从‘大衣男’那里得到的吗？”

画面中，看上去像工作人员的一个驼背的男子，对着电话听筒，谨慎地说着什么。

“……那个，请再提供一些你就是‘大衣男’的证据。”

“——疲惫，身体很疲惫。”

“你是？”

“第三个男人，他袜子上有蓝色的纤维。”

第三位受害者的袜子上，确实沾有蓝色的纤维。这条信息还没有告诉媒体，只有作案人知道。

“——我要挂了。”

这个自称‘大衣男’的人并没有和像工作人员的男子交谈，只是把一些之前录下来的话，适当地播放出来。

“你当时就在那里吧？不用那样的声音，能不能请你用自己的声音说一次呢？”

男工作人员变得有些紧张，声音开始变得微微颤抖。

“——你觉得怎么样？那双眼睛。”

“……哈？”

“——你认为那双眼睛怎么样？”

电话被挂断了。画面又切换到了演播室，拍到了陷入沉默的解说员们，最终播报员用一种奇妙的表情开始播报：“那个……以上就是中午 1 点左右，那个自称‘大衣男’的人给‘新闻栏目’打来电话的部分情况。”

播报员继续说道：“一开始是通过电子邮件进行接触。被认为是作案人的男子，在指定的时间打来了电话。经询问警方相关人员，发现他知道一些只有作案人本人才知道的信息……虽然我们节目组也很犹豫，但是刚才的 VTR 如果被广泛播放的话，或许能成为抓住作案人的一点线索，所以我们就下决心播放了。”

演播室里依旧乱哄哄的，感觉像是一场恶作剧，但是蓝色纤维的事情，是只有作案人才知道的。

“这种事情发生在电视上……是傻子吗？”小桥吃惊地说道。

“关于这起案件，无论哪条新闻都已经报道得够多了。这可以说是一个意想不到的机会啊。”

“但是……”

“是啊，做了这样的事，模仿犯罪的人恐怕又会增多。但是能让媒体一直这样继续下去吗？声泪俱下地报道因受欺凌而自杀的学生，就像是报道英雄人物一样。这样下去的话会变成什么样？就会形成连锁反应，自杀事件会变得越来越多。因受到欺凌而自杀的学生也会感到内心不安啊。这样想是当然的吧。但是，我们必须要重新考虑媒体报道的方式，在社会上真实存在着关于这一类报道的世界性法则啊。”

节目结束了，我慢悠悠地踩着油门，依旧不能很好地调整自己的心情。

我说："如果说刚才打电话的人是'大衣男'的话……但我总觉得他的性格有点不对劲，这不是罪犯的手段以及作案人的性格。"

小桥回应道："是啊，我原本也没想到他是能做出这种犯罪声明的家伙，真不知道他是什么意思。"

红　点

询问还在继续，我让小桥在车上休息，但她不听，还是跟来了。我在公寓门口按下了所有房间的门铃，但几乎没有得到回应。

我们问了一下警察署，他们说搜查总部正在调查刚才节目里的电话和邮件记录。但我认为作案人是不会那么轻易暴露形迹的。我自己所能做的只不过是继续询问。这是调查本部分配给我们的工作。

我的头很疼，但还是应该全神贯注做一些事情。

走在住宅区街道，我们询问的范围逐渐扩大。夕阳西下，周围逐渐昏暗下来，我们也去以前核查时家中无人的房间摸了摸情况，但仍一无所获。

这条街上有无数的人家，通过电视的报道，犯罪活动带来的影响进一步扩大了。

路上的行人变得越来越少，我感到整个街道完全笼罩在一片沉默中，一片沉默而紧张的气氛中。最近除了过路杀人魔外，盗窃、强制猥亵、杀人等犯罪活动也在全国范围逐渐增多，潜藏在社会中的犯罪甚嚣尘上。

"请等一下。"不知道是按下第几个房间的门铃时，小桥轻轻地说道。

她鼻尖的光泽逐渐向脸颊蔓延开来，就像我们询问的范围在逐渐扩大一样。

"这个房间没人在家，有点可疑。"

太阳几乎完全落下，夜晚已经来临。

"因为刚才我看窗户时，还是有人的，虽然拉着窗帘，也没开灯，但就是有人。”

我走出公寓，望向那扇窗，发现窗帘的阴影处好像有什么东西。我喝了一口手里的罐装咖啡：“难道是有人在暗中监视我们？”

“欸？”

“那个样子大概是……好像正在监视谁。”

“但是这种消息我们并不清楚呀。”

确实，那一户还没被我们询问。隐约能听到远处传来的警笛声，但不久又消失了。

“我是从有犯罪前科的人员名单里推测出来的……这个城镇里，除去违反交通规则的，有前科的有 35 人。是特命搜查的那群人做的，做得极其隐秘。”

“对我们也保密？”

“说是不想泄露给媒体，但说到底还是不信任我们啊，真让人火大。”

小桥突然面露微笑，瞪着大眼睛看我：“这样的话，我们就装作什么都不知道，去询问他们吧？”

“哈？”

“如果是在那个位置监视的话，就是那栋楼了。就是在监视着那所公寓里的某个人。这样的话，我们就去那个公寓问问吧。因为我们什么都不知道，所以他们也没法责备我们。”

是动真格的吗？是动真格的吧。更糟的是，我也想这么做。

我们若无其事地先离开了那里，稍微走远一点，再返回，进入目标公寓。

我们按下 101 的门铃，出来开门的是一位高个子女人，她看起来十几岁，一问才知是美术大学的大学生。不是她。接下来又按了 106 的门铃，没人出来。按下 103 的门铃，也无人应答，但门后有东西发出声响。有些可疑，会是这里吗？

我们又按了一次门铃，敲了敲门。只让小桥一个人站在猫眼处，又敲了一次门。门边传出了挪动什么东西的声音，门开了。这一瞬间，我挤到她和门之间，但是我倒吸一口气，竟然是野川。

他是我六年前审讯过的男子。当时他闯入邮局实施抢劫，结果一无所获，却被迅速赶到的巡查警察逮捕。他曾有妻子，但是迷恋小酒馆的女人，他借钱养活她。自己的小工厂经营不振，在他被逮捕之后，小工厂就立刻倒闭了。他的罪行是抢劫未遂。

野川看到我时也吓了一跳，他瞪大眼睛，然后诡异地歪着唇淡淡地笑了。我还记得他这种微笑，六年前的审讯室，我在他面前像个专业刑警一样正襟危坐，他看到我时嘴角浮现出微微的笑意，和刚才的一样。

“好久不见啊……不，您可能已经忘了我吧？毕竟在您眼里，我应该像垃圾一样已经腐烂了吧。我……”

“是野川吧。”

我说罢，野川又微微一笑。我示意小桥离开，但她却一动不动。

“最近状态怎么样？”我问道。但不知为何心跳却越来越快。

“状态？”他的声音大了起来，“状态！不可能好！不可能！”

没有酒味儿，他并没有喝醉。

“我啊，现在正被人监视着呢。对面不是有一个公寓吗？那里有人一直在监视着我。我想可能是因为那件事来的，但总觉得太巧了啊。”

“正被监视着？”我故意说道。

“是啊，你不知道吗？‘大衣男’事件，我就是因为那个被监视的。有前科的人总是被怀疑，唉，这也是没办法的事。但是我的前科和那个过路杀人魔事件在性质上完全不同。正在监视我的人真是太无能了……不过，搜查本部不进行沟通吗？他们真是蠢死了，竟然还来被监视的男人公寓询问。”

“你们认识吗？”小桥说。

“嗯，这家伙就是……”

“停，这是侵犯隐私啊！我不想被这么漂亮的女人知道那些事！”

“闭嘴！”

“哈哈，闭嘴吧，他让我闭嘴！”

听说野川在邮局被逮捕时，表现出了很奇怪的反应。被警官们逮捕时，他露出了被逼入绝境的表情，并像电视剧里一样喊着“放开我”“放手”等话；刚认为他会消停一会儿时，他又突然露出微微一笑，又喊起了“放开我”“放开我”。警官们刚觉察到哪里奇怪时，他又忽然停止叫喊，只保持微笑，出神地看着某处不动。

“好恐怖。”给野川铐上手铐的警官，后来对我如此说道，“就好像那家伙一说‘放开我’，心情就会变好似的。”

我又想起了六年前在审讯室的对话。

他一直保持着沉默，但是当换成我来审讯时，他露出了那种微笑，突然说了一句话：“不是特别美的美女。”

野川死死地盯着我。完全不看其他刑警，只盯着我一个人看。

“你在说什么？”

“女人呀。我供养的。”

那时，他被审讯室的灯照着，仍旧微微发笑。

我当时虽然被眼前突然说话的男人吓了一跳，但并没有表现出来。

“我小时候特别好。他们非常喜欢我……糊涂的父母也无数次认为这个孩子将来肯定能成才。这孩子真是太可爱了，我一直把自己的孩子当成自己的全部……他会东倒西歪地跟着我，跟着作为父亲的我。总觉得自己像在一幅画中，不，像电视广告里一样，我也有很多快乐的回忆。”

野川说话时，不知为何自己还点了一下头。

“不过啊，孩子，还是会慢慢离开你的，对吧？小学毕业时，父母就成了绊脚石。回想自己小时候也是如此，觉得父母真是让人厌烦……看着看着，慢慢父母就会觉得这家伙应该成不了才了，甚至都成不了和自己一样的大人，可能只会成为一个还不如自己的人，大人就会满腹牢骚。孩子则是整天玩游戏，那么无聊的事竟然还能玩那么长时间。成绩平平，其貌不扬，最重要的是也不懂他在想什么。大人会觉得孩子把自己的平凡都展现了出来……对妻子的爱也早已消失不见，可能是从妻子把对丈夫的爱都给了孩子时开始，不，可能是在那之前……丈夫一直错以为家庭的核心是孩子，其实家庭的真正核心是夫妻二人呀，这才是最重要的。只要能做到这一点，父母看着长大的孩子就能自然茁壮成长，但这却是最难的……超过四十五岁，就容易倒数人生了。'自己的人生还有多长'等。听好了，这才是重点。'自己的'人生，不是支撑起家庭的我，而是我'自己的'人生。

“我的妻子呀，几乎每天都给处于青春期的儿子说我的坏话，喋喋不休，不厌其烦地给儿子讲我的不是。住的时间长了，那里会留下东西吧？家庭就会变成被很多消极东西包围的地方，也会变成像流浪者聚集地一样令人窒息的地方。……不凑巧，我的工厂也开始衰落，铁的气味会让人想起曾经的希望。我从这种铁的气味中起家，作为一个并不逊于他人却还是遭遇失败的经营者……我已经彻底厌烦了铁的气味——我四处借钱，然后为了还钱而工作，在铁的气味中工作。

“那时，我是怎么度过那段日子的呢？

“我遇见了一个小酒馆的女人……虽然不是什么大美女，但是很讨男人喜欢……在别的女人眼里，直觉上应该不会让她接近自己的丈夫和男朋友……她就是那样的，也不怎么任性，要说有什么感觉，就是明明很老实，内心也完全不被吸引，就那样……但她有一双可以说是像猫一样、总是希望得到些什么似的眼睛。我们去了酒店，度过了一个难忘的夜晚。这种事本该做一次就放手。这样，我就会在平凡的人生中满怀着平凡的牢骚，平凡地出轨，平凡地反省，结束平凡的中年生活。人们基本上不都是这样吗？这样的事情做一次就放手比较好。但是啊，我却持续下去了。确切地说，并不是因为她是一个好女人……为了报复自己的人生，我和她去了好多次酒店。这是因为我开始诅咒自己一路走来的路，开始诅咒自己和人生。我总觉得在她那里看到过一个红点一样的东西。那个红点引诱着我，好像在向我招手，好像在说毁了他吧，他已经烦透了吧。”

野川声音变得微弱，还有些沙哑。

“工厂的经营已经衰落得无法挽回，我不断地借钱……那个时候我已经开始向黑市借钱了。从黑市借了钱，然后为了还债，再从其他黑市借钱。那个时候，我也在黑市从业者那里看到过这个红点。

“对黑市行业的人来说，我就像一个定时炸弹。我什么时候破产呢？我破产前，还要从别处借钱，偿还债务。好像在接力赛上使用的接力棒，黑市接力赛道上的炸弹接力棒。您有这种经历吗？明明没有还清债务的希望，但借到钱时却会有一种被解放的感觉……心情特别好。明明已经被逼到绝境，却好像手边有能让自己还清债款的钱一样，真是不可思议。我不断堕落，就是那种感觉。红点想要走远，我紧追其后……在债台高筑的日子里，我挥金如土，在酒店里和她疯狂地做爱。在绝境的情况下做出的这一举动把我再一次推向泥潭……哈哈哈，好女人，她确实是一个好女人啊！做的时候，她会开心地咧开嘴，眯起眼睛，目不转睛地看着我。在她嘴里，我也看到了之前的红点……”

野川慢慢地愣了神。

“那时不知道怎么回事，我脑海里迅速浮现出一个影像。我到某个地方抢劫，被抓住的时候，说着‘放开我’‘放开我’的我的影像……我觉得那里就像地底下。没有钱而去抢劫的感觉很好。在堕落的尽头有着极其廉价的绝望。极其可笑地毁掉自己人生的快感，侮辱人人珍视的人生的快感……哈哈哈，所以我的动机就是想要去抢劫，然后说出‘放开我’‘放开我’这句话。哈哈哈！”

野川说话的时候，当时还是巡查部长的股长进屋了。

“因为被追债，所以想要抢钱，是这样吗？”股长问道。但野川摇了摇头。“不是的，我并不需要钱，因为我已经死了。假设能成功抢到一笔钱，那我也会挥霍到再次借钱为止。然后我应该再去某个地方抢劫，直至被抓，直至人生完蛋。”

野川微微一笑说道：“不过这件事啊，还有后续。我被逮捕时，就是手铐咔地铐在我手上那一瞬间，我心里想的是‘被抓了’‘终于被抓了’！手铐这个道具真是把当时的情景展现得淋漓尽致。那时我又看到了红点。它逐渐跳向远处，越来越远……我当时注意到了，不，可能从很久很久以前，我就隐约注意到了。它就像我小时候经常玩的一个银色的超级弹球。哈哈哈！看，有这个吧？它非常小，像橡胶制的，总是‘砰砰’弹跳……不过，为什么明明是银色的，却变成了红色的呢，这我也不知道。”

野川直直地看向我说道：“小时候家里穷，父母什么也不给我买，那是我在路边捡到的唯一一个玩具。当时，那是我家附近比较流行的玩具。拥有了这个平时肯定买不起的款式的大号超级弹球，还是罕见而又漂亮的银色，我非常骄傲。最近经常像产生幻觉一样看见昔日的弹球。我是因为压力，又回到了小时候吗？不，我总觉得并不是这么简单。因为那个超级弹球里有一个回忆……因为小时候我一个朋友都没有，所以对那时的我来说，这个超级弹球一度就像我的挚友。有时觉得它已经不仅仅是一个玩具，我把它当作银色的宝石一样珍惜，或是把它当作人一样，看作心中的唯一……那时的我是个有着扭曲执念的孩子吧。从我把一个破弹球当作一个朋友来看，应该能想象出我有一个什么样的孩童时代吧。不过啊，傍晚时分，我沐浴着落日余晖散步时，发现了一个坡路。一个开车也必须小心驾驶才能通过的陡峭的下坡路，一个很宽很长延伸到很远的下坡路……看到那个坡时，那时还是孩子的我愣了一下，然后瞄准那个下坡路，把超级弹球、那个我非常珍惜的超级弹球，拼命扔了出去。扔的一瞬间，我知道已经无法挽回了。无论我怎么想，那个小球也绝对回不来了。然后，小球猛地以惊人的速度从坡上掉下去了，难以置信地‘砰砰’地跳着，掉向无尽的尽头……那时的我在绝望之中还获得了快感。看着逐渐消失的小球，我想了很多。‘远离自己现在的生活’……远离整天吵架的父母，远离被拳脚相加的日子，远离阴沉的学校，远离邻居给的又旧又脏的书包……那个小球抛下我逃向了远方……不，可能只是我把自己的朋友小球从那里放走了。可是，明明是想自己逃跑的……因此，真正的动机可能是这个……因为我想追随小球而去，从我身边逃走。”

野川笑了。

“不过，唉，罢了。我也是因为厌烦这个家了。你说的那个口供也行……据你们所谓的调查，人类的堕落是难以想象的。法官也一样，新闻也是。当作一个寻常的案件报道了吧。人类堕落的真实原因总是隐藏在表面之下。真相总是像人人希望的那样，被简单地阐明……因此我这起案件的原因，也成了你刚才说的‘因为被追债，所以想要抢钱’。”

野川被迫从椅子上站起来，他看着我又微微一笑。我们视线交汇时，犹如紧紧缠住一般。

“内心动摇了吧，你……我看到你的那一瞬间，就感觉像是自己人。嗯，对的，你的内心正在动摇！”

眼前的野川比起六年前，脸上的皱纹更明显了，也稍微瘦了。唯独眼睛却湿润明亮，炯炯有神。笑容也没有变。

“你想要‘大衣男’的信息吧？”

“什么？”

“都说了，信息呀。”

“你知道？”

“哎？”

野川又笑了。我克制住自己焦躁的心情，正准备回去时，野川突然开了口。

“在监狱。”

“嗯？”

“你知道的吧？在监狱，犯人的关系会变好。”

野川垂下短短的双臂，不再活动。

“于是，共同筹划下次犯罪，被执行的案件有很多……因为监狱是犯人的巢穴。他们在监狱里同屋而住，互相交换信息……我曾和一个男人同屋。在同屋的八个朋友当中，他是最聪明的。他说他还有没做完的事，还有一个没杀掉的人……这是他说过的话。”

野川突然沉默了。

“什么样的人？”

“我想和这位小姐说几句话，你先在外面等一会儿。”

“别开玩笑了。”

“在我的房间里只能有两个人。”

“你！”

“哈哈、哈哈哈哈！”

我该回去了，于是催促小桥。她有些犹豫地向我靠近了一步。

“他曾说，杀那家伙时，曾伪装成了过路杀人魔。”

野川看着我。

“伪装？”

“是的。杀人也分不同类别。有因为怨恨杀人的，也有为了钱杀人的，更有以制造恐慌为乐而杀人的，当然还有因为爱恨情仇而杀人的，也有临时起意的过路杀人魔……动机不同，作案手法也不同。他故意使动机和作案手法不匹配。虽然真相是因为怨恨，但却伪装成看上去是过路杀人魔做的一样。”

我忽然感觉周围凉气袭来。

“真是机缘巧合，那家伙曾住在我家附近，所以我们在监狱时意气相投。附近，你明白是怎么回事吗？就是这里，市高町。”

“他的名字是？”

“我不能说！”

“别开玩笑了。”

“我没开玩笑啊。不，哈哈哈，我开玩笑的……那个，您真以为您能这么顺利地找到作案人吗？不可能的。对吧？”

野川笑着说道，垂下的双臂仍旧保持不动。不知是什么意思。

“你作为刑警，智商还是不够啊。我说那家伙曾住在市高町肯定是骗人的啊。虽然他确实蹲过监狱，也真说过那些话，但是肯定没住过市高町，而且他已经死了，在狱中死的。你经常听说在监狱里死亡的人吧，被判无期徒刑的人大半都会在狱中病死。世人所说的假释，基本是不可能的。”

“你……想说什么？”

我一说话，野川就看向我，坦率得不可思议。

“我想说我很欣赏你……因为你和我一样，内心会动摇……而且你是和刑警一起来的，可以的话，我希望你能经常来我家做客。”

“要是开玩笑，就没什么事了。”

“我正在告诉你关于作案人的事……我认为有一个家伙，他想杀一个人。虽然没说是谁，也还没杀人，但是就是有这样一个家伙……那起过路杀人魔事件发生时，他心想，如果要做就趁现在。”野川目光炯炯地看着我，“如果要做，就趁现在。”

“什么意思？”

“是我不认识的人。也就是说，我是想说这个。所有人全都是过路杀人魔，真的是这样吗？模仿犯罪者，真的是这样吗？别说模仿犯罪者本人，连我也会装作模仿犯罪者。发生那样一起案件，在骚动不安的现在，肯定有家伙想这样就可以把罪行嫁祸于人了不是吗？想着如果要做就趁现在的人，今后可能会越来越多。不……错了。”野川淡淡一笑，“……可能已经有这样的人了。”

精神科医生

我出神地看着蓝色的灯光。

坐在吧台角落的位置，狭小的店内几乎没什么客人。

老板是一个瘦削的男人，看见我这个常客，也不来搭话。这一点我很喜欢，所以偶尔会来这里喝一杯。

案件还没有解决。本想喝一杯就回去的，不经意间已经点了第二杯兑水威士忌。喝太多了明天会很难受。不，现在已经是第二天了。睡觉也好，工作也好，都是今天的事了。

我想起了野川的话，他说在这个模仿骚乱中，有一些别有用心的人。如果是那样的话，接下来的犯罪，是“大衣男”的罪行，还是模仿犯罪的人的罪行，还是利用模仿犯罪者的人的罪行，更加难以分辨了。

进一步说，第三次犯罪本身就有些奇怪，拖拽尸体，灼烧口腔。虽然说这是以扰乱搜查为目的，但还是觉得有点蹊跷。

可是电视里播放了自称“大衣男”的人的声音，他知道只有作案人才可能知道的信息。第三起案件的尸体上附着有蓝色纤维。但是，“大衣男”和在媒体发表犯罪声明的人不是同一个人。第三起杀人案的作案方法也和犯罪声明完全没有联系。

受害者尸体反映了作案人的内心。虽然还不能确切地说，但是，从第一起案件和第三起案件的死者尸体身上，我感到的是悲伤。虽然这么说有些奇怪，但我就是有种想让他快点放弃的感觉。

最令人费解的是，我竟然在不知不觉中病态地深陷此案不能自拔。必须注意一些事情，我一直这么想。如果不把精力放在一些事情上，自己的内心就会像陷入泥沼一样逐渐沉沦下去。但是，我感到自己的内心也被这起案件深深吸引。

店里墙壁的图案看起来像迷宫一样，可能是因为我喝醉了吧，头昏昏沉沉的。线的形状像人的手和脚，敏捷地延伸着画出了一条弯曲而奇怪的道路。

迷宫使人抓狂。

最终还是一夜没睡，早晨去参加了例会。主持会议的警部说市高署旁边管辖区有一个刑警被要求在家反省，禁止办公，据说是因为泄露了搜查信息。会上人声嘈杂。

那人是作为支援人员，从附近辖区派过来的，23岁，交通课的一个男交警，被安排在区域调查组。他的询问方式是强势盘问，他把搜查信息发在了自己的推特上，是关于粘在第三起案件受害者脚上的蓝色纤维的信息。

“他本人承认了，暂且让他在家反省。他也已经泄露给媒体了。最晚今晚的电视新闻里就应该会播报吧。”

刑警们怒声四起，刑警发推特？搜查一课课长、理事官、管理官都没有来。

“我觉得前几天《新闻栏目》中播报的犯罪声明的主要内容也是读了那条推特的产物。似乎网上这条推特已经引起了骚乱。媒体已经知道了，现在删除也已经迟了。”

“也就是说……”小桥在旁边小声说道，她后脑勺的头发还翘着，“也就是说可以无视那个犯罪声明对吧？”

“应该是的。”

“那条推特好像非常糟糕，好像净是关于别人的坏话，怀着很深的恶意。”

“因为人也不会总是小心翼翼地活着啊。偶然的瞬间，也会说出真心话之类的……就像是无心的表达。只是它被公之于世了。”

“人们隐藏起来的阴暗面，公之于世？”

“嗯，网络世界。”

“而且，大家都越来越幼稚。”

“不，被你一说……嗯？啊啊，不对。可能是这样。不过，明明是犯罪声明，如果不是作案人自己写的，就更加搞不懂了。网上不是也有很多人自称是‘大衣男’吗？不是作案人的家伙们却自称作案人。真相被隐藏，冒牌货和复制品越来越多。如果这样的话，今后人们犯起罪来就更加方便了。所以……我有一个请求。”

我一说话，小桥就看向我，眼睛感觉很疲倦。

“毕竟，逮捕高柳的是我们。这不仅仅是违反枪刀法，也是伤害事件。应该算是功劳对吧？”

“嗯、嗯。”

“你可以和搜查一课的审讯员交涉一下吗？就说我们想从区域调查班调到特命搜查班。当然我们经验不足，也明白这是很严肃的事。但是，就增加这两个搜查员，区域调查班少两个人也不妨碍调查。”

小桥向我露出无畏的笑容：“我试一下。”

小桥说：“我觉得这件事背后另有隐情。我认为‘大衣男’应该还会作案的。”

刑警们走出会议室，满脸疲倦。

社会上每个人都过着各自的生活，其中有些人会犯罪。没有一天不发生案件的，就像概率论所讲的，有些人会逃逸。因为受这起过路杀人魔骚乱的刺激，如今犯罪多发。就像是总有一天要犯罪的人，一个接一个地爆发了。

我们的工作是不断逮捕社会上的犯罪分子。把一个接一个出现的犯罪分子一一逮捕，隔离开来。那么，刑警的工作是什么呢？

我先坐在车里等小桥，结果她愁眉不展地走了过来，可能是不行吧。

“他们说不行，也不知道为什么。”

“那个，也跟管理官他们说了吗？”

“不知道。总觉得他说的特别暧昧，稀里糊涂的……”

雾气蒙蒙的停车场里，我打开灯，慢慢地踩下油门。停着的一片汽车就像影子一样映入眼帘。虽然我们又驶向负责区域，但是我不觉得从那里还能得到什么新的信息。犹如我们去不毛之地，做一些没有收获的事。我们拖着疲惫的身躯，呕心沥血般地工作。

不断积累的时间向我压来。这是无法反抗的时间，直到离自己很远的某个人抓住作案人为止，都是毫无意义的不断持续的泥泞般的时间。

一片片公寓寂静地延伸至无边的尽头，相连而成为一户户民宅。

“高柳的拘留时间快结束了。”小桥说道，“模范搜查班的人说可以获得招供，因为差不多能确认是他。说来也奇怪，他们说他必须得招供。”

“冤案、谜案最大的原因就是，最初搜查中的错误。”

“是啊。情况非常危险。事情变得太大了，好像已经出现了责任问题。好像走向了被管理官控制的方向……上面似乎有些纷争，具体我也不太清楚，似乎是之前就有的纷争，然后利用此次事件又重新提起。”

我们继续询问，但没有任何信息。“快把作案人抓住吧！”我们再次受到被问居民的训斥。

吃了午饭，喝了功能饮料，晚饭后还要继续询问。我觉得刚才摄取的营养物质全都白白消耗了。无人的街道，寂静无声，寒冷肃杀。

“中岛先生！”刚才在看手机的小桥对我说道，“听说高柳已经供认了。”

我心跳加速，明明是不可能的，应该不是他。

“自己做的一件和之前的三件，他说都是他做的。听说会被正式逮捕。”

“不可能！”

“据说是为了赶上明天的晨报，要抓紧发布……而且还有一个新信息，虽然还不太确定……就是高柳和第一起案件受害者曾因自动洗衣机发生过纠纷。”

纠纷？就算这条信息是真的，这个案件真的这么简单吗？怎么办才好？

但是我什么都做不了，自己不过是这个巨大搜查本部最底层的刑警，什么也做不了。

我觉得自己逮捕的人会被非法地带向某处，前往高大耸立的法制机构的深处。被不明就里的纷争所利用，带向更深的深处。被迫走过无数寒冷的走廊，去往永远也回不来的地方。

电话响了又响，我一时都没注意到。

是辖区股长打来的电话。

“又有新尸体了。”股长大声说道，“这下可能全部都要被推翻了。你现在在哪？快来现场。”

我到事发现场时，很多搜查员还在。

中间有一辆红色的车，这是怎么回事呢？

好几个搜查一课的刑警都惊讶地看着我。在他们说话前，我一直在寻找吉原，但小桥已经找到他，并向他跑过去了。

在前往这儿的路上，小桥一直嘟囔着“尸体、尸体”。我觉得她可能是想看看尸体，而且之前她还说了些莫名其妙的话。

“哦……功臣组合。”吉原笑着说，他穿着常年不变的西服，“说起来，你们俩真是很积极呀！”

我和吉原一起走向红色的车，法医已经鉴定拍摄完毕。

车的驾驶座上有一具男性尸体，血渗到了白色衬衫上，眼睛微微睁开，嘴咧得很大，仰面朝上躺着。舌头奇怪地扭曲着，贴在上牙和嘴唇之间，头发有点长。

小桥拿出手帕捂住嘴，她没有逞强。这是她第一次看到尸体。

“但是这个好像不是致命伤。虽然裂开，血流出来了，但是没有被刺伤。”

“……怎么回事呢？”

“是瓶子掉下来了，是一个小瓶。总觉得里面有毒，但是并没有毒，已经鉴定过了。”

毒是怎么回事？我不知道这是什么意思。

“还有一封遗书，上面写着自己就是‘大衣男’。”

“欸？”

有人把担架抬进来，将尸体搬走了，这是为了验尸。

“但是，你看这家伙，很明显，怎么说呢……有点胖吧？和‘大衣男’目击者提供的信息完全不同！而且……”

吉原看向我们，说道：“这家伙是精神科医生，而且袜子上有蓝色纤维。”

第二天的会议上，各种事情都明了了。

车内死亡者名叫米村辻彦（45 岁），三个月前在市内开了一家心内科，是一个精神科医生。他无妻无子，还是单身。

死因是服用了氰化钾，胸口的伤是刀伤，但是轻伤。

从车上掉落的瓶子上只检测出了被害者的指纹。在被当作遗书的手写记事本上，警方发现了以下内容：全是我的责任。我是“大衣男”，我想做证，第一个受害者拿的便利店购物袋里装的是爱略特啤酒。我把死者的口腔给烧了。我是精神科医生，我心中的少年把他们杀害了，凶器在西之浦公园的垃圾箱里。

第一个受害者拿的便利店购物袋里装的确实是爱略特啤酒，这个信息没有公开。网上的“大衣男”相关网站、告示牌、推特上都没有这个信息。第三具尸体口腔被烧的事也没有被公开。

接着，搜查员前往西之浦公园，从垃圾箱里发现了菜刀。刃长等都和推测的作案凶器基本一致。因为死者没有携带驾驶证，所以猜测该车可能是他人的，但是经检证车是米村的，车主正是米村。

只是一系列的目击者证言都和这个已逝的、自称“大衣男”的米村的样貌相差甚远。而且给目击者看了米村的照片后，大家都一致认为他不是

“大衣男”。

根据这些因素，得出了作案人可能有两个的结论。会场上一片喧哗。

如果有两个作案人，米村也应该被看到。但是在第二起案件中差点被袭击的主妇也证实说附近只有“大衣男”一个人。过路杀人魔事件到底是不是两个人一起做的呢？从被拘留的高柳和米村身上，也看不到交集。

根据尸检报告可知，米村是先被割伤，然后将毒药送入体内的。他是先被割伤，然后自杀的吗？不，刀伤应该是自己添的，这么想比较自然。可能是他想死，却没能痛快死成，所以又喝了毒药。

从这里我们可以看到死者的罪恶感。这样的话，作案人有两个的说法就更有说服力了。

但是还是不明白，为什么两个人一起做过路杀人魔？这是为什么呢？

米村所开的心内科的绒毯纤维，和第三起案件受害者袜子上附着的纤维吻合。精神科医生把患者给杀了？应该不是这样，因为第三起案件的受害者真田没有来这个心内科看病的记录。但遗书和病历上米村的字迹完全一样。

我听着会上汇报的情况，大脑却越来越混乱，写在白板上的字好像在诡异地移动，像迷宫一样。

作为搜查方针，首先要查清米村的交友关系。但是，我们的工作范围还和原来一样。

“吉原先生。”我叫住了准备离开会议室的吉原。

小桥接着说道：“那个，我们有一个请求……”

“啊，你们是想调到特命搜查班吧？”

我点点头。小桥也点点头。

“嗯，那我试着再说一次。现在看来，高柳的供词缺乏可靠性，如果不好好调查一下米村身边的事情，这起案件就可能陷入僵局……而且完全会被管理官牵着鼻子走。我们都快神经质了。”

吉原显得非常疲惫，大伙儿也是，案发现场的刑警都极其劳累。

“我还会把小桥作为幸运女孩介绍给大家的。”吉原笑着说道，“帮助解决新宿现金抢劫杀人事件，又与高柳的逮捕事件密切相关。小桥真的是个‘幸运女孩’啊。现在必须抓紧救命稻草。刑警也相信这些，应该会同意的。”

在开往询问区域途中，我们改变了方向。这是因为有一个可疑的事情。之前顾虑一课的刑警们而没有做，但是我们还是想调查一下。

“前两天，我在电车里给一个老奶奶让座。”车内，小桥突然说道，“可是，那个老奶奶竟然看着我说，‘哼，伪君子。’”

“欸？”

“而且她竟然还说‘伪君子做这些都是为了自我满足，呵……真是没办法呀，那我就坐下吧’。我早晨经常能在电车里见到那个老奶奶，所以从那以后我再也不给她让座了。但是这样一来，她却一直站在我面前。”

“欸？”

“然后她一直盯着我看，她看起来很难受，然后一直唠叨着‘啊，好疼’‘坐骨神经痛的老太婆就在身边站着啊’，等等。”

“到了哦。”

这里是刚才的事发现场。米村的尸体和红色的车都已经被移走，搜查一课的家伙们一个都不在。

“我非常苦恼，怎么办才好呢？”

“我也不知道，换个电车吧。”

“换了我不就输了吗？啊啊，到事发现场了。”

我们从车上下来，这条小巷原来停着放有米村尸体的红色的车，尽头有一个公园。

一个只有秋千、长椅和熊猫装饰品的公园。

“不过遗物都已经鉴定过了。”

"嗯，只是一个假说。"

我望向之前停车的小巷。

"我不想把精神科医生米村的死看成自杀，这是他杀。"

"可是遗书……"

"嗯，那是一个疑点。毕竟米村知道第一起和第三起案件中只有搜查相关人员才知道的信息。一般都会认为两者有关系。不过，唉，暂且先试着这么想吧。"

我看到熊猫装饰物，熊猫的目光竟有点儿凶恶，甚至带着一种无所畏惧的笑容。

"如果是这样的话，很难想象'大衣男'把米村叫到了这个公园。因为在这么多警官到处巡查的市高町里，深夜在公园和米村见面也太鲁莽了。因此作案人是坐在米村车里的副驾驶座上，这么想比较自然。然后，作案人想办法威胁他，让他写下了那封遗书……嗯，也不现实。不知道为什么是米村。只不过我们要试着想象一下，这个地方当时发生了什么。"

我在事发现场的小巷里走来走去。

"曾经，还是新人的时候，有一个刑警前辈对我说过一句话。他说试着在现场和作案人呼吸同样的空气，来思考问题。像推理小说一样，制造不在场证明和进行密室杀人的家伙在现实生活里是不存在的。大部分的杀人事件是在没有周密计划的情况下发生的。因此，源头的源头，现场是非常重要的。现场里有强烈的感情表露，还有它的痕迹……表露的痕迹，因为情绪激动而留下的证据。不，可能是连作案人都没发觉的，一种无意识的请来抓我的声音……所以他说如果在现场思考，就会浮现出一些好点子。"

我眺望周边，作案人什么也没落下。这是当然的，鉴定课都已经把证据全部带走了。那些证据当中，没有什么有价值的东西。

我说:"咱们走走看看吧。"

我和小桥两个人走了起来，发现一个自动售货机，我买了一罐罐装咖啡，她什么也没买。此时，一个男人从无人的路上走来，若无其事地看了小桥一眼，然后拐过通往便利店的路口。

“这么说起来……”小桥说道，“刚才新闻里报道说不知道为什么现在性犯罪越来越多。昨天我的朋友也说她被一个变态男尾随。”

“嗯，总觉得社会风气有些奇怪。而且，也不知为什么情人旅店和游乐场那么受欢迎。”

“总体都很奇怪。据说商店的小偷也越来越多……啊，请拿给我那罐咖啡。”

我打开盖子的时候，她如此说道。我把咖啡罐递给她。

“就是说你现在手冷？”

“不是。”

“你可是在非常用力地握着这个热罐子啊。”

“不是。”

“也就是说，等你还给我的时候，咖啡罐已经变温了是吧？那你刚才也买一罐不就行了。你现在为刚才没有买而后悔？”

“不是。啊，还给你。”

咖啡罐已经变温了，我打开盖子喝了一口，咖啡也是温的：“温的。”

“太斤斤计较的话就不受女生欢迎了哦。所以说中岛先生你在女职员当中……”

她说到这里突然闭口不言了，再怎么等她也不继续说了。

“在女职员当中，我怎么了？”

“喵……”

“欸？”

“没事，什么也没有。”

我们最后来到了远处的公园。我有点抓狂，小桥说道：“这个花坛好萧条啊。”

“别给我转移话题。‘喵’是什么意思。我说你这回答也太不正常了吧。”

这里确实有一个花坛，不过非常简陋。

“一朵花都没有，但是有灰尘。”

“因为灰尘里含有钾，能当肥料用。”

“这样啊，只有一个地方有？”

我走近花坛，发现虽然非常少，但确实有灰一样的东西。

“你眼睛真敏锐啊。”

“我视力 2.0 呢。”

“厉害。欸，等一下！”

我心跳突然加快，想起第三起案件受害者口中有被烧过的痕迹。

“这次的遗物里……有一个东西缺失了对吧。驾驶证，米村没带驾驶证。”

“是啊。”

“是在这里烧的？”

“可这是为了什么呢？即使烧了那些东西，也能立刻判断出死者身份。”

鉴定结束后，事发现场的小巷里确实什么也没有了，但在稍远一点的地方却发现了“没有的痕迹”。这可能是什么东西被销毁的痕迹。于是，我们去询问公园管理者关于花坛的事情，但是听说花坛管理者正在应邀主持当地的妇女会。于是我们又去妇女会询问，她们说从没有把灰尘当作肥料使用过。小桥又去询问了警察署，奇怪的是，在米村家里、诊所里都没有找到他的驾驶证。

“但是迄今为止的受害者，全都是带着驾驶证的，第三起案件也是。”

“那为什么只有这起案件没有带呢？”

我的头开始疼起来。微风吹过，脖子和脸颊更冷了。

我不懂这是为什么。

身边的人们

我们和吉原取得了联系，在附近的他很快就赶来了。

他拍了好几张花坛的照片，并选取了些泥土和灰尘。虽然不知道烧的是不是驾驶证，但是只要有残留的小碎片，就可以调查其成分。小桥果然是“幸运女孩”啊，吉原笑了一下，很快又恢复了原来的表情。

“不，不是幸运。这是把这个公园的所有地方都看成现场，仔细观察的结果。鉴定课也集中观察了车、道路和排水沟，只不过没有注意到稍远一点的公园花坛中的一点灰尘而已。”

“不不，不过……”

“嗯，虽然跟领导们汇报了，但是他们都没什么兴趣，都说应该是小孩子玩火，或是燃烧落叶飘来的灰。但是有时就是从这种细节中找到解决案件的线索的。如果这真是驾驶证的话就了不得了……对了，你们俩已经被调到特命搜查班了。”

“真的吗？”我看着吉原问道。

他的眼神犀利，嘴角有一道突兀拉开的深皱纹。我觉得脸能反映出一个人的生活方式，那是一张看起来像是克服了种种困难的脸。

“这本是我们提出来的，我这么说可能有点奇怪，不过……您是不是为了我们勉强做了什么呀！被管理者教训的话……”

我的话刚一出口，吉原就笑了。

“也可以那么说吧。被教训倒也不可怕，因为我都已经快退休了。”

“不过……”

“我是单身汉，又没有孩子。我也没有做刑警的儿子，而且……”吉原又看向我这边，“我们这一代最应该完成的是如下使命。那就是自己这一代制造的恶习，哪怕是一点儿，也要破除后再传给下一代。……不过如果你们也安于现状的话就完蛋了。不摒弃这些恶习，就成不了中流砥柱的一代。”

吉原走起来，我也随之跟上。

“所以必须得有结果。”

我们回到警察署，和特命搜查班的同事们寒暄问候。

特命搜查班的名字看起来很厉害，其实并没有什么特别的，工作内容就是听取事件周边相关者的信息，但是有时接到领导的指示，会紧急执行任务，因此会派遣一些有实力的老牌刑警过来。暗中监视野川的就是这个特命搜查班。

他们对我们俩完全没有兴趣，可能是因为窗外的逆光，我看不清他们的脸。屋子里的人很快就出去各自工作了。

一个刑警走到我们面前。这是一个身材纤细的男子，记不清是叫“饭冢”还是“饭原”了，但他的姓应该就是类似这种的。

“其实我反对你们调过来，但是领导们发话了，我们也没办法。”

桌上放着四本厚厚的文件。

“我并不承认你们是特命搜查班的，所以你们想做什么就做什么吧……毕竟搜查员太多了。”

我们虽然很生气，但是这样反而更好，我们也不想接受这种男人的指示。

“说到底我认为你们逮捕高柳一点儿用都没有。”

“为什么？”小桥问道。

眼前的这位刑警正把我们当作他释放压力的对象。

“拜那个逮捕所赐，搜查总部一片混乱，都被那边吸引了注意力。但这可能是假的吧。和第一起案件受害者发生争论的信息也出来了，竟然还供认了。最初的调查一混乱，案件的解决就明显被推迟了。”

我见小桥又想张嘴说什么，便决定替她说了。那个男子和我没关系，但是小桥和他同属搜查一课，级别也相差很大，我不能让她与之发生争执。

“有受害者的对吧？”

“嗯？是轻伤吧？”

“轻伤？你的意思是受害者是轻伤的案件没有吸引力？如果没抓住他的话，可能已经出现第二个受害者了。你这是在说什么呢？”

我说话时，小桥反而想来劝我。我安静地说道：“你脑子里似乎只有大案子是吧。就算是大案件也好，但是你们也太不高明了。你们之前一直在监视野川，其实早被发现了，轻而易举地被发现，他说你们很无能。”

“你刚才的话很有问题，我要向你的署长反映。”

“那我会向管理官和理事官提意见。汇报你所说的话，即你说逮捕高柳没用的话、你说因为受害者是轻伤的话，还有你们所进行的无能监视、立刻被发现的事。”

虽然是故意说的，但是说着说着我的语气不由得变得强硬起来。可能我也感到了压力。原以为他会发火，结果他沉默了一会儿，只是微微一笑。看来他为人处世很擅长不制造纠纷。他心中定想，还是不和辖区刑警发生争执的好。如果招致辖区刑警的太多反感，就不容易保持合作了。

“到此为止吧，不过是浪费时间。”

那个男子离开了屋子，小桥拽了一下我的衣袖。

“那个，这会不会不太好？”小桥担心地说道。

在棒球等的比赛中，领队对裁判激烈发怒时，有的教练会比领队还愤怒，甚至会逼问裁判，使其退场，由此领队反而会熄灭怒气。我原本是想利用这种心理，但是说着说着就变成发自内心的独白了。

“没事。”

“可是……”

“首先，他不希望有争执。他可能私底下会偷偷怄气，也可能不会。因为他对我没什么兴趣。对自己升职没有影响的辖区刑警，他是不会费心的。”

小桥还是不太相信，我只好岔开话题继续说道：“比起这个，好不容易进了特命搜查班，我们还是开始工作吧。”

屋里暖气很足，很暖和。我让小桥坐在沙发上，开始看文件。不知什么时候，小桥的头晃了一下，猛地翻了一个白眼，然后像昏厥一样闭上了眼。她的睡姿一直都是这样壮烈。我给她盖毛毯时，不知道为什么她低声嘟囔了一下，但是又接着睡了。

我首先把焦点放到第三个受害者真田浩二身上。他是总安托莱斯株式会社的社长，拥有三家运动俱乐部，在跑步时被刺杀身亡，遗体口腔内有灼烧痕迹。虽然还不知道这和前几天死去的精神科医生米村所在现场附近燃烧的东西是否相关，但我总是很在意这一点。

真田是过路杀人魔事件的受害者。虽然特命搜查班的成员确实头脑简单，但是他们还是调查了他的周边情况。虽然他在公司的口碑很差，但是根据公司职员的证言可知他并没有被人记恨。可能是因为他太招人烦了，所以大家都不想和他有什么联系吧。

还有一点我很在意，那就是他经常更换邮箱地址和手机号。

他用于工作的手机号没有变过，应该是私人电话经常变更号码，半年换一次。

为了确认情况，我要去一趟负责证物的地方。看了一眼小桥，熟睡的她紧咬牙齿，眉头紧皱，我觉得她应该是梦魇了。本想叫醒她，最后还是放弃了。虽然不知道怎么样比较好，但我觉得她最近太累了，即使梦魇，睡着总比醒着好。

真田的所有电话记录都被打印出来保存着。我拿到文件回到屋里，看了一下电话簿的记录，全是女人的。

从他死的大概两个月前开始，有两个女人和他频繁地用电话和短信交流——自己死后，留下手机号也很麻烦。读了内容可知，他和两个女人都保持着性关系。我看了一下他的短信记录。

“昨天谢谢你请客。夜景真美，当然还有更美好的事情。我有点害羞，但是还想去啊。”

“我已经到了，不过没事，别介意，我先进去等你。”

短信的图画文字不少。

下面是另一个女人的短信。

“昨天谢谢请客啦。现在是工作午休时间，你吃的什么？”

“嗯，下次我给你做哦。明天，有空吗？”

“哎呀，讨厌！”

这个女人也用了很多图画文字。我看了一下已发短信。

“我才要谢谢你。对我来说，比起夜景……糟糕，差点说出什么特别奇怪的话。”

“我会飞速赶来的！”

“因为比较忙，所以还没吃……我想吃由你亲手做的饭。”

“明天见。到时候没准儿把你也吃掉了。”

好羞耻，短信内容太羞耻了。但是再往前追溯短信记录，有一个女人和他的联络几乎只有收信记录。那个女人名叫科原小百合，就是刚才那两个女人之前的女人。

“直接谈？为什么？不明白。”

“我希望你跟我解释。今天我一直醒着，请和我联系。”

“这样下去很奇怪啊，请给我好好解释一下。”

没有图画文字，也没有真田的回信。

真田把存起来的电话名单分了组。“工作”“朋友”，我觉得他应该是一个勤快人。但是还有一组叫“完”。刚才的两个女人和短信严肃认真的女人都在“完”这个组里。

大概是把睡过的女人都称作“完”吧，好恶心的家伙。我觉得通过手机和个人电脑的内容就能了解一个人的生活方式。

“爱好太恶劣了吧。”小桥刚才一直站在我的斜后方，“看别人的手机内容真的是……”

“这是搜查。短信记录里几乎有这个人所有的交友关系，不是吗？”

我看着小桥，她后脑勺的一些头发翘了起来，像鳗鱼一样，而且是两条鳗鱼。怎样才能睡成那样啊。

“中岛先生，”小桥略微低沉地说道，“刚才你是为了袒护我，故意跟那个人生气的，对吧？”

“不是的。”

“而且，我睡着你也没叫醒我。你当时一定想，屋里这么暖和，她可能睡着了吧。”

“不是的。比起这个……”

“比起温柔，我从中岛先生你身上感受到了孤独。”

身后的空调发出刺耳的声响。

“你想一切都由自己来承担，不太依赖别人，很温柔。不过，我认为这反而证明你想和世界保持一定距离。什么事都自己想办法解决。一直给我这种感觉。”

“你想得太多了。”我想找烟，才想起自己已经戒烟了，“那个，你来看一下这个。”

“这样转移话题真是……”

我看向小桥。她今天有点不正常，一脸认真，目光坚定不移。

“我知道了……我也会让你全力配合我的。”

“好的。”

“看这个。”我给她看短信内容，“这个叫科原小百合的女人应该还没被询问过。因为大家认为真田是在跑步时被‘大衣男’刺杀的。”

“确实让人起疑啊。”

“我们多少已经知道真田是个什么样的人了。”

打电话的话，如果对方和案件相关，可能会就此逃跑。还是直接见面比较好。

“查一下住址，工作地点也行。”

我站起来，准备和她一起出去，突然想起了什么，于是看向小桥说道：“话说回来，刚才你嘟囔什么来着？”

“是的。”小桥垂下眼睛，落日的余晖从窗户照射进来。

我觉得像是问了什么不该问的问题，于是想转移话题，可是又不知该说什么，因此心跳加速。她垂着眼睛，微微张开口。

“头发，变成萝卜叶子了……在梦里。”

“哈？”

“我说我的头发好像全都变成萝卜叶子了，非常茂盛，还感觉挺好吃的，但是我想不行，现在不是吃的时候。”

“你在说什么？”

“洗发露也不能用，护发素也不能用，大家都把我当作‘小嫩苗’来欺负，叫我‘嫩苗刑警’。还被抹上了沙拉酱，我一哭就醒了。”

科原小百合是一个身材纤细的35岁女性。

她在消费者金融公司的前台工作。在她从公司回家的路上，我请她到咖啡店去。

虽然小桥也想来，但是我对她说：“女人应该不想在比自己年龄小的同性面前说自己失败的恋情。”小桥虽然说我这种片面的断定并不对，但还是接受了。不过，我让她调查最近短信记录里的那两个女人去了。

利原小百合喝着红茶。从她那略微细长的眼睛里可以感到她是一个意志坚强的人。她说已经从电视报道中知道了此案件。她和真田是在八个月前相遇的，交往了四个月就分手了。

她的声音很细很小，眼睛下面有一个小黑痣。

“不过，真难为情啊。”

“为什么难为情呢？”

“你看了短信内容，对吧？”

她稍微垂下了视线，我抓着咖啡杯。她说和真田分手后，并没有特定交往的对象。

“对不起。”

“没办法啊……因为我也看见了。”说话时她缓缓地笑了，又拿起红茶放到了嘴边，荧光灯反射在她及肩的黑发上，“那种东西不应该看的，是吧？和我交往时，他不是还和另一个人频繁地短信来往吗？”

“嗯。”

“那个女人怎么样了？”

我喝了一口咖啡，虽然没必要说，但我决定告诉她。

“后来他们保持着联系。过了一段时间，他又认识了另外一个人。死前和那两个女人都保持着联系。”

店内播放着日本当今偶像的歌曲。歌词内容是世界上只有你和我呀，拿起勇气前进吧等。店内把杯子放入盘子时的声音和匙子搅动咖啡的声音此起彼伏。

“你觉得我是一个有不良嗜好的女人吗？”

“不是。”

“没关系。因为事实就是这样。”她笑起来，“您问不出口吧？是在体谅我吧？真田被杀那天，我并没有不在场证明。”

“凌晨三点到三点半。一般人都不会有不在场证明。”

“你是在怀疑我吗？”

“不是这样的。”

偶像歌曲还在播放着，选择这家店真是失策。

“我确实想象过。他被杀后，如果我是凶手的话……”她胡乱地摸着红茶的匙子一端，视线也投向红茶，“但是我太不擅长杀人了，杀他太不现实了。不可思议的是，虽然也很惊讶，但却无法悲伤起来……虽然我觉得自己对他还有感情。说得可能有点奇怪，不过我看到案件的新闻时，才发现自己已经忘记他了。”

“这样啊。”

“这样说也没法证明我自己无罪对吧？”

“我并没有怀疑你。”

“‘大衣男’？”

“对。真田是过路杀人魔事件的受害者。不过也可能是别人干的。警察会考虑所有的可能性。”

我又喝了一口咖啡，杯子也发出了声响。

“有没有人记恨他？”

“刚才这个话题继续说下去的话，应该会变得很奇怪吧。”

她笑了。我也笑了一下。确实，他行为不检点这一点已经很明确了。

“但是……怎么样，现在还有人那么恨他吗？”她小声问道。

“所以？”

“嗯……怎么说呢？虽然这种说法有点奇怪……我觉得他是那种杀了也没什么价值的人。”她再次看向红茶，继续说道，“确实，我和他交往时是真心的，分手时也非常痛苦……不过怎么说呢？就是感觉多年过后也不会想起他。他就是这样一种人。”

“所以你是想说他不是特别优秀的男人。”

“是的。我回想了一下，发现一件有点奇怪的事。”她看着我，“虽然说不好，但是我感觉他好像在过着一种已经结束的生活。”

“已经结束的？”

“对……他，怎么说呢？我觉得他好像对生活没什么热情似的。”她又垂下了视线，“普通的生活……就是说，他不能过普通人的生活。我觉得他是那种如果不提高生活水平就没法生存下去的人。本来就对喜悦和希望都比较淡漠……从那之后，我试着想过。比如他就是一个有点特别的人。他给我一种故意谈恋爱的印象。比起享受和女性的交往，他更像是因为一种惰性而交往……似乎每天都很无聊。可能短信内容也是如此。虽然内容很轻快很温柔，但我总觉得他是一脸不悦地在打字……他，有一次把公司搞垮了。”

“把公司？”

“我记得那是一家经营酒吧的公司。他总想着增开店铺，所以就破产了……我觉得那也是他在故意逞强扩大经营吧。”

顾客开始离去，店里的人群不再那么密集。

“有一次，他开车载着我出去，差点发生交通事故……行驶在前面的卡车突然减速，他及时踩了刹车……虽然车没有划痕，完整无缺，他却笑着说，‘突然就踩了刹车啊’‘可能是因为你坐在车上吧’……然后，他说了句‘可是’，就闭口不言了。那时的表情，我……我从未见过，非常阴郁。”她吸了一口气，像是忘了什么，“我可能从没和真正的他交往过。我仅仅看到了他想展示给别人的一面……当然对象如果不是我的话，可能会不同。”

我喝了一口咖啡，已经差不多凉了。

“真田去过心内科吗？

“他去过吗？

“现在只是推测。”

“唉！”她叹口气，然后若有所失地继续说道，“就算他去过，也不会跟我说的吧。”

和她分开后，我看了一会儿她的背影。和别人接触时，有些东西总会飘飘忽忽地留在自己的心里，心情会有些乱。上车后我把身体安放在座椅里。她回到自己的孤独中去，我也一样。

我突然想起了真田差点儿遭遇交通事故时说的话，“突然就踩了刹车啊”“可能是因为你坐在车上吧”“可是……”

这些话填补完整的话可能就是这样吧——明明已经不想活下去了，可还是突然踩下了刹车。可能是因为车里还有除自己以外的人在。可是这么说也很奇怪，因为我并没有那么珍视身边这个坐在我车里的女人。

她自己应该已经发现了“可是”之后的话了吧，也可能是真田说了更直白的话。

放倒座椅，透过风挡玻璃，我看到对面车站前无趣的商店街。受案件影响，这里变成了冷清无人的商店街。根据科原小百合的话，真田阴郁的形象开始浮出水面。虽然从收信记录里可以看出他的交友关系，但交流是考虑对方的，也就难以看出这个人真正的内心。而且人们在网上和短信上是活在一个虚拟世界里的，会有些幼稚。夸张地说，会稍微有些自我、乖张。当然这确实也是他的一面，不过判断起他的形象却很难。

那么阴郁的男人会把保持亲密关系女性的名字，放在手机电话簿的一个分组里吗？会标注一个“完”字吗？还是说“完”还包含着别的意思？

手机响了，是小桥打来的电话。

她说：“两个人我都见过了……总觉得和印象里有点儿不一样。”

她是在哪儿啊，还能听到奇怪的音乐。

“真田的印象？”

小桥说：“是的。他特别稳重，和短信里面的感觉完全不一样。”

“原来如此。”

小桥说，那两个人都一致认为真田是一个缺乏朝气的男人。

“我问的这个女人也这么说。总觉得很奇怪。”

小桥继续说道：“听她们说，有时迟到或者有什么事时，真田也会道歉，不过有时……会觉得那像是在为其他捉摸不透的事而道歉的。”

果然如此。真田阴郁的形象再次浮现在眼前。

“是一种和人交往的罪恶感？”

小桥说："到底是什么呢？而且她们还说，他高兴的时候，就像表演出来的。怎么说呢，就像是没有活在这世上一样。"

"我问的这个女人也这么说了。她说感觉真田在过一种已经结束了的生活。"

小桥说："不过又不可能是自杀的，对吧？"

"嗯，在路上自己割腕，再刺向胸膛这种事……从我们得出的这个人物形象来看，他是不会做这么过激的事的。"

从听筒传来的应该是印度舞曲，我想问问她现在在哪儿，又觉得麻烦，就没有问。

"真田曾经好像把公司搞垮过一次，是经营酒吧的公司。"

小桥说："是吗？"

奇怪的音乐太吵了，不过我还是忍住了。

"那我试着询问一下那边。"

小桥说："那我也简单询问一下真田的朋友。"

我回到警察署，搜寻负责证据模块的资料。从真田房间里拿出来的文件当中，有以前他搞垮的那家公司过去的资料。它仅仅被粗略地整理了一下，"有限公司卡鲁鲁"，名字真奇怪。

警方对真田周边的调查非常粗略。可能因为他是过路杀人魔事件突发的受害者，无可奈何。不过，我还是觉得有些粗枝大叶。

证物里有职工名单。他将公司扩张成四家店铺时，公司倒闭了。除了店长外，职工都是过来打工的。不知怎的，我有些迫切，我给每一个店长打了电话，不过都没打通，因为这已经是五年前的名单了。

不过那个名单里的一个男人，真田手机电话簿里有他，名叫角浦隆盛。角浦也是真田现在这个总安托莱斯株式会社的职员。我决定先问一问他。在职员当中，登记在真田私人手机里而非工作手机里的只有角浦一个人，不难推测他们的私交也很好。

不过奇怪的是，角浦没有职务。一般情况下，不是应该给以前一起共事过的男人一些优待吗？

我把车开到总安托莱斯俱乐部。才刚傍晚六点，角浦应该会在俱乐部的办公室吧。

虽然意识到自己还没吃午饭，但我觉得时间太宝贵了。忽然我闻到了一股烟味儿，停下车寻找，但并没有，可能是心理作用，最近有点儿累。那时候的火是不可能现在出现在这里的。

在俱乐部前台，我说明自己的刑警身份，对方毫不掩饰地甩给我一张臭脸。可能是因为他们从运动俱乐部的会员那里听到谣言，同时他们也想忘记这起案件吧。我请人叫来角浦，几分钟后，一个高个子男人出来了。

角浦脸上露出一副很麻烦的表情："请问……有什么事吗？"

我紧紧地盯着角浦，但看不出这嫌麻烦的表情下是否有动摇。

离开俱乐部，我们进了附近的一家咖啡店。这是我今天点的第二杯咖啡。

"不好意思，不过真的和我没有关系。"

角浦 31 岁，单身，短发微微竖起来，很整齐。虽然看起来像一个教育家，但他只是一个办事员。

"我想问您一下，真田先生的交友情况。"

"哈？那不是'大衣男'干的吗？"

"话是如此……"

"所以说，我觉得这里不适合谈这种事。"

咖啡来了，我喝了一口，有点儿后悔，刚才点美式咖啡就好了。

"最近，悬而未决的案件不多吗？"角浦继续说道，"偶尔也会出现在网上不是吗？某某事件过去了好多年，号召大家提供信息；旁边镇里的抢劫杀人事件还没抓到作案人……虽然我不想说，不过我最近觉得警察非常没用。"

“确实是！”

“欸？”

“哦，不，悬而未决的案件真的很多。如果有夏洛克·福尔摩斯的话，肯定全都能解决。”

“可惜没有福尔摩斯。”

“是啊，所以很抱歉。”

外面开始下雨，角浦露出非常不悦的表情。不过没办法，下雨也不是我的错。

“您和真田先生之前就认识对吧？”

“因为那时在酒吧打工。”

“所以现在的工作也是这个？”

“酒吧破产后，我曾在各种公司里工作，要么公司倒闭，要么我被解雇……然后我们就在小酒馆偶然遇见了，和真田先生……于是他对我说，来我这儿干就行。”

“这样说的话，真田就是你的恩人吧？”

“嗯……对，算是吧。”角浦喝了口咖啡，眉头微皱。

“你是想说不是恩人吗？”

“是恩人，我很感谢他。”

“虽说如此，总觉得你刚才的说法……”

“啊啊……不是的。虽然说不好……就是觉得对他的印象不深。”角浦像是在找合适的词语似的，低下了头，“……我们也一起喝酒，不过非常少。怎么说呢，他雇用我，并不是因为认可，或是善意。也许……听到那样的话，这么说很自然。这种感觉，也许就是要雇用我，而正好又有人辞职。”

角浦松了一口气：“因为他说要雇用我，所以我就去了俱乐部，但他一瞬间却露出了不可思议的表情……那时我很尴尬，因为我还是穿着西服去的……然后他又立刻微笑起来，对我说‘欢迎你的到来’。不过，不知道为什么，他那时的表情，我一直都清楚记得。”

角浦看向我，继续说道：“那个，刑警的工作一定很辛苦吧？不过是公务员对吧？你没有被否定过吧？虽然经常说要裁掉几个人。义正词严是为了合理，可是裁掉的都是活生生的人啊。不光是数字。那时对我们的精神伤害也希望被社会数字化……我们刚才说什么来着？”

“没事，请你继续。”

“那个，不，我已经说完了。”

角浦伸手拿了一杯水。

与真田遭受过路杀人魔事件无关，我得知了这个运动俱乐部会员数减少的消息，也可能是因为裁员。

“唉，怎么说呢……以前，我去一家公司面试时，被严厉教训过，也被淘汰过……虽然那已经是好几年前的事了，但我倍受打击。前两天，我在报纸上看到那家公司倒闭了，我的心里觉得很是畅快。就想，什么呀，那些家伙原来不行呀！这帮自以为是的家伙最后还不是变成了自己说的那样……怎么说呢？”

“是啊。”

“嗯。那时我总算明白了。社会上大部分人都是得过且过。虽然我非常讨厌因为没找到工作而遭到社会排挤，但是想到这个只是暂时的，就没必要那么介意了……那个，可以了吗？”

角浦像是话说得太久而有些害羞似的，从座位上站了起来。

“那么，关于真田先生的形象，有没有什么可以透露的呢？和他交往过的女性做证说他有轻生的念头。”

“轻生？”

“喜怒哀乐，怎么说呢，她们说就像是表演出来的。”

角浦露出了沉思的表情。

“如果想到什么的话，可以告诉我吗？”

“我不知道，嗯，不知道。只是……”

“只是什么？”

“明明稍微喝点酒就会好的，他说过这么一句话。”

“喝酒？”

“因为他根本不喝。但是他说过喝醉了可能会更轻松吧。”说着角浦又伸手拿起了水杯，“他有一次突然对我说‘素面’。那是我们走在某一个地方的时候。他说，‘看，我一直把这种景色看成“本真”’……我不知道什么意思。那个，真的可以了吗？我什么都不太了解。”

“还有一点。”

我也伸手去拿玻璃杯，不过里面已经没有水了。

“那个，我真的得走了。”

“是吗？”

我说声谢谢，只好拿起账单结账。太过纠缠的话，下次就难见面了。

角浦看着我，说道：“那个，不好意思。”

“怎么了？”

“以后如果找我有什么事的话，请在我们下班之后过来。如果大家认为我与此事有关系的话，公司里会有点麻烦。”

“啊，真是太对不起了。”我起身道歉。

角浦看着雨势，说道：“我们公司的情况非常不好。”

角浦是作为真田的朋友进入公司的。真田死后，他现在工作可能很困难。

回到警察署时，小桥已经先回来了。

她正在非常认真地吃着仙贝。用门牙咬碎仙贝，然后咀嚼，现在正在用后牙咀嚼。虽然觉得不该打扰她，但她发现了我。

“怎么……样了？”

“啊。一般，和平时一样。”

“从那以后……真田的……”

“你可以咽下去以后再说。”

她拿起一瓶瓶装茶喝了起来。我也有点想吃，便试着吃了一口仙贝。牙齿咬下的瞬间我愣住了：“甜的？”

“是吧？”

“这是什么啊……真是不可思议。”

我们俩继续吃仙贝。有刑警路过，不知道他们是认为这个仙贝真的好吃，还是只是觉得我们累了。

我们俩一边吃着仙贝，一边分享着获得的信息。听说有电话记录的两个女性带着朋友和真田、角浦联谊过。不过我所见的角浦看起来和真田的关系并没有那么好。

“真是奇怪啊！”

“是的。他是因为不太想和这件事扯上关系而刻意隐瞒呢，还是因为什么？”

“嗯，根据见面时的印象，都有可能啊。”

在搜查总部，精神科医生米村的信息都收集来了。

虽然他留有一封宣称自己就是“大衣男”的遗书，但他的相貌却和目击者所说的相差甚大。因此，媒体也很头疼该如何报道搜查本部例行发表的消息。

虽然大都认为是共同犯案，但被威胁而写下遗书的意见也非常强大。不过都不知道作案人为什么选择了米村。

昨天，在其他辖区，又发生了两起过路杀人事件。这已经是全国第十五起了，报道也非常热闹。到底谁才是“大衣男”，大家都不知道。犯罪声明已经不仅仅出现在网络媒体，已经连日被各大媒体报道。

模仿“大衣男”作案，甚至还有“再复制”“大衣男”不断发表犯罪声明。这只不过是匿名引起的泡沫，都是假的。

搜查总部在扩大，要求协作的辖区也在增加。

过路杀人魔事件分布的情况为，市高署管辖区五起（其中一起案件的嫌疑人是被逮捕的高柳），练马署两起，涩谷署三起，东海署两起，熊雄署两起（列车内），石之川署一起（媒体正在采访中）。其中，死亡案件为，市高署的三起和涩谷署的两起。涩谷署的两起事件的死者是一个 60 多岁的男性和一个 40 多岁的女性，都是深夜在路上被杀。不仅如此，全国的犯罪尤其是抢劫也呈增加趋势。

警署决定召开临时会议。

有人报告了米村辻彦的周边调查情况——毕竟是大规模的搜查，对象很快就被确定了。

米村辻彦，1969 年出生于爱知县，医科大学毕业后，进入当地综合医院精神科。此后辞职，2000 年至 2002 年状况不明。之后突然开设了心内科诊所，但该诊所于 2005 年关门。从去年开始，在市高町再次开设心内科诊所。这次案件发生在开设诊所的三个月后。

以前的精神科病历等记录由于过了五年的保管期，已经没有了。虽然在市高町开设诊所的病历还在，但是因为刚开业三个月，来看病的人并不太多。

米村手机里也只存了几个号码。听说目前已经询问了各个相关人士，不过听到该案件时，大家都感到很惊讶。

他们都说完全看不出来米村有做过路杀人魔那样“张扬”的性格，当然本来对他也印象不深。

“米村有一家常去的酒吧。”一课还在继续报告，“在市高町发生第一、第二和第三起案件时，他都有不在场证明。那家酒吧的老板和很多客人都证明了这一点。从米村家里也找到了那个时间段的收据，而且店里也有记录。据说他除了去洗手间，中途也没有离开店里……还有证言说他有酒精依赖症。也就是说，只要一开始喝酒，他就会一直坐在那里。”

会上大家议论纷纷，也有沮丧的声音。

“有没有可能是作案后进入店里的呢？”主持会议的警部说道。他真是累了。

“好像没有。因为他总是 12 点左右来店里，喝到 4 点多。似乎是一个做事非常有规律的人。只有周三和周日不来，但这两天都没有罪案发生。”

“和高柳的交集是？”

这次是另一个搜查员报告。

“没看出来，手机里既没有存他的电话号码，也没有和他互相联系的痕迹。高柳也没有来过这家诊所。”

这么说的话，如果假定米村是作案人，那就必须假定还有一个共犯。

但是在过路杀人现场没有共犯，这是怎么回事？还能说有共犯吗？

“但是，米村知道第一起和第三起案件中只有作案人才知道的信息。这怎么解释？”

“这个……”会上议论纷纷。

“继续调查他的交友关系。”警部厉声说道，“特命搜查班再调查一次来诊所的人。从他毕业后就职的综合医院里也没有查出什么吗？请给我详细汇报。米村车上的指纹和犯罪前科名单查对完了吗？负责证据的呢！”

负责搜集证据的人没有新的信息。查访班也没有什么消息。

如果这样停滞不前的话，表面上嫌疑人的死亡可能就会使调查陷入僵局。大家都沉默不言，只有空气在飘荡。

一课课长、理事官都没有来，只有管理官垂头丧气地坐在那里。媒体的批评也日益激烈。

“中岛先生！”小桥突然大声喊道。

静谧的会议室里，搜查员全都向她看去。

“小桥！你忽然叫喊是想干什么？”警部说道。

但是小桥一直看着我："这个……请看这个……这个，这个。"

小桥把资料递给我。确实，是她刚才埋头看的那个文件。

"嗯？什么？哪个？"

"不是这个，不是病历名单，是这个……虽然不知道为什么没有病历，但是……这个……"

所有搜查员都看着我们，我也看向资料。

这是米村诊所的资料。是为了向健康保险组合索要保险的诊断报酬明细记录。由于出示了保险证，上面记录着看病者的姓名、住址和诊治内容。大家都很兴奋，都把注意力放在表明患者情况的病历上了。

"原来如此。"

简历里有一个名叫初川纲纪的人。这个名字也在真田以前经营的一家酒吧的员工名单里出现过。虽然他没有病历，但却有他提交保险证的记录。

真田以前经营的酒吧的员工也是米村诊所的患者，这一事实终于水落石出。

而且，他的病历被销毁了。

迷 路

我在会上谈了到目前为止的调查经过与案件进展。

我又一次和案件辖区的股长以及代理目光相对，但我还是毫无顾虑地讲了下去。他们如何想我不管，我和搜查一课没有任何关系。

"可能是偶然？"一直在旁边默默听会的负责会议进程的警部突然插话问道。

"又不是多么大的小镇，碰巧真田的朋友到米村的诊所去，应该也会有这种可能性吧？"

这家伙在说什么呢。小桥刚要站起来，便被我按住了肩膀，我说道：

“如果是那样的话，初川的病历卡不见了这件事，也是偶然吗？”

会场变得嘈杂起来。

“很显然，初川去了米村的诊所，出示了保险证，接受了诊断。诊所有保险证的记录，但是却没有病历卡，不管怎么看这都很不正常。出于什么原因，米村要销毁病历卡，或是初川偷偷潜入诊所销毁病历卡？一般人都会这么想吧？”

轻微的喧闹还在持续。

“要是那样的话，你怎么想的？”

我决定果断说出来。我想起来在第一起案件和第三起案件的现场所感受到的悲伤的感觉。

“如果让我来说自己的想法，我认为‘大衣男’并不是普通的猎奇式杀人凶手。我认为高柳只和第四起案件有关联，他和‘大衣男’没有关系。”

“他可是一度承认了过路杀人魔事件的哦。而且只说第三起案件和米村的死，那么其他的案件呢？米村的遗书上不是也写着有关第一起案件的事情吗，可是第一起案件的受害者与米村没有任何交集，完全没有。搜查员这般拼尽全力地调查，也没有得到一点线索。第二起案件的受害者是主妇，和他也是一点关系都没有。”

“那确实是……确实是那样，但是这件事上还有一些可疑的地方。”

警察不喜欢把案件搞得错综复杂。案件如果发生变化，原本要采取的对策就派不上用场了。我也听说过在庞大的搜查本部里常有这样的事。

“冷静点！”

突然间传来一个声音。搜查员们循着声音的方向望去，原来是管理官。会议室瞬间静了下来。

“米村和高柳是什么关系？”

“这么说是什么意思？”

“别让我说第二遍，米村和高柳的关系。”

警察官有些惊慌失措，稍微正了正姿势。

“是的。他们的关系依旧不明确。”

“笨蛋。”

管理官嘀咕着说道，脸色变得模糊不清。

“高柳是米村的手下。他的杀人动机是什么，或许是说了一些无聊的话，治不好病的米村因为自责而自杀。米村对作案人的行为很清楚，是因为他是从高柳那里听说的……是那样吧？”

被问到的是坐在前面椅子上的高个子刑警。我不知道他叫什么。

“是的，我也是那么认为的。”

“那么，你也进行了搜查吧？”

“是的。”

“而且病历卡和保险证的记录不一致也不算什么新线索。还有一些与其他线索联系不到一起的东西。恐怕是销毁高柳的病历卡的时候，有所动摇的米村把其他的病历卡连同文件一起毁掉了吧。也就是说，没有那个叫初川的男人的病历卡，并不是什么大不了的证据。本来高柳就没有保险证……所以你们又重新彻底调查了一次高柳吧？那家伙曾有一次承认自己的罪行。而且那家伙与第一起案件的受害者发生过口角。听好了。那家伙刺死了与自己有口角的人，又想刺杀其他的女性，所以被逮捕了。把他视为作案人，有什么不对的吗？作为其证据，从高柳被逮捕开始，除了米村自杀，在这个市高町里再也没有发生过一起过路杀人魔事件。只要抓住了米村和高柳之间的关系，这个事件就能全部解决了呀。是这样吧？”

“是的。”

这家伙到底是谁。一边说着自己的意见，一边又好像用着不是自己意见的口吻说话。搜查进行到这一程度，应该考虑一下责任和其他的事情吧。确实其他也可能会有一些病历卡不一致，但是这其中的第一起与第三起案件是有关联的。

“请等一下。”

我刚要说什么，胳膊突然被人用力地从下面拽了一下，是小桥拉住了我。我和她交换了一下眼神。是啊，如果现在被盯上的话，就可能被清理出搜查队伍。那么离真相也就会越来越远了。

“怎么？”

“没什么，不好意思。”

我重新坐到了座位上。身体感到很疲惫，会场也安静下来。到底是怎么想的，到底谁才是对的，大家也很难做出一个判断。

但是，管理官再次说道：“我们也不能忽视刚才报告中提到的叫初川的男子。他也是一个十分重要的人物。此外，也必须尊重辖区的意见。按照管辖区域来开展调查吧。”

我想要抬头看看管理官，但是不知怎的没能做到。他穿西服的样子和身后的墙壁变得模糊起来。这不是那个男子的妥协，也不是善意，只不过是在回避因为偏向一方而产生的责任感。因为这些话连对手都不会说。

那样说的话，搜查的全部力量都会倾向于高柳是作案人这一说法，而且，如果初川和案件有所牵扯，他对辖区的人说请那样调查的话，便也有据可查。而且如果搜查迟缓，说不定又会被认为辖区拖了后腿。虽然也提到要尊重辖区的意见，但我认为这显然是非常失败的。

我想看看我们署长的脸色，但还是转移了视线，现在这个情况下也没法看。

管理官显然非常重视事件解决的速度。如果米村和高柳的关系稍微出现一点差错，管理官他们可能就会和检察官联手把高柳认定成作案人。本来搜查本部就一直以这样的想法在行动着，起诉高柳的同时，还将对他的负面评价夹杂着透露给媒体，煽动人们对他的憎恨之情，以期在判决时取得胜利。警察也有这样一种倾向，他们一旦认定了嫌疑人，就很难改变观点。

过去也有过典型的冤案。

会议结束后，我和小桥一起走出了房间。

“刚才谢谢你。”我说道。

她笑了笑：“我也是，差点就要站起来发怒了。”

她神情有些疲惫，我想让她去休息一下，但是她应该会拒绝吧。

“我们去见见初川吧。还有米村诊所接待处的那个女子。啊，叫上雪原。”

我叫住了雪原。她也是市高等警察署的年轻刑警，一直负责审问。

“你现在有空吗？”

“有空呀。我的搭档伙伴、一课的那个家伙，正一个人在审问呢。还说我打扰他了。”

她的头发很乱，卷成了旋涡状，要怎么睡才能睡成那个样子啊。

“真田的交友关系，我给你一个名单，你能帮我查一下吗？”

“交给我去做吧。刚才真是危险啊！”

“是啊，而且明明是我的意见，却被当成是辖区的意见了。”

我说完，雪原笑了。

“但是我很着急。如果不是那样的话，就不能做。我们要在这里抓住作案人。”

“嗯，是啊。”

“但是，哈哈哈，你看见署长的脸色了吗？”

雪原又笑了。

“没……怎么了？”

“非常苍白啊。好像他的孩子要去上私立大学了，现在在这个节骨眼上，他可是不能受处分的啊。”

“原来如此啊。”

“刑事部长刚买了一套公寓。”

“那家伙太不会赶时间了啊。”

和雪原分开后，我和小桥上了车。广播里播放着殡仪馆广告。

“迅速！便宜！而且简单！”广告持续播放着，“我们这里也提供丧服。您完全可以空着手来哦，但是千万不要忘了带着遗体过来呀！”

“那个，”听广播听得入迷的小桥，突然间说道，“刚才那个叫雪原的人，睡乱头发的毛病还真是严重啊。”

她这样说着，看向我这边。她后面的头发也卷了起来。

“谁能提醒她一下呢！”

我们把车停在了停车场，向公寓走去。我们必须从矢场麻那那里打听到一些什么，她曾经在米村的诊所接待处工作。

看到我从角落里出来，正在行走的一位女性瞬间有些受到惊吓。不过当看到小桥出现后，她就安心地走了过去。我看着她的背影，从这条路到车站很少有人走。

按下门铃，矢场麻那马上就打开了门。本想着她会是一位比较朴素的女性，然而她却染着褐色的头发，化着十分艳丽的妆容，棉布短裤里穿着黑色紧身裤。她说正要出去，我们说那就改天再来拜访吧，她说没关系，并暧昧地笑了笑。

“我只不过是想出去买点东西。啊，如果方便的话……能麻烦您开车送我到那里吗……”

因为有些麻烦，我就先把她送到了目的地涩谷，而后进了一间咖啡厅。她看上去比小桥还年轻，也不像是诊所的接待员。

“对这起事件我感到非常吃惊。我对之前来过的刑警们也说过了，我认为米村先生不是过路杀人魔。”

她喝着卡布奇诺，我喝着黑咖啡，小桥吃着高级甜点。

“怎么说呢，我难以确切形容……这不是米村先生的性格。嗯，是的，我认为那不是米村先生的性格。”

“你这么想的理由是？”

“那个……没有什么理由。但是大家不是都知道吗，就是那样的。”她喝着卡布奇诺如此说道。

“你为什么去米村的诊所工作呢？”

“我看见了他的招人信息。我说我曾经做过牙科诊所的接待员，然后就被录用了。他也说了，发型可以自由。”

听着我就想笑，突然又闭起嘴默不作声，露出一副好像想起来了什么事一样的表情。

“我和米村先生，基本上没怎么说话，他是一个性格非常腼腆的人。我这样说，可能有人会认为很奇怪，但是当我听到米村先生去世的消息时，与其说是悲伤，不如说我更多的是震惊，之后变得害怕……所以现在，我每天晚上都让男朋友过来陪我。有的时候我也去他家留宿。”

“米村先生有什么奇怪的地方吗？”

“我认为没有。嗯，几乎不怎么说话。诊疗室和接待处被隔开了。即使偶尔偷懒玩玩手机也不会被发现。”

桌子上放着她的手机，是一部装饰得十分艳丽的智能手机。

“在你眼里他是一个什么样的人呢？”

“什么样的？”

“是的。实话实说，什么都行。好的方面，不好的方面。说已经去世的人的坏话，确实有点难为情，但是那可能和案件的解决紧密相关。”

我那样一说，她一时低下了头。小桥似乎在听我们的谈话，以一副非常认真的表情吃着甜点。

“好的，那个……说他有点奇怪吧，也许是有时候会觉得有点儿倒胃口，有时候我也会这么认为。”

“比如说，什么样的感觉？”

“我生日的时候，米村先生曾送过我项链……突然，他就从诊疗室里出来了，小声嘀咕着什么，我刚想着怎么回事的时候，他就突然送给我礼物……从那之后也是，他好像要说什么，但是最后还是什么都没说，就那样回到了诊疗室……他也没有问过我的生日，也就是说，他是看了我的简历才知道我的生日的吧。我还想着要是接到他的邀请怎么办。”

“你接到过邀请吗？”

“没有。说他是太过腼腆呢，还是怎么说好呢……不过如果要是被邀请了，我当时可能会辞职走人吧。工资又不是很高。”

小桥开始吃甜点里的草莓，她非常谨慎地用着叉子，小心地把草莓送到嘴边，但是不小心失去了平衡，草莓从嘴边掉落，小桥用闲着的左手把它接住了，反应真是非常厉害，衣服一点都没脏。我非常吃惊地看向她，矢场麻那也非常吃惊地看向她，一时间我们三个人互相凝视起来。但是小桥一边凝视着，一边把草莓送到嘴里吃了起来。

“觉得自己被盯上了的话，会变得很害怕吗？诊所里就你们两个人吧？”

“啊，是的……但是怎么说呢，说他是没有那种胆量好呢，还是说虽然不是很多，但也有来诊所看病的人。”

“初川纲纪，你还记得来看病的这个人吗？”

“初川？”

“是的。初次拜见的初，再加上普通的川字。12 月 26 日，下午 3 点，一位名叫初川纲纪的男子应该来过诊所。”

“稍等一下。对了，我想起来了，有一个名字很奇怪的人……是那个人吧。”矢场从手提包里拿出一个色彩鲜艳的笔记本，“那个……我不确定是不是那个人……但是 26 日，是的，就是 26 日。那天我应该是告诉了男朋友，工作结束后，晚上我要去喝酒。后来来了一个有点奇怪的人……戴着墨镜和一个大大的口罩。怎么说呢，有一种偷偷摸摸过来的感觉……我心里想，恐怕是不想被人看见他的长相吧。但是看心内科，完全没有必要那么刻意隐藏自己的身份啊。”

“你还记得他的长相吗？”

“那个人，好像一直戴着墨镜……回去的时候也是。那个……那个人发生什么事了吗？”

“没有，并没有发生什么。”

“请等一下。那个人和这个案件有什么关系吗？太可怕了，欸！”

“不是不是，没事，请放心。”

“那样说起来的话，在那之后，米村先生好像稍微变得有点儿奇怪，他确实是来到了接待处，像是在确认名字……虽然平时也总感觉他一直心神不安，但是那个时候，他确实有点儿奇怪。”

果然有些什么。

“诊所里溜进过盗贼吗？”

“啊？我觉得好像没有，钥匙一直都是由我保管。”

“丢过钥匙吗？”

“啊？我记得没有。怎么连我都被牵连进来了。真的没事吗？我觉得有些可怕。”

初川遮着脸来诊所看病，如果是那样的话，即便初川与案件有关，矢场麻那被他盯上的可能性也很小，但是为了以防万一，也有必要注意一下。

“为了以防万一，还请你小心。这几天你还是待在男朋友家里比较安全。”

“我会的。那个，刑警先生，你们认为米村先生是嫌疑人吗？还是说米村先生是受害者呢？”

她看着我，露出一副意想不到的认真表情。

“我认为米村先生不是嫌疑人，但是说实话我也不清楚。”

出了咖啡厅，和矢场麻那分开后，我们又上了车。小桥坐在车上，照着后视镜，以确认自己嘴边是否留有污渍。

“那个，你是不是对甜点太过着迷了呀？”我这么说着。

她看向我：“不是呀。查访的话，靠中岛先生你一个人就够了吧？两个人询问，就太有压迫感了，我想让她放松地回答嘛。”

“骗人的吧？”

“真的。”

接下来我们赶往保险证上记录的初川纲纪的住所。没错，他是去了诊所。所以，初川是重要的参考人。现在就让他去警署吗？我难以决断。还是谨慎行事吧，但是他可能会逃跑，没时间考虑了。

初川的公寓位于全新公寓包围的一角，像是被周围遗忘孤立了一样，古老而破旧。这是面向单身人士的公寓。他住在103号房间。

停下车，向公寓靠近，外面的墙壁都黑了。虽然过道里的照明灯不亮了，但是露出来的煤气表上堆满的尘土清晰可见。我们深吸一口气，按了门铃。

“请稍等一下！”旁边的小桥凝视着门小声说道，“请看这里。”

门有被外力强行打开过的痕迹。这是盗贼常用的转动门内把手的手法。

我们又按了一次门铃，还是没有反应，我的心跳开始加速。我戴上手套，转动门把手，门果然被打开了。

“你在这等我一下。”

“不，我也要进去。”

门口的玄关处放着拖鞋以及被压扁的鞋子，全都落满了尘土。我们进到屋子里面，木地板嘎吱嘎吱直响。

地上堆放着杂乱无章的杂志，屋里有小型电视，发黑的榻榻米。虽然屋子很脏，但却没有一个空罐子和便当盒等，也没有人。

我把手搭在卫生间的门把手上，有一种不好的预感。好像这里是连接式公共汽车一样。一咬牙我打开了门。

我倒吸了一口凉气，里面并没有人。

“不应该这样就出去了……”小桥说话的时候声音有些颤抖。

重要人员的家里进了盗贼，而且人员也不见了。

“什么啊？这是……”

我也束手无策，不知道这是什么意思。

“是谁从初川的家里把保险证偷走了吗？”

“那是为了什么呢……查一下吧，但是……”

如果搜查家庭住宅，需要大规模的行动，就不能单独行动了。

“要先联系警察署。把屋子也监视起来吧。”

我们离开了公寓，在车里监视着屋子。到了傍晚，依旧不见初川的身影。小桥拿着双筒望远镜观察，显得非常开心。

“暗中监视不要把整个身子都暴露出去啊。”

“快看那个人，好像戴了假发。”

在车里虽然没有必要，但是她还是非常小声地说道。

“好好监视。”

“真是受不了啊，他那头发稍微膨起的感觉……就好像假发要从他的头上逃走一样……对方虽然没有发现，但我们却如此小心……真是受不了啊。”

太阳落山，我的手机响了，小桥吃了一惊。

“啊，是我。”我接了电话，是股长打来的。

“你们再怎么监视初川都是白费力气。”

“为什么呢？”

“我们查过了，那家伙现在根本不在日本。”

“欸？”

“他在菲律宾。而且他坐船过去也是三个月以前的事了，在这一系列过路杀人魔事件发生之前。”

这是怎么一回事呢？不可能啊。

“有没有可能是他秘密回国了呢？装出一副在海外的样子，实际却用伪造的护照回国了什么的。”

“喂喂！”股长说道，“没有人会做那种像电视剧剧情一样的事。如果不在场证明是依靠朋友关系的话，马上就会露出马脚的……本来就是这样，你们明白了吗？”

“那种伪造不在场证明的家伙，是不会光明正大地把自己的保险证拿出来的。”

“是的……但是……”

“是的，初川的病历卡被处理掉了。这显然是不正常的。”

“嗯，是的。然后我还明白了一件事，对我们来说是一个好消息。”股长咳了一下，清了清嗓子说道，“在米村先生的案发现场的公园里发现的灰土里，检查出了塑料碎片，它和驾驶证使用的是同一种材料。”

果然是那样。在米村尸体旁边的那个人，在现场烧毁了米村的驾驶证。真田出事的时候，则是在死者的嘴里烧的。

但是，这是为什么呢？他为什么要做这种事呢？

“听说管理官非常发愁驾驶证的事情，因为他不知道这到底为什么。”

是啊，我也不知道为什么。

没有名侦探

我回到了自己的房间，时隔好久终于洗了个澡。

虽然需要睡觉，但我还是往杯子里倒了点威士忌。然后，我开始看录下来的新闻报道节目。媒体关于“大衣男”的报道，并没有按照警察们对模仿犯罪对策的呼吁，来增加观众们的过度关心。除此之外也没有更大的事件。

媒体方面也有关于米村的各种报道。但是他到底是嫌疑人还是同伙，或是受害者，现在都无法断定，所以各个媒体在报道时也都很谨慎。

漫画家、在猜谜节目中以写出汉字为卖点的天才，明明有过两次失败的恋爱经历、却说自己是恋爱高手的女性，以及犯罪研究学者，都出现在演播室里。犯罪研究学者开始描述作案人的形象，说作案人孤独，得不到社会的承认，以让社会震惊为乐趣……讲的仍旧是那一套陈词滥调。一谈起犯罪研究学者，人们可能都会想到他们一定有什么科学的依据，也就是所谓的统计学，但是对一个个具体犯罪行为的分析，最后还是在很大程度上受学者的主观意见左右。

播报员开始解说案件的大概经过。

① 12 月 21 日上午 2 点 30 分到上午 3 点左右，竹林结城（40 岁）在路上被杀害。

② 12 月 28 日上午 1 点 15 分左右，家庭主妇 A（横川佐和子，36 岁）在路上被砍伤。

③ 1 月 4 日上午 3 点到上午 3 点 30 分左右，真田浩二（41 岁）在路上被杀害。

④ 1 月 4 日上午 9 点左右，女性 B 在路上被高柳大助（28 岁）砍伤，高柳大助被逮捕。

在那之后，全国发生了多起过路杀人魔事件。除了市高町之外，案件数量已经多达十起。

⑤ 2 月 21 日上午 3 点左右，精神科医生米村过彦（45 岁）被发现死于车内。虽然他在遗书中称自己就是“大衣男”，但是他与一系列的目击信息以及所描述的体型非常不一致。

市高町之外的过路杀人魔事件，这几天已经有四名嫌疑人被逮捕。所有的受害者都只是轻伤。虽然在各自所属的辖区接受审问，但是他们都只犯了一件案子，是“大衣男”的可能性非常小。电视拍摄中发生的那件过路杀人魔事件也是如此，虽然嫌疑人如此暴露了相貌，但还是没有此人的任何信息。

还有一些附加在报道上的东西。

首先，第三起案件的受害者（真田）的袜子上沾着的蓝色纤维，就是第五起案件的米村（精神科医生）诊所里的绒毯上的东西。

第五起案件的米村的遗书里，对于第一起案件和第三起案件，记录着只有作案人才知道的信息。

第三起案件的受害者的嘴里有烧伤的痕迹，在第五起案件的犯罪现场，死亡的米村的驾驶证也被烧毁了。

第三起案件的受害者（真田）的朋友（初川纲纪），去过第五起案件的米村的诊所。虽然有保险证显示的记录，但是病历卡却被销毁了。

现在初川人在菲律宾，住处却有人进入。去米村诊所的，很可能就是那个盗贼。

我又看了一次，依旧不明白什么意思。

确实，如果无视初川的存在，则基本能推断第四起案件的高柳就是“大衣男”。他去了米村的诊所，犯了案，如果这样的话，案件就全都清楚了。或许是没能阻止他犯案，也或许是恐慌的米村自杀了。

但是高柳没有去过诊所的迹象，迄今也看不出他和米村有什么关系。

节目正在播放“大衣男”目击者的目击信息的VTR。目击者逐个回答采访者的问题。

“刀子吗？拿着像菜刀一样大的刀子走过来。我吓了一跳，太害怕了。我觉得他好像也在看着我……现在想一想，真的太可怕了。追上去的勇气？没有。”

“在这种地方，真是意想不到。是啊，是和同事在一起，但是在过了这个角落之后，那个男人就过来了……怎么说呢，是一种非常奇怪的样子。嘟嘟囔囔地说着什么……不，我没听清他说什么。”

“是的，有一种很恶心的感觉，跑着拐进角落里，手里依旧拿着菜刀。不胖吧。感觉他比较瘦。”

VTR 里目击者说着证言。

“没看清他的长相，光盯着他的刀子看了……戴着针织的帽子，还戴着墨镜……是的，像这样，拐进了那个角落里。感觉像是慢慢地走着……不，我觉得他很瘦。”

看着影像，我好像想起了什么，是什么呢？

喝了一口威士忌。不管是什么，必须调查真田和初川，还有米村的交友关系。节目切回到了演播室，开始播放播报员和采访了整个案件经过的报道记者的对话。

“虽然我们已经逮捕了四名看起来像是模仿犯罪者的嫌疑人，但是他们每个人都只犯了一起案子吧？”

“是的。警察好像也是那样认为的。”

“也有消息称，警察在重点调查嫌疑人高柳大助和在车内死亡的米村之间的关系。”

“是的。我们也可以认为这是由精神科的医生与他的患者引发的犯罪案件。”

“有没有可能是米村先生把嫌疑人高柳洗脑了呢？”

“什么意思啊？像推理小说一样。”

然后就进入了广告。明星的脸被放大特写，然而却完全不知道广告中最重要的商品是什么。

我也不知道为什么，开始对广告产生了疑问。看到这些广告后，人们会去买这个商品吗？经济不景气的原因难道不是因为广告吗？一些不得要领的想法一个接一个地浮上我的心头，我真的累了。

画面又回到了节目。一位自称“对洗脑非常精通”的不知道什么职业的男子出现了。他打着非常艳丽的红色领带。“明明把胡子剃了会更好，他却又想着怎么都行”的感觉扑面而来。

“他是面具人，也就是说他戴着面具来施行残暴行为。”男子继续说道。

“也有一种可能是他是双重人格。可能他在没有穿‘大衣’的时候每天过着普通的生活。那样医生也就有洗脑的可能性。当然与普通的催眠不同，洗脑需要花费更长的时间。”

现实中真的有那样的事吗？

确实，人们通过戴“面具”可以改变自己的性格。从人格角度来看可能会有些许的变化，但是竟会有能变成杀人凶手的这种想法，我觉得他应该是轻松的漫画或是适合小孩子看的小说看多了吧。

但是，节目却顺着这个思路进行下去了。

“这样洗脑的人，一定会有记录的。如果知道了那个的话，一切就都能清楚了。记录要是在诊所被毁掉的话，那就太可惜了。”

到底如何呢？如果米村是自杀的话，他肯定会有罪恶感，专门写下像是证据一样的东西。如果是那样的话，高柳的“病历卡”不是应该一并被保留下来吗？

不对。我反复思考，总觉得哪里不对。他不会那么无聊。还有更加不对的地方。

刀子，我忽然觉得有点奇怪。

我反复思考。为什么目击证人中关于刀子的证言这么多呢。不对，那是必然的吧。但是一定在哪里被卡住了，这是为什么呢？

我又把VTR倒回去，再一次听目击证人们的证词，然后我倒吸了一口凉气。

我马上换上衣服，出门叫上出租车——刚才喝了酒，不能开车。

我在广阔的大马路上等待，一分钟之后，犹如经济不景气的证据的出租车来了。

我赶往警察署，上楼取资料。有几个刑警趴在桌子上睡着了。我拿出文件，在走廊里打开看了起来。

我把所有的目击者的证言，在地图上进行比照核对。果然是这样，上面清楚地写着。我的心跳慢慢加速。

“大衣男”在犯罪现场及附近的行为都很凶残，但在逃跑的过程中，一点点，真的是一点点变得不像是“大衣男”。

有证词说：“他拿着刀子走着，一点都没有逃跑的样子。”也有的证词说：“他跑着逃走了。”现场的紧张感越微弱，作案人的行为就越迷离不定。就好像慢慢恢复了自我一样，简直像高柳和米村一样。这意味着什么呢？但是和目击证言不同，米村是很胖的。不对……我思索着。那个米村的尸体，实际上并不是米村吧？我想这就是要烧毁驾驶证的原因了。但是，如果真是那样的话……我的思绪开始混乱。

第一起案件里的目击证人称“大衣男”没有戴墨镜。第二起案件的目击证人称“大衣男”在案发现场两百米范围内没有戴墨镜，但是从那以后“大衣男”的行动就开始动摇，并戴上了眼镜，刀子也突如其来。“大衣男”为什么突然动摇了呢？明明正在走着，为什么又突然跑起来了呢？

距离案发现场两百米左右的地方，可能那里发生了什么。

比如说，他可能在那里见到了一些不能见的人。

我继续思索，感觉真相马上就要浮出水面一样。头脑中掠过米村的尸体，但是不清楚这意味着什么。

在警察署的自动贩卖机前，我买了罐装咖啡靠在墙边喝了起来。我成了小说里面的侦探。如果是保罗的话，应该早就把问题解决了吧？如果是杜里·莱恩的话，也已经找到了线索，剩下的就是装模作样进行争论了吧？如果是《罪与罚》的尼柯吉姆·弗来契的话，已经凭着直觉，敏锐地锁定了作案人，并通过与作案人接触而使其内心动摇，说不定什么时候作案人就主动自首了吧？

现实中没有什么名侦探。

也正是因为没有名侦探，我们无法阻止真凶下一次的犯罪。

如果我们警察都是诚实的天才的话，米村就不会死，全国也就不会出现这么多的模仿犯罪的人了。

“有这种事？”

忽然传来了一个声音。我转过脸发现是小桥。

“怎么样？”

“我在旁边的屋子里睡着了。”

小桥走了过来。我依旧是靠在墙上，轻轻咳了一下。

“怎么说呢，没有办法顺利地开展下去。真想让保罗过来出出主意啊。”

她看向我手里的文件，这是地图和目击者的证言，量非常庞大。

“不要再一个人思考了。”她说道。

“虽然不能像小说那样，但是我们有完成下去的毅力。”

她笑着说道。天马上就要亮了。

“我们是日本的刑警。”

我们在市高等警察署三楼的食堂集合，我、小桥和搜查一课的吉原，还有辖区的股长及辖区的雪原。

这不是搜查本部的例行会议，是小规模的、本部不知道的小会议。不知怎的，我在选择座位时坐到了角落里。

“你受阻的地方，我大概都明白。但是这大都是模糊不清的意见，你明白吗？”

我同意吉原的说法。

大家都喝咖啡，只有小桥在吃冰激凌。吉原继续说道：“距离案发现场两百米左右，那里有什么吧……但是，你们这次真的大显身手了。逮捕了高柳，发现了米村尸体附近被烧毁的驾驶证。我认为这可都是很重大的发现。”

窗户发出咔嗒咔嗒的响声，这栋大楼已经非常破旧了。

“现在搜查本部就像抓住救命稻草不放一般。我也认为高柳不是‘大衣男’。”

“但是，管理官他们已经朝着那个方向迈进了。”

股长如此一说，吉原也点了点头。

“是的。这起案件如果陷入迷局的话，全部责任在管理官，听说这是上面说的。现在的一课课长还真是有政治手腕啊。”

“而且这是辖区的责任吧？”

对于股长的话，吉原脸上露出了不快。

“您也已经听说那些谣言了吧。是的。我已经把这件事作为我方和一课以及所属辖区沟通不及时的反面例子……用来提议今后进一步限制搜查一课的权限……这里的署长和我是多年的老朋友了。不能让他们那样做。如果变成那样的话，年轻的刑警们会对自己的组织失望的。如果一个组织里的年轻人都感到失望的话，那这个组织就会走向覆灭。”

大家全都在查看地图，但是没有什么新发现。

“那个，”一直沉默没说话的雪原开始说话，今天她仍旧睡眼惺忪，“这么多的搜查员，却没有好的点子。这样的话，倒不如减少一些人员，怎么样？”

“是啊，我也那样认为。”小桥停下了吃冰激凌，表示同意。

我不明白她们什么意思。

“怎么回事？”我问道。

雪原继续说道：“也就是说，和这次案件有关的地点，我们全都在监视。有人说作案人会返回案发现场。后来被列入嫌疑名单的人物，大家也都在密切地监视着。包含米村诊所的患者在内，总之把所有的人员都包括了。”

“那么，怎么样呢？”股长说道。他有好几次都累得闭上了眼。他嘴里微微散发出一点营养饮料的味道。

“可能不会怎么样，但是我们也只能那样做了。特别是要重点监视初川的公寓。潜入别人家的盗贼，很有可能会因为一些其他的原因再次潜入。作案人返回案发现场的情况，也不光停留在口头，而是真的发生过。”

“也就是破罐子破摔战略。”小桥说着。

雪原用手势打断了她的话：“没有更好听的名字了吗？”

“好了。这是毅力啊。没有什么名侦探的。”

听了小桥的话后，吉原笑了。

“确实是没有名侦探……我们就把我们能做的事情都做了吧。”

大家的目光都转向了股长。股长叹了口气，说道：“也就是说确保那些人员吗？”股长自言自语似的继续说道，“想想管理官说的本意，辖区也有很大的自由度。”

“可以拜托您吗？”吉原说道。像是试探的语气，但又像是命令的语气。

“请求什么的……我和署长商量一下。如此下去的话，可能会降工资。”

股长又长叹了一口气。

“我们年轻人就是这样啊。这样集中在一起。对于不闻不问的上司也可以不称他为上司。”走出食堂后，小桥小声说道，“股长真是厉害啊。遗憾的是头发是三七分。”

看见向前走的股长，可能是我的错觉吧，他看上去这几天有些消瘦了。

“是的，有时也会表现出一些男子汉气概，虽然平时并没有。”

“他，为什么头发是三七分呢？”

“他？啊，你是说股长？那没什么影响吧？不是，这是为什么呢？上了年纪的话，头发自然就变成那个样子吧，不是吗？”

“是那样吗？”小桥说道。

前面的股长回头看了一眼，又走远了。确实是三七分，工工整整的。

“头发真的是……”

小桥还在说。她有时候真的很烦人。

“啊……嗯，是的。你不知道吗？大叔们都是那样啊，头发都是像那样随意摆弄，慢慢就成了三七分。”

“中岛，”走在前面的股长，一边挂了电话，一边走了回来，“身在菲律宾的初川，听说在当地被逮捕了。”

“欸？”

“故意伤害罪，好像是在餐馆施暴。”

“哪一天被逮捕的？”

“他去了菲律宾之后不久，马上就被逮捕了。之后一直都被关在拘留所里。这下他的不在场证明可就变得完美无缺了。”

小桥和雪原都凑了过来。

我问道：“去当地？”

“派田岛和加田去。如果调查的话，他们两个是我们当中数一数二的。精神科医生米村那里，一课会全力搜查，我们就从这边开始下手吧。这样就可以搜查初川的家了。让我们来吧。”

我们赶往初川居住的公寓。把他作为重要的参考人，开始对他家进行正式搜查。

在车里，小桥依旧说着股长的头发，真是喋喋不休。我决定换个话题。

“吉原先生，真是太了不起了啊。”

我这么一说，小桥也点了点头：“我很尊敬他。”

“他为什么是单身呢？明明看上去很受欢迎啊！”

“因为太受欢迎了吧。”小桥那样说道。

我嘲笑道：“我曾经看见过休息时的吉原。他带着年轻女子从酒吧里出来了。”

“真的？”

“虽然搜查时穿着便于行动的旧制服，但是休息时穿得非常时髦。”

“这样啊，我也觉得他说的话都很时髦啊……”

“没有性骚扰那样的话啊。像性骚扰那样不可爱的话，只有不受欢迎的人才会说。”

到了公寓后，司法鉴定员们已经开始行动了。不是一课的司法鉴定员，而是市高等警察署的鉴定员们。他们工作的速度很快，我们也戴上了手套和鞋套。

“我曾听人说过，看一个人的房间，就能了解那个人的全部。”

一张小桌子上，散乱地放着漫画周刊和弹球盘游戏的杂志。没有电脑，只有一台小电视，旁边有一台成人 DVD。

“哇！”小桥看到了 DVD 的包装。

《监禁女子间谍》《农家女孩·收获节》《阳台卖春妇·佳子》。这是什么啊，我觉得被看到这些的初川有点可怜。

抽屉里放着被子，多少有些杂乱，但是各处也都被整理过。我们采集了大量指纹，如果和搜查中的所有人进行指纹比对，说不定能发现一些线索。

打开电饭锅的盖子，里面什么也没有，洗得很干净。

“也许家里有女人。”我看了看屋子四周说道。

“感觉像是不时到这里，顺便打扫后才回去。衣服的叠法也有两种。这件毛衣是先竖着对折然后叠在一起的，但是这件衣服却是像店里卖的商品一样，胳膊的地方向中间对折然后再叠在一起的。这双袜子是把顶部对折后，两只放在一起的，但这双袜子却是对折了三次。”

“啊，说起来……不会是同居吧？”

“是啊，平时应该不在吧。DVD 就那样在外面放着……也调查一下初川的交友关系，请在菲律宾打探一下。”

那时的少年

我们要监视初川纲纪的公寓。

对面的一座杂居大楼里有几件空屋子，我们进了二楼的一间破旧的屋子。原本这里是一间酒吧。我们拿来了榻榻米式的简易折叠床和毛毯。因为是监视，一个人睡的时候，另一个人要保持清醒。

因为觉得作案人有可能再一次返回，所以才在这里监视，但是这种可能性非常低，可目前也只能这样做。

“外面真冷啊。”

小桥回来了，是我让她买东西去了。

“真是太冷了，好像要冻死了。”

我从小桥那里接过了便利店的袋子。

“非常冷，真的。”

“知道了。下次我去买就是了。”

我拿出袋子里的东西一看。让她买炸猪排盖饭，她却买回来了荞麦面。

“为什么？”

“我故意的，外面太冷了。”

“欸？”

我看向小桥，她已经开始吃意大利面了。

“还有你让我买茶，我给你买了冰碳酸饮料。吃荞麦面和碳酸饮料也不搭配……但是在走进温暖的屋子时，我才意识到自己做了错事，不好意思。”

我茫然地看了看小桥。她向我说了一声“抱歉”，然后又继续吃起了意大利面。没有办法，我也开始吃了起来。从开始到现在，没有人来过公寓。

我们应该站在溜进别人家里的盗贼的角度试着想一想吧？

如果是去见米村的话，应该没有必要拿着偷来的保险证，特意跑到他的诊所去，在自己家前面等他也行啊。这么说，他这样做是把米村当作医生，是为了掩藏自己的真实身份，让对方认为自己是来看病的患者。我一边吃着荞麦面，喝着碳酸饮料，一边思考着。我不知道为什么他要以患者的身份来见米村，但这个盗贼和米村的死有很大关联。

米村刚开始工作的地方是综合医院，已经是大约二十年前的事情了，没有什么有价值的信息。此外，米村开的这家诊所的病历卡也是经由米村毁掉的，在市高町开业也只有三个月，也没有什么有价值的信息。只是听说米村作为一位医生并不热心，都是按方抓药。大部分来诊所的人，都不想再来。没有长期来诊所的患者，米村的朋友圈子也很窄。即使如此，还是找不出可疑的人名。

高柳被强迫写出来的招供书也不能相信，他完全没有提米村的名字，无法说明米村的遗书中存在问题。搜查本部准备了新的策略，从头开始审问高柳，但是态度强硬的高柳坚持说自己不知道米村的事情。

看到出租车接近公寓，我们稍微感觉有一丝紧张。下车的是一对男女，我们用双筒望远镜进行确认。女子先下了车，男子也跟着下了车，但是女子好像拒绝了什么。这对男女与案件没有关系。

男子还在说些什么，女子好像还是微笑着予以拒绝，但是男子还想说什么。

“那个男子难道不是想强行进入女子的房间吗？”我说道。

小桥从我这里夺走了望远镜，她好像非常喜欢看这种东西。

“看你并不担心啊。”

“是吗？如果有事的话，我会靠近她，帮助那个女子。”

“再看看吧。”

小桥说着，不经意间露出了微笑。再一看，那对男女突然紧贴着身子，上楼进了公寓。

“这是男女之间的讨价还价啊。”

她的脸上又不经意间浮现出笑容，吃着羊羹——好像买了甜点。

“不想被认为是很快就让别人进入房间的女子啊。”小桥不知怎的突然变成了大叔一般的语气。

“但是，你不觉得很麻烦吗？真的不知道是否讨厌吗？”

“那要是不知道的话可不行啊。”

“弄错了的话还会变成性骚扰。”

“那还是不深究的好。”

我对谈话的方式有些来气，就又开始查看男女的房间。屋里开了灯，又马上关上了。

“太快了吧？”

再一看，骑着自行车的巡警过去了。在市高町，现在仍然有很多这样的巡警。

“那样说来的话……”小桥吃完了羊羹，如此说道，“现在市高町的摄像头不是挺完备的吗？”

“是的，对搜查工作也很有帮助啊。”

“但是，听说这次好像是政府官员硬性规定购买的厂家，一些不太好的企业也收到了订单。”

小桥皱了皱眉头。我早就该想到，她的话总是跑题。

“好像是一开始有人胡说八道，说这个可以赚钱。不过实际上真的是可以赚钱。”

“那是因为整个国家都被官僚支配着啊。连国家复兴资金都被用在别的事情上了。你能相信吗？在经历过那场地震之后，一般能做那样的事吗？通过那种手段挣来的钱，他们有什么脸花呢？他们能买什么呢？媒体的追踪报道太没力度了。”

一个男子骑着自行车来到了路上，他把背包放在车筐里，速度也不稳定，稍微有些奇怪。再一看，他想转到公寓的身后去。

“总感觉那家伙有些奇怪啊。”

正那样说着的时候，刚才的巡警走到了男子身边。这是一位优秀的巡警，他反应很快。男子改变方向，加快了速度。巡警追了上来，放倒了他的自行车，骑坐在男子身上。

“小桥！”

我站了起来，发现她已经跑出去了。小桥跑在前面，没想到她的速度很快。

“等等，太危险了，让我先去。”

“我可是柔道四段。”

“真的假的？”

“骗你的。”

我们来到了现场，但是巡警不需要援助，他已经顺利地制服了男子，非常给力。

“我们是市高等警察署的刑警，我们来帮你。”

“谢谢。看看他包里有什么。”

小桥打开了包，皱了皱眉头：“是女人的内衣。”

“现行犯案者被逮捕。时间是……1 点 8 分。”

被制服的男子开始哭起来。“我身体很弱，不要坐在我身上啊，我喘不过气啦。”他一边哭一边说。

“最近这一带多发盗窃事件，终于把他给逮住了。这家伙只偷红色的内衣，被称为‘红色男’。他还爬到七楼偷过内衣。而且这家伙如果偷错了，还会给送回去……”

“这不正是你希望看到的吗？”在被烧的房子面前，少年如此说道。

风刮得很猛，无数的火焰喷涌而出，周围的建筑物全都一边崩塌一边燃烧。大火燃成一团，互相吞噬，火势越来越大，火花被吹得四散飘落，烈焰翻滚起伏。本来烧得很猛的只有我家，现在已经全部燃烧起来了。热浪一般的火焰后面，少年的身影也变成了红色，脸也变得暗淡起来。

“这是梦。是吧？”

“是的。但是你不能睁开眼。”少年手里握着打火机，继续说道，“你不是一直说吗？那个家，还是烧了好。我都说了实在是太讨厌它了。我们也一起在电视上见过附近发生的火灾吧？那个时候，你迷迷糊糊的……一副很厌恶的表情。你用一双羡慕的眼神看着烧毁房子和人的大火。”

黑烟四起。

“好像是把目光吸引到某处的表情，真是罪恶。为了救自己，你开始作恶。”

皮肤感觉到了炙热。火势在蔓延，周围的地面都被烧成了火星，胡乱落下。房屋的柱子倒塌了，像连锁反应一样，墙壁和屋顶也崩塌了。我想开口说话。

“但是，我起初并没有想那么做的。”

“骗你的。”

少年给我看了看打火机。

“你不是清楚地对我说过吗？那房子烧了就好了……刚认识的时候，你说了‘交换杀人’的事，还满不在乎，但是奇妙的是有些兴奋。如果这样的话就捉不住作案人了。两个人就能做。如果两个人都有各自想要杀的人的话，那互相杀死对方想要杀的人就好了。如果都提前制造出案发时间不在场的证明，两个人的关系要不被周围的人知道才行……这是侦探推理小说中常有的手段。是你激发了我的罪恶。所以我才拿起了这个打火机。”

“那个打火机，不是你从我这里偷走的吗？”

“你在说什么呢？这是你放在我房间里的。”

我认为不是那样的。我一直都认为不是那样的。

“弗洛伊德曾经说过，”少年继续说道，“人们都有可能不小心犯下‘错误’。可能是没有意识而引发的行为，比如说开会忘了带重要的文件。无意识之中忘了带文件，并不是错误。那个人的无意识，可能说明他讨厌开会，也有可能仅是那个人的无意识，导致了他把文件忘了。”

“原因和结果不是那么简单的。”

“当然也有不是那样的情况。一般错误的情况也有。所以我说的是可能吧……你，不，你的无意识，导致你把本应该在你口袋里的打火机，落在了我的房间里。”

少年的身影被染得更加鲜红。

“而且那个时候你同时还说了‘明天周四，和学校同学们一起去野营’。是对着我说的。‘野营是一日旅行，到傍晚就回来，但是因为太远了，回来的时候已经到了晚上 8 点。’那个时候，你真的是一副天真无邪的表情啊。不自然地擦着汗……感到有点恐慌。我还是第一次看到那样慌张的表情。”

“不是的。”

“不是？什么不是？”少年说道。

“你在说什么呀？你敢再说一次吗？你说野营那天是‘明天周四’，是吗？但是从那天开始算的话，那天的明天是周三啊。周三意味着什么，你应该明白吧？是你父亲的情人到家里来的日子。所以你一直想着，如果野营不是后天的周四，而是明天的周三就好了。那样的话，自己就可以去野营，那个时候我放火的话，你也不会被怀疑，而且也可以烧死你父亲和他的情人！你一直都想着如果野营是周三就好了。暑假的时候也一样，班上的同学大部分都去的话，你的不在场证明就完美无缺了。在那些日子里，反正你也不会记得吧？经常戴的手表，你却没有戴。那是印着卡通人物，并可以显示星期几的电子手表。而且真正让人感到吃惊的是，你真的把日程弄错了，周三就去了野营。那个时候，你一直浑浑噩噩的，偶尔被什么东西吸引住，开始心神不定。你的精神状态已经达到了极限。

“然而去了之后你才发现野营是明天。那天你慌慌张张地回来了。明明是你自己所期望的事，却担心我可能会放火吧？如果只是弄错了星期几的话，没有必要那么慌慌张张地赶回来吧？那慌张的样子说明了你内心的愧疚。那么，无论到哪里也都是你的意识，到哪里也都是你的无意识吧。而且你前一天把打火机忘在了我的房间里。换句话说，你的眼睛自动屏蔽了自己想遗忘在那里的打火机。因为那个时候，打火机就在你的眼皮底下啊！

而且你应该还记得吧？之后你在睡觉之前，认为自己把打火机忘在哪儿了，但是不知怎的却不担心怎么拿回那个打火机。明明打火机就在自己的眼前，却不能很好地面对那个场面。正想着到底是为什么的时候，你的脑海中浮现出了我的脸，你的心跳开始加速，意识又开始变得不清醒，就那样睡了过去。难道不是吗？”

我感觉有什么东西从身体里抽离了。

“确实，我没能杀了你的家人。你的父亲和情人都逃走了。是我放的火，毁灭了你贫穷的父亲，是那样吧？租住的房子被烧的话，是没有火灾保险的赔偿的。你的父亲被毁了，只有你可以在福利院安全地生活。”

少年一步一步地走近。我能清楚地看见他的脸。小小的眼睛眯得更小，紧紧闭着薄薄的嘴唇，乱乱的长头发，衬衣脏得都黑了。

“下面就到你了，”少年更加靠近了，但我的身子无法动弹，“怎么了？为什么你不帮我呢？我说不定什么时候就被他们杀了。我不是那样跟你说过好几次了吗？可是，你为什么不帮我呢？为什么不点火呢？我被杀了，被自己的父母杀了。我也去过好几次警察局，每次回家都会受到暴力对待。警察和政府的那些人，都是等着真的有人死了才会行动的一群垃圾。报纸和新闻也都是一样，人死了之后才说她非常可爱，是什么什么，已经晚了。我也逃跑过，但我只是一个孩子，即使逃跑也会马上被捉回来……听好了，我会说出你家火灾的真相的。”

少年弓下背，耸起双肩，把他的脸缩着埋到了身体里，但是又伸了出来，因为受到压迫，他歪着头。少年一边缩着想要把脸埋进身体里，一边看向我这边。

“你说是因为太害怕了，所以才没敢做。”少年继续说道，“说把别人的房子点着，自己做不到。但是你听好了，你认为可怕的东西，其实并不真的可怕。你想，我要是死了，你自己家里的火灾的真相就绝对不会暴露了。这是你和我之间的秘密。所以你强迫自己认为，烧了我的家是非常恐怖的。

是这样的吧？托你的福，怎么样了？在那之后的第二天我就死了，不是这样吗？”

我没有什么说的，也说不出话来。

“你一个人得救了，却牺牲了我，你不再说点什么吗？为什么你一开始向像我这样坐在班级角落里的家伙打招呼了呢？”

“那是因为你一个人看上去很孤独。”

“是啊。你因为善良，向我打了招呼。但是你知道吗？你那善良是从哪里来的？”

“不对。”

“告诉你一件事吧。在你看来，可能‘你＝大脑’，但是从你的大脑来看，并不是‘大脑＝你’啊。你只不过是你大脑中的一部分罢了。这是理所当然的，但是再好好想想的话，还是一件挺恐怖的事情。因为在自己身上，有自己不能控制的领域，却被别人所掌握着。某种程度上，人们在大脑里都掌握着与自己不同的他人的事情，而且他人一直处于无意识的最深处。但是你也是因他们的无意识才得到了救助吧？儿童时代，已经到达临界点的你的无意识，为了利用我，在看见我的一瞬间，你的善良感情一下子爆发出来了。不是也有这种可能性吗？受到环境的压迫，已经达到临界点的你的无意识，认为不能把我们这样的孩子置之不顾。不是也有这种可能性吗？”

少年靠近了我。

“是那样吧？是那样吧？你觉得有对的地方吧？”

我说不出话来。

“人的感情全都是有理由的。证据就是你的善良感情，曾使我们变得亲近，但在控制了我之后，你的善良马上就消失不见了。难道不是这样吗？你从一开始就蓄谋已久。想着这个家伙可以利用。有人能够泰然自若地收集虫子然后把它们大量杀死。如果有人家庭遭遇和自己一样的话，那么肯定有什么是可以利用的。自己坐在班级的中间，时刻不忘隐藏和我的关系。你逃避着自己非常清楚的蓄谋，但是又巧妙地诱导着我。回过头来重新看你一件一件的行动，全部都完美地一致。你内心的罪恶一直在作祟，不断地算计着，在过大的压力下给浑浑噩噩的你造成了非常可怕的影响。像是为了刺激我一样，你一直泰然自若地反复说着各种犯罪的事。听说你现在是刑警？真厉害啊……想起来了吧。"

我倒吸了一口凉气。我不想记起那些回忆。我的身体在摇晃，好像被晃动了。

"你发现我的尸体的时候……那个时候，怎么想的？"

我的身体在摇晃。

"我看见了，看见了。就像不由得浮上脑海一样……"

少年小声嘀咕道。

"我看见了你的笑。"

我睁开了眼，发出了惊叫声。我的身体很疼，简易小床在嘎吱作响。

我的视线变得模糊，心想着眼睛看不见东西了，又突然意识到现在是晚上。我的身体也受到了很大惊吓。我下意识让自己不要惊慌，但是肌肉不听使唤地收缩起来，心跳也乱了。

"你……没事吧？"

小桥说道。我好像被她摇晃着一只胳膊。那是别人的手。这么想着，瞬间想要挣脱她的手，但还是勉强抑制住了。她不是那个少年，就算想要察觉我的内心也深入不了。

"我刚才说了什么吗？"

黑暗中我问她，但说得不是很清楚，她摇了摇头。

"没有……声音听得不是太清，稍微有点惊叫声。"

我感觉自己放下心来了。我认为是因为我睡不惯简易小床，睡得太浅才会做梦的。因为我只在睡得浅的时候才会做梦。

“需要……水什么的吗？”

“……谢谢。”

我喝了口水，渐渐调整了气息。

“经常做噩梦吗？”

“不……因为太累了吧。我觉得自己好像做了一个很奇怪的梦。”

“真的是因为太累了吗？”

“是的。”

“但是……”

“哈哈……都说了没事了。”

我站起来，望向窗外。

我觉得对什么东西着迷起来，不能停下来。我无法直面自己。只有对什么着迷起来，并持续下去，那样自己才不会陷入泥潭里。

“有什么变化吗？”

“欸？啊……没有谁来过。”

“这样啊。”

我又喝了一口水。为了让她听起来觉得我没事，以便她集中于眼前的事情，我勉强张开嘴说道：“搜查本部那里有什么消息吗？”

小桥看了看我，最后回答道：“有，好像是逮捕了几名在网上自称是‘大衣男’的人。”

“还是经常能抓住那样的人啊。然后呢，果然都是假的吧？”

“还不知道结果，但是好像都是假的。我一直认为是中小学生们所做的恶作剧什么的，但是好像被捕的都是上了年纪的。有 40 岁左右的大学职员，30 岁左右没有工作的男子，还有学校的老师等。所写内容的幼稚程度和年龄还是有差距的……此外，在电视采访中现场犯罪的那个人，虽然那般暴露出了长相，但是好像还没有被找到。好像是没有强有力的线索……这件事也很奇怪。”

“原来如此啊。”

“此外，还请人说了一下会议的情形，但是关于精神科医生米村的周边情况的调查，进展好像也不是很顺利。他好像真是不怎么与人交往啊。”

“……嗯。”

“但是怎么说呢，搜查了他的家，也没有任何发现，这有点不正常……也就是说没有发现见不得人的东西。”

“成人 DVD 什么的呢？”

“是的。电脑数据也都基本上被删除了，也没有办法复原了。难道他本来就是一丝不苟的性格吗？房间也被整理得很干净。”

“也就是说，他抱着要死的打算。是死者本人整理的？”

“不清楚，但是那种可能性非常高。当然也有可能是作案人为了给别人看，故意溜进他家行动了一番……”

窗外的天空渐渐亮了起来。阳光洒进阴郁的大街，好像要毫不留情地把那些阴郁的气息一扫而光。

我感觉到了烟的气息，但是却无视它。与其说是忘了梦境的感觉，不如说是不能让梦里的事存在于自己的意识里。

“在菲律宾的初川呢？”

“好像还没有从搜查员那里得到任何消息，但是我认为应该马上就会有消息了。”

“期待着他们啊……”

我浑身无力。搜查越是停滞下去，自己就越会陷入泥潭。太阳穴又开始痛了。

但是就算解决了，也是一样吧？脑海中又浮现出了这样的话，虽想要打消这个想法，却很难做到。

你必须忙起来，必须经常不断地思考除了自己以外的东西，因为你不敢面对自己，你也不能面对自己。

我在忙碌中逃避自己，就像逃避刑警的罪犯一样。

在心里的某个地方，我开始期待案件的到来。

真　相

从菲律宾的田岛和加田那里传来了消息。初川纲纪因为故意伤害罪，现在在马尼拉市内的拘留所里。当告诉他真田因为过路杀人魔事件而死亡的事情后，他显得非常吃惊。而且，在听说他的屋子里进了盗贼，他自己的保险证在米村的诊所被使用过，米村已经死亡的事情之后，他显得更加吃惊，反过来好几次向搜查员质问起来。“他和案件没关系”，这是田岛和加田的意见。他们是市高等警察署里面数一数二的老手，见过各种各样的罪犯。如果他们那样说的话，我觉得应该就是那样。

初川公寓的监视终于换班，我们开始去逮捕在网上写犯下新罪行的、并自称是“大衣男”的男子，罪名是暴力妨碍公务罪，还有逮捕状。因为这个罪名被逮捕的人已经多达 18 人了。

监视换班是辖区股长的指示，一想到昨天晚上的噩梦，我就为之庆幸。我再也不想被别人看到自己做噩梦的样子。

坐上车，我和小桥一起朝着那个嫌疑人的公寓赶去。我感到身体很疲惫，在逮捕嫌疑人之前，这些全都是模仿“大衣男”的仿制品。

在车里，小桥听着音乐，很入迷，是广播里的音乐节目。

“存的钱，都给你～存的钱，都给你～”广播里播放着奇妙的曲子，“给你，把我存的钱，都给你～”

“这是什么歌？”

我这么问道，但是她还是闭着眼，听得很入迷。

“把存的钱给你～（银行，银行）。把存的钱给你～（信托，信托）。有 40 万。”

“这到底是什么呀？”

“现在有个非常受欢迎的偶像团体，叫‘枕营业女孩’。这是她们的出道歌曲《存款都给你》。你不知道吗？”

“不知道。”

“四五十岁的男粉丝也有很多哟。和她们穿着同样的套装，在直播现场疯狂地跳着舞。”

“虽然过去也有偶像明星，但是粉丝的高龄化还是最近的现象啊。”

因为等信号灯，车停了下来。

“你也喜欢吗？”

“我也喜欢啊。她们把存款、收入和支出全部公开，为了防止她们靠潜规则上位，粉丝们都在买她们的CD。”

信号灯变了，歌曲也不知不觉结束了，小桥看了看望远镜。

“这个已经不需要了吧？”

“不是啊。你看那辆出租车，里面是雪原。她头发蓬蓬乱乱的，一眼就能看出来。”

“出租车？”

“是的……她在干什么呢？”

我让小桥给雪原打电话。

“那个，好像是在跟踪绿色出租车，好像不是特别紧急的事情。啊，电话挂断了。”

不管跟案件有没有关系，出现名字的人全部被监视了。雪原追的人是谁呢？

“雪原的出租车，渐渐跑远了。唉，真是的，电话打不通。”

“那我们也追上去看看吧？”

“绿色的……那个啊。”

下坡的前面，我们看见了绿色出租车。进入超车线，我踩下了油门。

雪原的出租车则被一辆轻型小卡车加塞儿了。

“告诉她我们车的颜色，雪原也能跟上来。”

“电话打不通。”

中间仅隔着一辆车，我们追着绿色出租车。对方稳稳地坐在后排车座上，只能看见头部。

“是一位女性。”拿着望远镜的小桥说道，“啊，雪原追的是矢场麻那啊。”

矢场是米村诊所接待处的那个女子。能看见雪原的出租车在后面了。这样的话接下来她就能追上了吧。绿色出租车最终开进了一条情侣旅馆街，我想回到原来的车道追上去，但小桥阻止了我。我觉得这是第一次看到她如此坚决地反对我的判断，她甚至想要伸手握住我把着方向盘的手。

“小心一点，太危险了！”

“但是，你不觉得这样很有意思吗？”

矢场的出租车停在了一家咖啡店前面，我反射性地停下了车。小桥的脸上又浮现出了无所畏惧的笑容。

“快看，要是这个位置的话需要望远镜吧？”

确实距离很远，看不太清楚。在店门口等待的是个男子。我让小桥戴上望远镜，只是，一个在情侣旅馆街拿着望远镜偷窥的女子，实在是太奇怪了。

矢场没有进咖啡店，两个人走了起来，男子穿着灰色制服。

“欸，那就是她说的男朋友吧？”

“看上去年龄差得很远。虽然看不清，但是很像是出轨啊。”小桥很开心地说道，然后下了车。

没有办法跟在两人的身后，这时候木田从咖啡店出来了。他是年轻的刑警。

“你怎么在这儿？”

“在监视。对方出去了，我一直在后面跟踪，就是现在和一个女子走在一起的那个家伙。那个女子是谁？”

“等等……在这种地方三个人一起走有点奇怪，我们还是分开去追吧。”

矢场和那个男子进入了情侣旅馆。因为离得太远，没太看清，好像两人并没有牵手。对面也有一家咖啡店，停车场里有羽鸟的车，羽鸟也是年轻刑警。

“你怎么在这？”

“我在监视啊。追到了这里，现在那个人在咖啡店里。”

木田小跑着追了过来，雪原接着也跟了过来。木田说道：“我追的是林原。羽鸟追的是石居吧？”

我突然心跳加速。林原？石居？确实他们都是普通人，都是“大衣男”的目击证人。

“为什么矢场麻那在那儿？”

“矢场？”雪原很吃惊，“我追的不是矢场，是横川啊。你们在说什么呢？”

“哈？”

横川是第二起事件的受害者，就是那位家庭主妇。

我想起了看到资料时的疑点。

“大衣男”越逃离现场，行为越来越不像“大衣男”了。

我们互相默然地看着对方。

“那个……”小桥小声说道。大家都保持沉默，我也让小桥继续说下去。

“也就是说……”

我们仍然互相看着对方，都各自在监视着与案件有关的人，本不会像现在这样在这里相遇。大家都很疲惫。有几辆车从我们的身边经过。

“‘大衣男’什么的，从一开始就不存在吧……”

图　形

第二起案件的受害者横川佐和子的供述：

“我借了钱。

“总之，我借了钱，去参加平时不怎么参加的同学会。稍微喝了点酒，在回家的路上，被一个男子叫住了。他有着一张非常可爱的脸，与其说是男人，不如说是男孩子……他邀请我去男招待俱乐部。我没去过那种地方，就想着去一次看看应该也没事吧。这是一家装修非常夸张、充满低级趣味的店。

“我的脑海中浮现了同学会上看见的情景，同学们全都是幸福的表情。当然，他们也有可能是故意表现出幸福的样子……

“我在男招待俱乐部的时候，一直被他们讨好着。他们夸我看起来不像36岁，很可爱，很漂亮……我喝醉了，一边笑着，一边想着原来如此。他们这样做，好使我再次光顾呀。他们这样做，为那些对人生抱有不满的女性，提供一瞬间的轻松享受啊。邀请我来这里的那个小W，笑起来有着少年一般的容颜，一问原来才21岁。要回去的时候已经过了晚上12点，我突然想起了我的丈夫，感觉到了害怕，就决定回去。意外的是，他们并没有强迫我留下。从杂居大楼的六楼，到能打到出租车的大马路，小W一直护送我出来。猫也以不可思议的表情看着我们。

“‘非常开心，’小W说道，‘佐和子这样的人来的话，我也会努力的。’

“小W用认真而放松的表情说道，‘我梦想有一天能开一家自己的店。’当然，我认为那是谎话，但是并不影响心情，像这样被骗也不是不好。不管怎样，那也是一次很有趣的经历。我虽然一边那样想着，但也意识到了自己因为恐惧而心跳加快。丈夫会不会相信我这么晚回去就只是去了同学会呢？会不会生气而给同学会里的谁打电话，用低沉的声音喋喋不休地询问呢？他会不会敏锐地察觉到，现在我身上还萦绕着晚上那一瞬间的气息呢。……我后背的疤开始痛了起来。这是三天前被丈夫撞飞磕到门把手上的痕迹。后背的疤好像是自己开始疼了起来，就像是在惩罚我一样。

“但是我的秘密时间，并没有暴露给丈夫。丈夫已经睡了，第二天也是。丈夫什么都没说就去了公司。我一边看着白日剧场，一边洗着衣服，一边做着丈夫的晚饭，一边想着小 W 的事情。想起他说的那些笑话，我不由得笑了出来。

“晚上，门铃响了，我的心跳开始加速。但这不是那时候才感觉到的，而是我一直就有这种感觉。

“‘丈夫回来了’，门铃总是在提醒着我。我接了内线电话，打开了公寓的自动锁，丈夫走了进来。他现在一定在乘坐电梯，乘着电梯靠近家的这一层。左手拿着公文包，穿着皮鞋走在公寓的走廊里。最终屋门被打开，丈夫回来了。那个时候，我总是在心跳加速中度过。要是丈夫能马上到自己的房间就好了。但是他在客厅里，没有移动的迹象，此时我感觉不到自己在活着。‘如此反复’。我如此想着我幼时的生活。

“小的时候，我和母亲一起吃晚饭的时候，父亲总是在每天的同一时间回家。我们通过公寓大门打开时的声音大小，能马上知道那就是父亲。母女两个人的对话就此停止，我们都变得紧张起来，非常不自然地装出一副很自然的样子。身体总是那样地活动着。父亲一回来，家里瞬间连空气都紧张地凝固起来。有的时候父亲还殴打母亲，那么瘦弱的母亲、哭泣着的母亲。

“‘我要去出差。’对于丈夫的话，我表现出一副满不在意的样子。如果稍微表现出一点儿高兴的样子，不，就算不表现出高兴的样子，只要是认为我有一点儿高兴的话，丈夫都会挥手打我。‘是吗……去哪？’虽然并不感兴趣，但是我还是如此问道。‘奈良。’丈夫回答道。‘那不是挺好的吗，还可以旅游。’我这样说着，丈夫的脸色变了：‘啊……，你认为我有那闲工

夫吗？’

“失败了，我想着。是啊，是不能对丈夫说那种话的。但是我不知怎么的，一直重复着那样的失败。

“‘你认为我很闲吗？啊，你知道我每天做着什么样的工作吗？’

“‘对不起。’

“‘什么对不起啊？啊，你应该说点根本性的东西吧。不，不是那个，更根本的东西吧。你看低了我的工作吧。’

“‘我没那样想。’

“‘不是吧，你就是那么想了，所以才会说出那样的话的吧。啊？是不是！’

“现在想想的话，他可能当时是有什么亏心事吧。做了亏心事的时候，男性一般都会生气……可以说丈夫非常不满意他现在的工作。可那不是我的责任，那跟我没有关系。

“我又要被打。即使不被打，也会被推倒撞到墙上，我那样想着。迄今为止被丈夫殴打所致的几处伤口，因为紧张都萎缩了。只有皮肤还记得。以前被打过的事情，皮肤都记住了。但是丈夫拿起桌子上的周刊，把它卷成一团，然后狠心地打了我的脸。那是他第一次这样做，他用杂志打我的脸、眼睛。

“‘你紧张什么呢，你那急急躁躁的态度，就像是“看我多可怜啊”，那种感觉！’

“丈夫用卷成一团的周刊，不断地打我的脸，揪我的头发，让我的脸朝着他。不管是鼻子还是眼睛，他都很用力地打。但是那个时候我很平静。因为丈夫马上就要出差了。再过一会儿，这些都会结束。

“丈夫去了奈良，我给一直没有回复消息的小 W 回了邮件，说想要再去店里。我还有一些心理上的障碍。如果只是回复一封邮件的话，那心理障碍还是很小的。我在与他进行邮件交流的过程中，又约定好了要去店里。

花费确实很高，但是我有定期存款，是背着丈夫偷偷存的钱，150 万日元。除此之外，平常用的银行账户里也有 30 万日元。我想着，就算是花 20 万日元也没关系。那是因为我昨天被丈夫打了。我认为被打的我，给自己这点补偿，没有什么不对。

“在丈夫去奈良出差期间，我去了好几次那家店。小 W 还是一如既往地非常温柔，接待客人的时候，若无其事地碰到我的身体的次数也多了起来。我想这是对我的服务呢，还是想碰女人呢？年轻的男性，受性欲折磨很痛苦。如果我这样的女性也可以的话，那他碰一下，我也不在意。因为丈夫除了打我之外，已经再也不碰我了。

“店里的男招待都有排名，小 W 是第四位。这是由客人出钱的总数而决定的。

“‘男子汉一点！’小 W 这样对我说道，‘什么时候我也能有一家自己的店。但是不成为店里第一名的话，就无法赢得声誉。’

“原来他们是这种体系啊，我总算意识到了。来店里的女人们，那样供养着自己的男人们，体会这种感觉，陷入帮助那些男人完成他们的梦想的错觉里。‘好呀！’我回答道。我不是那种供养男人的愚蠢的年轻女人，我是有富余钱的家庭主妇。我那样想着，我有定期存款，那就支持小 W 的梦想吧。这无聊的体系。我是成年人了。

“我倒上了粉色的香槟，回去的时候小 W 在电梯里亲了我。不是那个意思，我那样想着，但是反应过来的时候，舌头已经和他的缠在了一起。这是男人的气息。瘦小但宽厚的胸膛，坚实的肩膀，虽然稍微有些粗鲁，但是笨拙地伸过来抱紧我的手臂——他是我的。不知道当时我为什么会那样想。虽然那是错觉，但是在那个时候，我确实感觉他就是我的。

“小 W 还是没能成为第一名，他是第三名。我感到很遗憾，但是他并没有表现出很介意的样子。

“‘还有下次。’小 W 说道，‘下次做第一名。’丈夫出差开始频繁起来，这次去了大阪。我被小 W 抱了起来。但是，我的情绪从那以后，忽然变得低沉起来。

“为什么呢，我自己也不清楚。和小 W 亲热，我感觉非常好。他很温柔，结束之后也会亲吻我，抚摸我的头发，但是我内心非常寒冷。可能是想到了他‘和其他女人也一起睡吧’‘就像这样，和其他的女人一起’。想一想，这也是理所当然的事。但是我是通过身体知道了那件事的。

“结束这一切吧，我那样想着。我的存款已经花光了，只能借信用卡的钱了。

“到了必须解除定期存款的期限了，必须偷偷地动用定期存款了。然后又要开始每天胆战心惊地等着丈夫回家的日子了。‘那太不像样了’，我那样想着。沉迷于男招待，动用定期存款的家庭主妇。

“在寻找印章的时候，我哭了出来。‘是谁是谁’，我这样想着。但是，一件可怕的事情正等待着我。

“定期存款被解除了，丈夫擅自动用了我的定期存款。背着丈夫偷偷存下的定期存款，被丈夫发现而解除了。

“我没有办法责怪丈夫，因为那是我从丈夫给我的生活费中偷偷拿出来的钱。也就是说，我还会被打。一想到又要被打，我的身体各处就又任性地萎缩了起来。因为害怕，身体硬得发直……我的视线变得模糊起来，真的变得模糊起来，我已经站都站不住了。146 万日元的借款，下周五之前，必须先还上 15 万日元。

“女招待的工作，我也想过，但是我这样的家庭主妇，晚上丈夫会回家，是做不了那样的工作的。丈夫出差也快结束了。

“那个时候，我想起了在车站附近拿到的纸巾。纸巾里面夹着小广告，可以提前支付，20 岁到 40 岁……白黑色的薄薄的纸上的广告令我很害怕。我想起了那个小广告，在屋子里，我感到十分茫然。清醒后，我开始在网上搜索起来，搜索一些看起来让人安心一些的地方。

“您可能认为这是很典型的事例吧。是的，确实，我认为这很典型。但是，人们的所谓不幸，大体上不都是典型的东西吗？……生活中潜藏着许多通往不幸的入口，即使觉得没关系，可能一不小心，也会在不经意之间陷进去……

“不幸入口的恐怖之处，就在于那个入口被伪装成幸福的样子。拿我来举例的话，那个入口就是小 W。因为入口是幸福，看上去很开心，能够掩盖我的寂寞。人如果不执着于内在的话，就容易轻信自己，拿出很小的勇气……而在那里，则会有报应等着你。

“……我打了电话，立即和负责人约定见面，我在一个公寓的等候室里等着。虽然工资不可以提前支付，但是有那些钱的话，我可以存到还款日期。因为工资是当日支付。

“我需要到男性的家里或者是酒店，提供性服务，也就是小姐服务。

“在那个房间里，除了我也有其他女子。有读着摇滚乐队的杂志，看上去只有十几岁的女孩子；也有看上去明显超过了 40 岁，但是打扮得花枝招展的女人；也有一直在玩手机的女子。

“‘在我们这没有研修什么的。’那位负责人像是让我们放心一样地说道。而且递给我一张插图海报，海报上写着工作内容。

“我感到有点儿恶心，好像我在意自己在他人眼中的形象，但是已经没有别的办法了。我一直这样安慰自己。不管我怎么看待这样一份工作，总之我已经没有其他的办法了……而且，我也不是隔了很久才和男人做这种事，我在不久前，和小 W……

“我上网搜索这份工作的信息，明明不过四个小时以前的事情，而我现在就已经确定要去第一个男性等着的酒店了。没有别的办法了，我一直这样安慰自己。不管怎么说，首先要在规定期限之前，把 15 万日元还了。那之后的事，等到之后再说吧……

“我低着头走过情侣旅馆的前台，电梯却迟迟不下来，我只好继续低着头等待。

“我的手和脚都在微微颤抖。在要敲酒店房门的时候，我有一种奇妙的感觉。我现在不是在房间里等待，而是要到别人的房间里去。

“不知怎么的，我突然想到了精子和卵子的故事。卵子等待着精子的到来。但是我感觉自己现在变成了精子……有点奇怪吧，但是我确实是那样想的。

“男子打开了门，比我预想的要年轻一些。面对战战兢兢的我，他也有一些紧张。男子是一名大学生，没有性经验，据说也是第一次叫这种服务，他给人一种很干净的感觉。

“我们非常奇怪地端坐在床上相互看着对方。

“看见这么紧张的男子，我忍不住笑了出来，他也笑了。

“‘首先，去沐浴吧。’我这样说着，男子也说道，‘是啊，应该这样’，然后紧张地脱了衣服。我突然感到很后悔，不知怎么的也感觉到一点兴奋。能够和别人如此愉快地谈话，小 W 以外这是第一次。那个男子也出现在了我的梦里。至少我没有被那件事所伤害。我感觉到一种报复了丈夫的感觉……但是这种想法马上就消失了。

“大部分都是普通的男子，有时候也有粗鲁的、不干净的男子。

“他们胡乱抓着我的头发，我大呼救命，想要向店里打电话求救的时候他们停止了暴行。他们总是用各种各样的方法，来宣泄自己的不满。

“我认为，这是一个在社会里被隐藏的地方。在这里，只有我和男性。没有男性的公司、家庭、朋友的眼光。这个世界上有很多与社会隔离的房间，在那些房间里，说不定也在进行着同样的事情。可能是那个酒店的一个房间，或者说是某个公寓里的一间屋子。此后，我看大街的眼神也发生了变化。

“我开始考虑离婚了。

“为什么在那之前，我都没有考虑过离婚呢？是因为丈夫的暴力和言语，让我失去了自信吗？还是说我陷入了一种战战兢兢地等待别人归来的怪圈呢？虽说和小W有过性体验之后，对小W的感觉慢慢冷淡了，但是我确实是通过小W，时隔很久之后重新感觉到了那种炙热的感情，它依然存在于我的身体里……不，我要再好好想一想，我自己也不太清楚。只不过，在反反复复前往有男子等待的房间的过程中，我越来越想离婚了。

“报酬是60分钟2万2千日元，其中我能拿到1万1千日元。一天服务四个人的话就能拿到4万4千日元，一周的话就是30万8千日元。如果一个月不休息一直工作的话，就是132万日元。那时候，如果可以延长期限，或者是被点名的话，一个月我就能还清贷款。

“还了贷款，再稍微存点钱的话会怎么样，我这样想着，‘还是离婚吧’。因为没有勇气对丈夫说，我在离婚申请书上盖上印章，便离家出走了。

“即使丈夫不答应离婚，只要从丈夫身边脱离开，同他保持一定的距离，我就能对抗下去。我和律师商量，律师说有可能会让他同意，不知怎的我开始变得主动起来。

“我开始想象新的生活，但是我讨厌有贷款的生活。还完贷款，抛弃丈夫，远离市高町，遗忘这份工作以及过去的全部回忆，在一个新的城市里重新来过。我一边这样想着，一边继续打开有男子等待的房门。

“即使把男子当作服务对象，只要不倾注感情就行了。如果像做一份工作一样去完成的话，心情多少也会变得安稳一点。

“但是事情进展得并不顺利。别说是一天有四位客人了，就算是在等候室里等着，有时候也会一次都没被叫到。

“等的时间越长，我的心情就越焦急。那个时候我想，如果我能增加我所得的那部分钱就好了。本来我就不能理解店家要从我那里拿走1万1千日元。

“有一位男子总是点我的名。是一位名叫林原（“大衣男”事件的目击者）的少言寡语的男子。他住的地方离我家比较近，这让我不由得吃了一惊，不过他是一位总能把气氛变得很融洽的男子。我一边有意识地做着动作，一边试着在他的耳边低声私语。说的时候，还没有意识到那些，'……性服务也可以'。

“接着，我又向他诉说了自己受金钱所困，因此想让他给我2万日元。林原一直看着我，最终他答应了，并抱起了我。我想到的是卖春。我觉得自己已经突破了这句话的障碍了。哪怕是一刻也行，我想尽快开始新的生活。而且，我的身体又一次燃起了夜晚与小W在一起时被赋予的炙热感觉……

“从那之后，我开始以个人身份与林原私下见面。

“与负责人介绍的来历不明的男人比起来，我觉得还是林原更好一点。酬金也是。如果个人私下见面的话，拿到的钱就全都是自己的。虽然他看上去是有些孤独的人，但是穿着打扮整洁得体，态度也很温和亲切。我不仅是被他当作一个女人，还被他当作一名女士来对待。我曾经拜托林原，能不能介绍一些客人给我，一些比较干净、不太危险的男性。林原一开始拒绝了我的请求，但是在我的一再坚持下，他介绍了他的朋友给我。

“有两个人，一个叫石居，另一个叫栗原（两人都是“大衣男”的目击者）。在那之后，林原就渐渐不和我见面了。好像是因为我说希望他介绍别的男性给我，伤到了他一样……但是，我通过这种个人卖春的方式，顺利地还完了贷款。林原最后也还是和我见了一次面。有时候，他想要和我说一些什么，但又沉默不言，然后抱起我，真是一种不可思议的态度……

“突然来了一个无声电话，我感觉有点儿毛骨悚然。这时门铃响了。我想着是什么促销活动，不知怎的心怦怦直跳。接了内线电话之后，一个男人对我说，在电话里没法说，能不能到公寓外面来一下。这是一个来历不明的男人。刚想挂电话的时候，那个男人说出了我做小姐的店名。

“我的心扑通扑通跳得更厉害了，但是我别无选择，披上外套走了出去，我看到外面站着一个可怕的男人。看见他的一瞬间，我的视线变得模糊起来，那是我曾经接待过一次的客人。

"……'上车吧，我们在车里说。'

"'不要。'

"'嗯。那给你看看这个。'

"男子说着拿出了一台数码相机。里面是我骑在那个男人身上的画面，我被那个男人各种摆弄的画面，被这个男人偷偷地拍了下来。

"因为工作中会遇到这种纠纷，所以女人一般都依靠店里解决。店是她们的后盾，但是我那个时候已经辞职了，贷款数额减少了，还款时间也有了宽裕，我在个人卖春以外，也开始寻找白天的短工。新的生活已在眼前。

"不能上车，我想如果上了车的话，就会被永远困住。我故意隐藏从店里辞职的事情，说道'我告诉店里的人'。但是男子又拿出了影像，是我和林原一起进入酒店的照片。

"'你有丈夫吧？这样好吗？'

"我的身体不知道为什么开始颤抖起来，感到了一阵耳鸣。我不敢相信这是事实。

"'你想要什么？'

"'给我 200 万。'男子平静地说道，'但是你是因为没钱才干那种事的吧？所以那就先……你懂的吧？'

"他说着就抓住了我的手，我挣开了他的手。但是男人笑了笑。是啊，虽然现在挣开了他的手，但是我的手很快就挣脱不开了。

"'好吧。交给时间吧，我把这些告诉警察，那个时候这些照片就会被散布到网上。'男子回去了，留下一句明天还会来的，就好像他非常享受看着我这样。

"把照片散布到网上。如果出现这种情况的话，我就无法开始新的生活了。不管我到哪里，那些照片都会一直跟着我。我觉得这个世界将会变成一间巨大的屋子，一间把我禁闭起来的屋子，我逃不出去。

“可以从哪里借200万给这个男人呢？那样做的话，男子就会收手吗？如果再借钱的话，我可能会再一次回到那种生活。

“我想给林原打电话，可是说些什么、怎么说比较好呢？说请借给我200万吗？想一想，他对我抱有好感，所以我才让他给我介绍其他的男人。这是因为什么呢？我很害怕。是男人，我和特定男子的关系变得太亲密了。

“即使是林原，和我在一起时间久了，也可能会发生变化。丈夫所说的是有原因的。我的态度开始变得紧张起来。因为我做错了而被殴打。不打我的话，丈夫就不懂；打了我，丈夫也不懂。如果林原变了的话，就不好了。这样一想，我就感到很害怕。

“我不能对林原说。我觉得自己已经深陷于一种神秘的怪圈之中了。第二天，我战战兢兢地等着那个男子的到来。丈夫那个时候的出差也非常不正常地变得多了起来。所以那个男子的门铃声，应该比丈夫的门铃声更早。他可能不来了吧，我开始这样想着。深夜的时候门铃响了。接下来会变成什么样呢？那是一定的。我被那个男人抱起来，成了他的情人，当他厌倦的时候，我就会被随便丢到某个店里工作，走向毁灭。门铃又响了。刹那间，我到厨房拿起了菜刀。

“我能做什么呢？我什么也做不了。我不能做那种事，但我还是把刀子装进了手提包里。虽然装进了包里，但是我绝对不会做那种事情的。

“我坐上这个男人的车，就那样被他带到了他的房间里。这是一个比较老旧的公寓。男人想要抱我，说‘让抱我几次的话，给100万也行’。但是我反抗了。总之，总之我不想被他摆弄。30分钟也好，5分钟也好。我想让毁灭向后拖延。‘我想喝酒，’我这样说，‘即使一点也行。我想喝醉。’

“男人认为我已经妥协了，说道‘是啊，让我们多少喝一点吧’，于是他打开了冰箱，但里面什么都没有。

“男人让我等一会儿，然后他穿着运动服就出了门。‘去洗个澡，’男人说道，‘我讨厌脏女人。’

“在这个陌生的房间里，我一直坐着。我想着‘他一会儿就回来了’。那个会毁灭我的人，再过几分钟就回来了。不知怎的，我突然想到会怀孕。如果在这里等下去的话，可能会怀孕，那太讨厌了，我这样嘀咕着。那真是太讨厌了。视野变得模糊，我的眼睛湿润了，我拿着手提包就出去了。这时候天还下着雨。

“我从屋子里出来，走在夜晚的马路上。不知道为什么，这里好像只有一条路，感觉我一走上去，就有什么禁锢着我的东西在搞破坏一样。有人向我这边过来，我想在途中阻止他。男人拿着便利店的袋子走了过来。看到我之后，他吃了一惊。那个时候我意识到自己的包里装着刀子。我没有刺杀过别人，于是不管不顾地随意挥起刀，男人把手挡在胸前进行反抗。是啊，我要刺下去了。男人的躯体出现在我的眼前。我下定决心，整个人扑到了男人身上。那个时候，男人的脸变成了父亲的脸。我想着我杀死了自己的父亲，但是又突然想到他是丈夫的时候，眼前又出现了那个男人的面孔。男人想要抱住我，但我躲开了，逃走了。男人身上插着刀子踉跄着，他用手压着刀子，想要拔出来，但最终还是倒了下去。

“看着倒下的男人，我有些茫然失措。我突然意识到好像是忘了什么东西。看见了刺在男人身上的刀子。我必须要把它拔出来。但是刀子怎么都拔不出来，我沾上了血，在一片湿润的触感中他一直抓着刀子。我不知道是应该把刀子拔出来，还是更加狠狠地刺进去。这个时候我回过神来，发现刀子已经拔出来了。眼前是一个全身是血的男人，我差点儿发出尖叫，但刺杀别人的明明是我自己。怎么办才好呢？怎么办？但是那个时候，我注意到了周围非常安静，一个人都没有。

“虽然发生了这么大的事，但是周围为什么这么安静呢？为什么一点儿声音都没有呢？房屋一边被雨淋着，一边非常安静，道路一直延伸到远处。

我放眼望向四周，就像身体里涌动着一股电流，注意到了一件事情：确实一个人也没有。深夜下过雨的小路上，没有人，我做了什么，谁都没看见。

“我从那个地方开始后退，转过身，拐到了旁边的街角。沾着血，沾着血，我一边这样小声嘀咕着，一边脱下大衣，用手拿着。沾血的地方是大衣的哪里呢？哪边是沾着血的外面，哪边是里面呢？这样想着，我才意识到自己的右手还握着刚才的刀子，于是我用大衣把它裹了起来，外面很冷。这种时间，人们都会感觉到寒冷的。离开了那条小路，我又拐到了一个小路，这条路上也是依旧没人。

“即使我现在被人看到，也只不过是一个正在走路的普通女人。难道不是这样吗？我不会被别人注意到的。难道不是这样吗？我那样想着，但是没有勇气回家。我走进了公园里的卫生间，在发出微弱亮光的电灯下，我的身影映在镜子里，身上没有沾太多的血，我安心了。但是我的脖子上沾着一些血迹。刚才那样的状况，我竟然没有沾上那么多的血，我安心了。

“我进入一个隔间，上了锁，拿出手机，但是却不知道怎么按键才好。怎么办才好呢？先插上电源，不，本来就是接着电源的。我想要打电话，怎么办呢？我很烦恼。看记录吗？不是。打电话，通话键是哪一个呢？好像是这个像是听筒一样的键。在想那些事的过程中，我好几次都把手机掉到了地上。每次掉到地上之后，我都必须从头开始。我反应过来，给林原打了一个电话。开始的时候，我都不知道自己在给谁打电话，一想到是丈夫的话，手机又一次掉到了地上。但是那个声音是林原，他一直在说着什么。我觉得自己必须要说些什么，说什么比较好呢？说什么呢？

“‘救命。’我一边说一边哭。我只能说这句话。

“……关于第三位受害者？我不太清楚。精神科的医生米村？不，我不认识。”

重复的图形

“大衣男”目击者林原隆大的供述：

“当我听到‘救命’的时候，我感觉自己第一次听到了她的真心。我感觉她总是想对我，不，对谁说这句话。电话中虽然这样说着，但也总是不得要领。我开车朝她的地方赶去，身上沾有血的她在公园的一个卫生间里。我开车载上了她。

“她一开始说是杀了丈夫，后来又说杀了不认识的人，不断变化。我觉得大概花了三十分钟的时间，才弄清楚事情的全部。‘我被禁闭起来了。’她边说边哭。但是我有其他办法。

“她杀人的瞬间，谁也没看见。我只能相信她说的话，她没和那个男人在电话里交谈也是万幸。我觉得可以做得更好一点。嗯，有点奇怪的话题，但是我很开心……如果说了这种话，打官司的时候会不利吗？但是可以的。如果她进了监狱的话，我也会进监狱的。

“如果男人是从便利店往家走，肯定应该拿着钱包，钱包里也应该有驾驶证，但是没有时间了。被杀的男人如果被发现的话，身份马上就会暴露出来，警察就会到男人的家里。那样的话，他所拥有的全部威胁的证据，都会被公之于众，嫌疑人就会被发现……

“我带着她到了男人的家里。她说反正自己怎么样都会被逮捕，做什么都不行了。可是她说着一些让我听不明白意思的话，说还好没有溅上那么多的血，可是她的脖子上明明沾着很多溅出来的血。

“这是一座破旧古老的公寓，非常的安静。我们进入一楼的房间，抽屉里基本没有什么东西，就像是短期租用的简洁房间一样。我们找到了男人用来记录的像笔记本一样的东西，纸张、记事本、隐藏起来的数码相机，而后我们回到了车里。虽然他说要把照片发布到网上，但是在他的房间里并没有发现笔记本电脑。

“在数码相机里，除了她以外，还有其他女性的照片。他就是这样威胁女性的。他死了之后，也会有更多的女性得救……结果，就是这样。

“她说男人的手机是很老旧的手机，是没有照相功能的。如果是那样的话，她就和那个男人没有什么交集了。然后我让她到我的房间里洗个澡，处理掉沾着血的衣服，这样回家的话，就全都结束了。虽然这样想，但我还是多少有一些担心。真的是他一个人做的这些吗？还是说，是和招小姐的店一起谋划干的这些？她一开始撒谎说要告诉店家的时候，男人很坦然，我很在意这一点。如果搜查男人周围关系的话，男人恐吓女子的事情什么的，也可能会从那里暴露出来吧？如果警察找到招小姐的店里的话，她的存在就会和男人联系在一起。她虽然没有把简历交给负责人，但是提供了照片。网站上虽然她的脸已经被打了马赛克，但是负责人那里还是有她的照片的。

“即使和店家没有关系，如果男人有同谋的话，那个同谋也可能知道她的存在。如果警察查到那个同谋的话，事情的真相马上也会水落石出。

“我给她介绍过一个叫作石居（“大衣男”的目击者）的人，我记得他的工作是配送报纸的。我的脸上忽然浮现出了笑容，她不可思议地看着我。不是因为怨恨而引发的犯罪事件，将其伪装成过路杀人魔事件。如果被认定为是过路杀人魔的受害者的话，警察就会只着眼于作案人了，也就会疏忽对受害者身边的人的搜查。因为如果是过路杀人魔的话，刺杀的对象是没有特定目标的。

“如果男人有一起进行恐吓的同谋，这个同谋是不可能自己主动去报警的。店家如果是同谋的话，也是一样的道理，也不会去报警的。

“我情绪高涨。离了婚，也辞了工作，每天都靠存款来度日。我和石居，还有栗原（‘大衣男’的目击者），我们之间的关系不过是酒肉朋友。即使知道联系方式，也没有特意联系过，都是在常去的酒吧见面。我们之间描绘出一个过路杀人魔的样子就好了。警察只会仔细调查第一个发现者的身份，但应该不会深究目击者之间的关系。何况其中一个还是在深夜配送报纸的人。

“我以前在一家影视制作公司工作，那是一家承包电视制作的很小的节目制作公司。不是制作电视剧，主要是以制作辅助信息节目为主。但是我非常喜欢电影和电视剧，经常看那些东西。过去也曾想着当一名编剧。

“我觉得自己只是饮酒，无聊地度过每一天，但我现在还活着。而且那个行为，也会帮助到她……

“虽然说已经离婚，但是离婚四年后，妻子去世了。十二年前她得了癌症……我对妻子有所留恋，但是我已经没有谋生能力了，她和别的男人在一起了。后来她去世了，我也曾烦恼过，如果自己是一个更加喜欢她的丈夫的话，她是不是就不会死了呢？但是我不是那样的男人，我要是在妻子身边的话，可能会更早一点注意到她的病。唉，不可能的。即使在她身边的是我，结果也是一样的。但是我不得不怪罪别人。

“她很像我的妻子。我经常点名要她，也是因为这个。就是这么一回事。

“我打电话给石居和栗原，让他们到我的公寓，并叫她去洗澡，把沾上血的衣服由我保管，然后就让她回去了。栗原从经常去的酒吧赶来，石居从结束送报纸的路上赶来。栗原虽然醉了，但是在听我说话的过程中，开始清醒。

“他们两个人都是单身，石居的生活状态很普通，但是栗原因为父母留下的遗产，有一部分钱。听了我的话，他们两个都答应了，因为他们两个都和她有关系，而且持有善意……而且，怎么说呢，他们好像不是一般人。

“当然，让他们去杀人的话，他们肯定会拒绝的；让他们去偷什么东西的话，可能也会拒绝。但是要是让他们保护一个因受到逼迫而杀了人的女人免受警察的追捕，他们则会接受。怎么说呢，他们就是这样的人。我经常和他们一起喝酒，可能也是因为他们的这种性格吧。他们两个与这个世界多少都有一些脱节。他们的生活习惯是如此，思考方式也是如此。

“案发现场被警察打上了标记，我打了电话，虽然有点儿紧张，但还是感觉有些情绪高涨。

“我打了电话。称看见一个穿着灰色大衣、戴着针织帽子的男子，他拿着刀走着。不经意看了他一眼，不知怎么他也看了过来……我笑了，总感觉那是电视剧一样的谎言。我想象自己如果是过路杀人魔而被紧追的样子。实际上，有一段时间，我的精神状态很不好，都不知道自己要做什么。不知道为什么，有时候我会一脚踢飞自动贩卖机旁边的塑料垃圾桶。在那里买咖啡的时候，看见稍稍鼓起的垃圾桶顶到脚边，我就会感到莫名的生气。感觉像是被垃圾桶妨碍到一样，十分介意。那个时候，过路的人都看着我。我一开始不明白，为什么过路的人都看着我……看，这世上偶尔也有在大街上做一些奇怪事情的人。一边走路一边嘟囔的男人，突然就把停得好好的自行车踢翻的人。我后来也意识到，自己已经变成那样的人了。我想起了那个时候的事情，描绘出了一副作案人的形象。想着自己如果那样奇怪下去的话，可能就会变成那个样子……但是我模糊了作案人的形象。如果把细节描述得太细致，就会让人感觉目击者在说谎。

“‘不，但是……很纠结要不要说。怎么说呢，因为很可怕。’我在电话里如此说道，就好像一个正常健全的市民一样。还有，这样说，即使是这样说，也不会暴露真正的作案人吧。

“不过，还是有一点大意了，那就是我被问到了电话号码和住址。

“我想了想，那也是理所当然的事。目击证言是很重要的。在之后案件展开以及确认作案人的时候，都需要联系我。

“瞬间我的话就变得结巴起来。如果被警察知道了电话号码，我就和警察有了交集。本想说一个假的，但是一旦调查发现是不存在的电话号码，我将更加受怀疑。于是，我马上转换情绪，因为我意识到警察或许会调查受害者的手机。

“每当发生杀人事件的时候，按常理警察会马上调查受害者的手机。如果是因为与别人结仇而被杀的话，那样做是理所当然的。按理说我的电话号码不可能出现在受害者的手机里，如果我说了电话号码，正好能说明我和受害者是没有关系的。

“石居在送报纸的过程中，也被警察询问了。

“在那个时间段，送报纸应该是目击到作案人可能性最高的职业了。石居按照我们提前说好的那样，非常顺利地回答了，‘正在犹豫是否要说，不想被卷了进来，所以我一直保持沉默，但是也很纠结。我看见了一个奇怪的男人，穿着灰色大衣，一边走一边盯着什么，我觉得可能是手机，实际上是刀子。我赶紧避开了双眼，就那样骑上了送报用的摩托车，假装没看到，离开了那个地方。但是因为那个地方的报纸还没有送完，之后我又战战兢兢地回来了，但是那个家伙已经不在那里了’……

“我也让栗原在深夜多次去了便利店。过了几天之后，他也被警察询问了，他也说了类似的话。

“但是那个时候，她开始诉说自己的恐惧：‘目击者只有三个人，是不是有点儿不正常呢？是不是人多一点会更好呢？可以保证警察不会注意到我们之间的关系吗？’

“确实如此。但是警察会去查证目击者之间的关系吗？那个世田谷一家被杀害的案件，明明有那么充足的证据，警察却依然没有抓住作案人；即使是警察局长被袭击，警察也不能马上锁定作案人；枥木的女孩被杀事件呢？岛根的女子大学生被杀事件呢？越调查，就越会发现没有解决的案件堆得像小山一样高。我看不起现在的警察，他们有这么多没有解决的案件。在现在的社会里，没有什么名侦探。他们就连受跟踪而被害的女性都帮助不了。但是，她却莫名地相信警察是万能的，一直害怕警察的存在。

“有一天晚上，她打电话来了，说‘你过来吧’。深夜，我到了约定好的停车场，她脸色苍白地站在那里。她从纸袋子里拿出了灰色大衣、针织帽子和口罩，还有刀子。

“一开始我不知道她是什么意思。后来明白她是想把那些给我，就像赠送什么东西一样。

“‘在这儿刺伤我。’

“我不明白她的意思，她显然有些不正常。她给我披上了大衣，把针织帽子和口罩递给了我。

“‘要增加更多的目击者。不仅是我们，还要有更多的，刺伤我，快逃走。’

“‘冷静一点，如果那样做的话，你就和警察有了交集，这太危险了。’

“‘快点，快刺伤我！’

“她不是一般人。突然，她用右手刺伤了自己的左胳膊。她痛得喊了起来。深夜的大街上，响彻着她的哀叫声，我已经别无选择了。

“我戴上口罩，拿着刀子，离开了停车场。小巷子里还有其他人，是一个中年女性。怎么办才好呢？我开始意识混乱地思考起来。‘那个过路杀人魔’是没有表情的。没有表情，一副光明正大的样子。现在的状况就是，自己塑造的人物，就必须把他演得逼真一些。那个过路人茫然地看着我。我手里拿着刀子，就那样通过了小路。我想逃走。但是我做不到。因为，我是‘那个过路杀人魔’。

“明明没有力气，脚却不自主地走着。汗流了出来，心跳开始加速，以至于我感到有些头晕目眩。留下那个胆怯的女性，拐进了道路的街角。不行，这边是商店街，说不定有防盗摄像头，还是去别的光线暗一点的道路吧。在那条路上，有两位女性和一位男性。他们看到我之后吃了一惊，但是没有人向手里拿着刀子的我打招呼。我继续面无表情地走着，拐进街角，看到了一些身影，应该有五六个人吧。那样走着的一瞬间，我戴上了墨镜。‘那个过路杀人魔’没有戴墨镜。但是没有办法，因为我突然想起上衣口袋里装着墨镜。我跑了起来，跑着从他们中间穿了过去。‘那个过路杀人魔’

是不会逃跑的。但是我没有办法。

“我又拐进了一个街角，在看不见人影的地方，脱下了大衣，把刀子裹了起来。摘下针织帽子、口罩和墨镜，然后又拐进下一个路口。那里的过路人看到我已经没有任何反应了。那是当然的，我只不过是一个在大街上散步的普通人，手里也没有拿着刀子。我就这样回到了自己的公寓。这样我会被逮捕的，我是这样想的。

“第二天，我战战兢兢地打开了电视，深夜发生在市高町的也就是我干的那起案件被报道了。我的心跳开始加速，紧张得喘不过气来。我喝了一口水。喝水再喝水，停不下来。但是那个时候……我看见了屏幕右上角的文字。那里写着：穿着灰色大衣的男人。

“市高町发生的连续过路杀人魔事件……男子没有表情，冷静地离开了现场。‘穿着灰色大衣的男人’，看着那个名字，我想这样一来，她是不是就不会被怀疑了呢？而且奇妙的是，他们也不会怀疑那个人就是我……因为写着名字，所以我好像也摆脱了嫌疑。

“在白天的新闻里，我变成了‘穿着大衣的男子’，最后还变成了‘大衣男’。用语被简化了，被简化成一种容易说的、稳定性高的说法。不知道为什么，我感觉罪犯这个概念离我越来越远了。名字是‘大衣男’。我孤独地走着。难道说……我可能不会被逮捕。新闻上播放的作案人形象，虽说是我促使的，但在胆小的我来看，他已经成了不可分离的存在，岁数也变得年轻。我们所设定的‘他’很年轻，她所准备的大衣也是丈夫穿旧了的，已经没有了以前的特征，不是在制衣店里定制的衣服。

“在昏暗的小路上，我认为没有人能看清戴着针织帽子和巨大口罩走路的人的脸，更不用说我手里还拿着刀子了。人们应该首先会看到刀子吧？如果看见了一个人拿着刀子，应该就没有勇气看向那个人的脸了吧？如果是从远处的话，过路人也会看的吧？但是，在晚上判断一个距离很远的人的脸，而且还是被隐藏起来的脸，是非常困难的。那个人明明戴着口罩，证词中却说他脸上有伤疤。而且明明是在晚上发生的案件，我认为那个目击者一定是看错了什么。

“事态正朝着好的方向发展。我那样想着的时候……又有一个人被杀死了。就是那个经营着运动俱乐部的男人。我给她打了电话，问‘你在做什么呢，做得有点过头了吧’。但是，她什么也不知道。我又给石居和栗原打了电话，他们也都说什么都不知道。

“模仿犯罪的人，我是这么认为的。虽然实在是对不起那位被杀死的男性，但是我觉得这样一来，我们就越来越能摆脱嫌疑了。有一个人正在慢慢变成原本不存在的‘大衣男’。高柳被逮捕的时候，我觉得我们越来越安全了。唯一不变的就是，有人因为我们死了。但是……那是一种奇妙的感觉。

“第二起案件，也就是她和我自导自演之后，媒体渐渐开始用‘大衣男’这个简单的名字进行大肆报道。通过报道，模仿犯罪的人被广泛传播，成为众所周知的事实。但是如果说只有媒体弄错了，我认为那就错了。为什么媒体会狂热地报道呢？是因为要获得收视率。为什么要获得收视率呢？是因为大家都想看……难道不是这样吗？我也不太清楚……

“确实，如果在大街上发生过路杀人魔那样的事件，人们都会吓得受不了。但是那个时候，事件的发生地被限定在了‘市高町’。

“‘市高町’以外是安全的。当看到发生那些案件的时候，‘市高町’以外的人应该会觉得有趣吧。有人会享受这种恐怖的喜悦吧。我是如此认为的。

“人们是会被发生的世界性大事件所吸引的。当然，人们也会为受害者感到哀伤，会痛恨罪犯。但是与此同时，在自己情感的某个地方，也会稍稍感到一些兴奋，难道不是这样吗……并不是说人是邪恶的。那是因为人的情感是复杂的，并不是一成不变的，在身体里同时存在着两种相反的情感，即使那些情感多少有些差距。

“我们通过电视和网络来追踪新闻。关于性犯罪的新闻在网上的点击量很多。对受害者表示同情甚至感到悲伤是理所当然的，但是同时也会莫名感到一些兴奋。‘新闻’就是有这样的性质。如果是世界性的、发生在遥远国家的大事件的话，我们就会莫名地像看电影一样来看待这件事情，将其作为‘故事’来消费。

“古希腊的哲学家柏拉图曾说过，所谓的善人，就是把恶人现实中犯下的罪行，当作是梦境一样看待并感到满足的人。即使那是一种极端……

“杀死运动俱乐部社长的不是我们，凶手另有其人。我们虽然有罪，但是至少杀人的凶手不是我们。那只可能是某些人内心潜藏着的罪恶感，被我们激活所产生的结果。而且在那深处，也有人把它看作新闻，那些人无意识的小小罪恶，助长了事件报道的狂热性……

“然而，模仿犯罪的人从‘市高町’开始向外扩散。从‘市高町’这个小地方，扩展到了更广的范围。由此，人们不再是隔岸观火。基本上也没有人再觉得这件事有趣了吧？就好像原本在遥远的地方发生的战争，就要侵入自己的国家了。

“现在的报道过热，已经不是人们小小兴趣的集合，而是源于内心的害怕。

“认识到自己的悲惨的人，一定会变成模仿犯罪的人。那是恶，也是愚昧。模仿犯罪什么的并没有什么独创性，也不是什么值得自豪的行为。但是，却有那样虐待他们的系统。邪恶能够改变姿态。杀人未必是恶，但可能的恶也会在体内‘变化’为杀人。实际上，受到惩罚的是‘变化的恶’……难道不是吗？实际上，对她施以暴力的丈夫，即便被证明有此事，其罪行不也很轻吗？这是为什么呢？

“对，这就是自我正当化啊。要说我为什么会有这样的想法，那是因为我接下来要说的话十分的丑恶。连我都忍受不了我自己接下来要说的话的丑恶。只是想做一些抵抗，做了错事的不是我们而已……我们变得安全了，那是后话。

“我之前也说过吧，她说让我给她介绍别的男人。那个时候，我很吃惊。我感觉我被背叛了。就像以前的妻子一样，这个女人也背叛了我……所以我就彻底地放弃了自我，把石居和栗原介绍给了她。但是那个时候，我的心中产生了一种别样的奇妙感情。

“一想到她和别的男人，而且还是我认识的男人在一起的时候，我好像就变得很奇怪。但是同时，奇怪的是我总是有一种莫名愉快的感觉……‘她现在是什么样子呢？石居和栗原肯定很拿手吧？’……我一边这样想着，内心也开始骚动起来。我想起了妻子背叛我去找别的男人的事情。那个时候虽然我也很奇怪地非常嫉妒，但是也有一种莫名的愉悦感……我被这种嫉妒驱使，又去见了她，询问他们现在到底怎么样了。

“这是心理扭曲。对，不必说也知道，这样的心理是不正常的。而且，再加上‘那件事’。我们三个人摆脱了嫌疑，对她来说也是一种恩惠，我的立场变得比她更加有利。

“当然我们付了钱，但是我们却生出一种拥有她的全部的感觉。并不只是我，石居也是，栗原也是……在这种扭曲的情况之下，人会变得更加扭曲。我想对她说，‘石居、栗原，谁都行，能不能不让我看到你和他们在一起。’……不，不如说全员为好。全都，和她……当看到堕落的她时，我觉得自己是真的爱着她。我在那种愉快中，逐渐变成了一些其他的东西……在那种扭曲的情况下，自己变得扭曲也是常有的事。我们自己制造了一个扭曲的环境，在那个扭曲的环境里，我们更加扭曲了。她经常把自己和丈夫的事情比喻成是像图形一样的东西．但是在她的图形里，我们的图形重合了。图形交错在一起，变得扭曲了……我想着要是在这个图形破裂之前被逮捕的话就好了。

“我和她都出狱的时候，我想把自己的想法传递给她。互相坦露各自的阴暗面，一点一点地去弥补改正，恢复到原来的样子……

“但是，会怎么样呢……这只是一厢情愿吧……我们还有那种可能吗？”

下部

到目前为止的案件的受害者、加害者、重要参考人——

竹林结城　第一起案件的受害者。

横川佐和子　虽然是第二起案件的受害者，但是杀害了竹林。

真田浩二　第三起案件的受害者。运动俱乐部的经营者。

高柳大助　第四起案件的加害者。受害者是轻伤。高柳现在还在拘留中。

米村辻彦　第五起案件的受害者。精神科医生。在遗书中写自己是“大衣男”，并且写着关于第一起和第三起案件中只有作案人才知道的信息。

初川纲纪　重要参考人。真田的朋友。现在人在菲律宾。

林原隆大　横川的朋友。目击证词提供了伪证。

石居、栗原　横川的朋友。目击证词提供了伪证。

一个女子

“你觉得怎么样？”小桥一边看着我一边问道，“如果说全部相信他们的证词的话，第三起案件的受害者、运动俱乐部的经营者真田，和第五起案件的精神科医生米村，就是别人杀的了。”

“大衣男”是不存在的，这个事实被大肆报道。细想想的话，横川和林原并不是想要制造出一个模仿犯罪者的形象才做的这些事。“大衣男”这个名字，也是在报道中衍生出来的。电视台的“大衣男”打过来的电话也是如此，全都是没有关系的人做的。关于这件事的报道非常混乱。

市高等警察署的三楼食堂，除了我们，没有别人。小桥继续说道：“但是，如果是那样的话，有一件事无论怎么想都比较奇怪。米村的遗书上写着，第一起案件，也就是胁迫者竹林的尸体旁边，从袋子里落出来的啤酒牌子，这是只有搜查本部才知道的事实。也没有泄露给媒体。”

“只是一个假设。”

我张开嘴，依旧很混乱。

“看到的可能性呢？第一起案件中，竹林尸体的第一发现者，确实是巡视中的巡查员吧？因为是巡查员，所以没有变成搜查的问题，但是事实上，第一发现者有可能并不是他。”

“也就是说……”

“第一发现者另有其人，那个人杀了真田和米村。”

“可是……为什么呢？”

“对，我也完全不知道。这不过是我的想象而已，”小桥说道，“按照搜查本部的方针，他们认为横川和林原都有犯罪的可能性，并以此进行调查，但是……”

“嗯。那样的话也没有办法。不过，那确实很奇怪。第三起案件的尸体口中有被烧的痕迹。最初这被认为是‘大衣男’为了扰乱搜查而要的花招。但是如果他们是作案人的话，就不会要那样的花招。如果他们的目的就是要做‘大衣男’所做的事，那就不应该去扰乱搜查什么的。应该像过路杀人魔那样，和以前一样将尸体留在路边。……况且他们还没有动机那样做。”

我向小桥问了我一直都比较在意的事情：“在与股长他们的会议结束后，你当时是向吉原提议监视目击者吧？难道那时就预想到这样的结果了？”

“中岛越是离开现场，越觉得‘大衣男’不像‘大衣男’了吧？我也意识到了这一点。难道说，与之相反，因为目击者之中存在着某种关系，所以关于‘大衣男’的印象也就逐渐改变了？是不是这样呢？此后有没有可能做了奇妙的证言呢……所以才说了谎。”

“……啊？”

“要是那样推理的话，我就真是太帅了，但是怎么说呢，只是在没有睡着的头脑中觉得说得对，如果做了那就是……”

“但是，结果却……”

“非常后悔啊。如果当时是那样想的话就好了。”

“如果是那样做的话？”

“就是要是那样做了的话呀。”

小桥从上衣胸口的口袋里，拿出用纸包着的羊羹。我认为这是我第一次看到有人随身携带羊羹。

我将咖啡一饮而尽，想着她是不是会分我一点儿羊羹呢。我忍着馋。

“林原是说，如果横川出狱就向她求婚吧。”

“嗯，是的啊。就是不知道能不能进展顺利啊。”

我这样说着，小桥停顿了一下，最后张开嘴说道：“横川好像一直在查自己的画像有没有被传到网上。”

“那种随意散布别人画像的人，真是垃圾。虽然这样说有点奇怪，但是那样的人比杀人犯还让人讨厌。”

“但是好像林原也对横川这样说过吧……说即使你的画像被散布在网上，我也不介意。网上的画像，也就是一种数据信号。只是以那个信号为基础，通过电脑和电话的内部装置，再现那个人的画像的东西而已。所以在原理上，和一幅精美的画是一样的。动画也是一样。谁也不是真正在看她的身体和行为。此外，人身体里的细胞会经常更新换代，所以即使表面上看上去是她，但实际上已经不是现在的她了。横川也……会酌情减刑，从轻处罚。”

“嗯。实际上，我觉得横川不会被判重罪……她从丈夫那里受到暴力，以至于胳膊和腿上的伤痕还会痛。而且，她也是被胁迫的。其他的三个人，也并不是想扰乱社会秩序。虽然做得有点过头，但也不过是傻傻地想保护她而已。高柳的事件里，目击证言被确认的时候，也没给他强加什么罪名。当听到她说刺伤竹林的时候，林原考虑到当时的情况，可能也只有那么做才好。”

“是啊，事情只会向意想不到的方向发展。”

“社会上也因为这件事情而一片哗然。这样的话，模仿犯罪的人就不复存在了吧。”

“但是搜查陷入了僵局。”

不过，如果假定真田和精神科医生米村两个人的尸体，与横川他们没有关系的话，那就全都成了别的作案人做的了，正如野川所说，可能存在一个人，伪装成了过路杀人魔，想要杀死别人。那个人认为现在正是绝佳的时机。

“假设真田和米村有交集，那也只可能交织在初川那里。如果调查也没有结果的话，那就不如想想什么样的交集‘比较有可能’。”

我刚这样说，小桥就立即回答，就好像之前隐隐约约地一直思考过一样。

“是女人吧。”小桥嚼着嘴里的羊羹，一口吞下去后说道。

“真田对女性很无礼粗暴。如果把这一点当作问题的起点，首先就会想到女人。然后再以女人为出发点进行思考。虽然米村对待女性的态度很消极，但又非常恶心，他曾送给接待处的矢场一条项链。能够让米村变得积极的女性的话……”

“是啊，患者。”

“如果说他们二人在初川之外的交集的话，我只能想到这些。但那不是被‘销毁’了吗……之前被销毁的病历卡，米村在市高町开业之前所经营的诊所……也就是说，在那些名字里，有真田和米村的交集。”

我一边听着小桥说，一边回想真田尸体的情况。

“你还记得真田的尸体是什么样子吗？”

“袜子上沾着和米村诊所的地毯相同的蓝色纤维。头的角度好像被人扭了过来，尸体有被拖拽过的痕迹，嘴里还有被火烧的痕迹。”

我的心跳开始加快。

小桥说道：“但是，为什么嘴里会有被火烧的痕迹呢？”

如果不固定“大衣男”的形象来思考的话；如果那既不是以扰乱搜查为目的，也不是猎奇式的行动的话……我开始头疼起来。

“这样啊……是因为讨厌啊。”

“欸？”

“在讨厌的东西上点了火呀……火，被点在希望消失的东西上。”

我向小桥表示我的不明白，并深深地吸了一口气，头疼变得更加剧烈了。

“嘴中有希望消失的东西？”

“大概是……声音吧。”我小声说道。

“那把火……被认为是在真田死后放的。所以可能是凶手幻听。是不是他听到死者在说着些什么呢。”

“死了的人？”

“从死者头的角度，可以看出凶手是想确认死者的脸。如果是过路杀人魔的话，确认死者的脸什么的，确实让人有点儿搞不懂是什么意思。但是，如果不是过路杀人魔的话，就可以解释得通了。我想他是不是在杀了人之后，想确认一下自己所杀的到底是不是真田，所以才变得不安呢。要说我为什么这样想，那是因为……”

凌晨四点了，但还不能休息。明明很疲劳，但是身体却还在运转。我继续着：“和真田有关系的女性们的证言，你还记得吗？”

“嗯，记得。”

“‘他好像过着已经结束了的生活’。这是那个时候的真田。但是就算与过去有一些不一样又怎么样？如果说，他是因为发生了什么事情而有所改变了呢？”

我一直思考着。

“所以凶手在杀了人后，总感觉和印象里的真田有些不同，觉得不安，所以才不由得看了他的脸，不是这样吗？那个时候感觉到真田好像在说着什么……到底在说什么，我们肯定不知道，但是可以说作案人处于一种极限状态，甚至出现了幻听。所以他心慌意乱，才点了火，然后又意识到必须要逃跑了。但是米村的驾驶证也被烧毁了。所以这个推理看上去好像有点儿弱啊。但是，怎么说呢，他特意拿着身份证，到米村的诊所去，如果脱离‘大衣男’的思维来考虑的话，总觉得作案人有一点踌躇不决的感觉……怎么说呢，好像在害怕什么。”

看到第三起案件中真田尸体的时候，和看到第一起案件中死者尸体一样，都是那种想让凶手停止作案的感觉。我的心跳又加快了，我想要说话，说起来都是感觉不愉快的事情。

“哎……你认为，杀死真田和米村的人，到那为止作案就结束了吗？”

小桥看着我，意识到了我想要说的事情，皱了皱眉头说道：“我不那样认为。虽然说不知道为什么……”

“嗯。到目前为止，在全国的模仿犯罪骚动中，还没有发现与市高町的事件有关联的呢，是吧？这是因为日本的警察如果只调查那一些的话，难以发现案件的关联性呢，还是因为关联性消失了呢？如果是那样的话就好了……”

小桥更加皱紧了眉头。我把不想说的事情放到了最后。

“难道说作案人是用一种与模仿犯罪骚乱完全没有关系的做法，正要杀死谁？如果真是那样的话，那我们就一直都推断错了。”

需要调查在全国发生的杀人事件。

从发生“大衣男”事件的一个月前，到现在全国一共发生了二十五起凶杀案件。痴情的纠缠、跟踪狂杀人、在酒吧的争吵、暴力团以及与外国人有关等，其中大部分作案人都已经被逮捕了，不过依旧有作案人没有被抓住的案件。除了与“大衣男”相关的案件之外，还有四件：女高中生在酒店里被杀害的案件，护士在自己家里被杀害的案件，老夫妇在自己家里被杀害的案件，第四起案件更奇怪，男子在路上被杀死了。

那是米村案件发生两周后在奈良县发生的案件，现场引起一片骚动。

汽车从死者尸体上碾压了过去。

“这起案件，有点儿奇怪。”

去奈良调查案件情况的雪原如此对我们说道。雪原还是老样子，睡眼惺忪，黑眼圈依然如故。

“首先，遗体是在山林土堤前被发现的。白色轿车被发现时，右侧车胎已经搁浅。现在一条署和奈良县警搜查一课都设立了特别搜查本部。车是偷来的。”

雪原继续说道：“这样……尸体被烧了一次。”

真田嘴里被烧的痕迹，米村驾驶证被烧毁的情况，我的心跳突然加快起来。

“更加奇怪的是尸体被烧了一次后，又被浇上了水。”

“啊？”

“更甚的是，有按摩死者心脏的痕迹。肋骨上有那种形状的裂纹。而且在那之后……汽车碾压了死者的腹部。但是，我是说但是啊，杀人方法是绞杀。也就是说一开始被缠上脖子，之后又被烧了一下。”

排列细致的资料文字，突然让人觉得奇怪地扭曲起来。

“负责此事的警察所说的，更……怎么说呢，听上去感觉他就是杀人凶手，但是杀了人之后，还在疑惑是不是真的杀了人。”

最开始的尸体，犹如被杀后要确认其相貌一样，脖子歪着。

“杀了人之后，疑惑着是不是杀了人？”

“虽然还不清楚，但是关联性很大。”

小桥和股长一直在看文件。雪原叹了口气，继续说道：“这位被害者叫小竹原满，51岁，没有工作。之前好像是在建筑工地工作而且还是单身……听说没有关于作案人的线索。”

我又想起了真田的案发现场，尸体被拖拽过。

就好像是在杀了人之后，为了不使尸体妨碍行车而把它移到了旁边一样。

“也没有什么确定的证据，不好意思说了这种话。”我这样说着，“那个受害者，有前科吗？不，与其说是前科，不如说是那个……他有没有引发过什么大的交通事故？”

“为什么？”

“不，怎么说呢。只是，说到车的话，总有点儿……”

“我们查一下吧。”小桥突然走出房间说道。好像有什么东西黏在了她的头发上。

“一课的人会怎么做呢？”雪原问道。

股长回答道：“如果相信那一对男女没有杀死真田的话，受案件影响的米村杀死真田的可能性就比较大。但是米村有不在场证明，所以案件进展十分困难……但是，他们固执地认为，这一系列案件都是同一个人做的。因为实际上，米村知道那些没有被泄露给媒体的第一起案件和第三起案件的信息，也在公园里发现了刀……确实是一个谜啊。如果是高柳作的案，然后他告诉米村，那就容易理解了。”

稍微等了一会儿，但小桥并没有回来。我出去看了看情况。因为一些基础数据的原因，她应该正在电脑旁。打开房门，小桥正呆坐在电脑桌前。我想，难道她是以这种姿势睡着的？然而走近才发现她睁着眼。

“怎么了？”我小心谨慎地询问着，但是小桥一动不动。

“……那个。”

“真是……我们已经被卷入一件麻烦的事情里了。”

小桥深深地吸了一口气。

“你静下来听我说。首先在奈良县被杀害的小竹原满，过去曾多次因饮酒驾驶而被逮捕，也曾多次超速。而且……四年以前，发生了人身事故。”

“人身事故？”

“是的。对方是过路步行者，手臂骨折，受伤了……而且她是一位女性。”

黑暗狭窄的房间，反映事件的电脑画面像有了意识一样，在发着光亮。

“然后试着调查了一下这位女性。调查发现……她的名字叫椎名惠。”

我看着小桥，想法还是不能统一。那个椎名惠？真的？

“她就是两年前在旁边的木坂村里的公寓里被杀死的女性。当时是很大的新闻。当时搜查一课和木坂署也成立了特别搜查本部，是和我们不一样的组。我问了一下一课小组，他们好像意识到了这件事和奈良县案件的受害者的交集。为了验证证据，可能会成立共同搜查本部，没准我们会和木坂署的搜查本部合并呢。”

无业 34 岁女性椎名惠被杀事件，作为一起无法理解的猎奇案件，几近陷入僵局。

首先，这个女性没有手机，几乎没有朋友，高中辍学后她如何生活的还是一个谜。虽然有信息说她奔走于各个县的俱乐部，但她的行踪不甚明了。虽说是被抢劫者杀死的，但她被杀害的方式非常奇怪。

小桥又开始调查基本情况。

2012 年 6 月 16 日，椎名惠于东京木坂町一所公寓被害。房间被盗，她被绑在椅子上，脸部被猛烈殴打，在无法活动的状态下被灌了毒药。被捆绑的她的面前，有一个白色的容器，里面盛有氰化钾，旁边放着勺子，还有她痛苦地吐出这些东西的痕迹。警方将其作为一起残忍的猎奇案件，进行了调查。

她没有被强奸的迹象。所以，可以推测凶手只是看她痛苦的样子。她对面有一把椅子，桌子上有奶酪袋。好像凶手是一边吃着奶酪一边看她逐渐死去的全过程。从作案手法来看，凶手对椎名惠有着可以称为偏执的憎恨——殴打脸部，把她捆绑起来，喂她喝毒药。

“虽然这种憎恨和这次一连串的案件都吻合，不过很奇怪对吧……作案人把自己憎恨的椎名惠杀害。可是如果这样的话，还有必要把使椎名惠遭遇交通事故的男人也杀害吗？”

“只是可能啊。”小桥说道，“有一种仇恨是，为什么当时只是断了她的胳膊，而没能杀死她。”

“真的吗？”

“如果是这样的话，这种憎恨就会超出常规。因为这是一种‘那时你杀死她不就行了’的仇恨。从这个叫小竹原满的男性来看，他只认为是被发疯的人缠上了。这也超过了被怨恨的程度……当然这只是一种推测，我只是觉得很难认为作案人不存在这种逻辑的跳跃。”

我看着电脑屏幕，一时陷入了沉默。不管怎样，只能先去木坂署的搜查总部问问情况了。

我们叫了吉原陪我们去。只有我们两个人的话，即使去也不会被正眼对待的。我们的说辞有一些模棱两可，如奈良的尸体被烧这种某种意义上的相同点，汽车、被杀后犹豫的痕迹等。而且奈良事件和椎名惠事件的关系也还未查明。

迎接我们的是一名50多岁的一课刑警。市高署搜查总部里，有从警视厅搜查一课调来的嫌疑人搜查第七负责人和第八负责人。这里调来的是第五负责人。虽然每个管理官管理多个负责人，但是这里的管理官是另外一个人。

“万一有关系的话，”迎接我们的刑警说道，“我们决定联合起来。然后以与奈良的搜查总部共同搜查的方式……因为会产生很多记录，有需要的话我们会总结出来……”

我们继续打听资料。看到犯罪现场的照片，小桥捂住了嘴。虽然我劝她可以不看，但她以坚定的表情打断了我，目不转睛地盯着尸体的照片看。

她的脸部被猛烈殴打，胳膊被反绑着，趴倒在桌子上。有呕吐的痕迹，桌上有盘子，还有喂毒药的勺子。

“有人对她怀有病态的憎恨。这是尚未报道的资料。”一课刑警将装在塑料袋中的信封拿给我们看。他戴上手套，抽出里面的信：“寄件人不明。虽然不知道发生了什么，希望警察能和我联系……不，想到近来尾随杀人事件警察的愚笨，可能也没什么用。”

我也戴上手套，打开信函查看。

“我在你大脑里植入的我的意识，总有一天会觉醒。在你即将获得幸福的瞬间，为了惩罚你，它会睁开眼，它会扩散到你大脑的每一个角落，不断支配和控制你。于是你会心跳加速，呼吸紊乱，无处安身，然后回到我的身边。于是你会发疯，和我一起发疯。我会在这里等着你，牺牲我的人生永远等着你，直到我在你大脑里植入的我的意识觉醒为止。”

我看向小桥和吉原，他们也很惊讶。

这是米村的字。

这是市高町发生的第五起案件的受害者、精神科医生米村辻彦的字迹，我开口问道："椎名惠小姐去过心内科吗？"

"……嗯？嗯嗯，去过。"

"在哪里呢？"

"在这里。"

一课刑警把资料拿给我们看。

不过那不是米村开的诊所，所属医师里也没有米村。

"她去过几次，后来就渐渐不去了。当然我们也询问了那里的医师。据说当时她忽然就不来了，他们很担心……他们说只要她不是卷入什么奇怪的事情就好。"

吉原静静地开口说道："这封信，和市高町连环过路杀人魔事件的受害者、精神科医生米村辻彦的字迹一样。"

"真的吗？"

"正式的字迹鉴定结束后，我们搜查总部将和木坂署搜查总部统一合作。"

情 结

根据正式的鉴定，大致可以断定信的字迹就是米村的。但是，在木坂町被害者椎名惠的房间里所采集的指纹中，并未发现米村的指纹。很明显米村和案件有关系，但在能确认他为作案人的证据出现之前，按照搜查一课课长的指示，搜查总部的联合被延期了。

能想象出的情节是，杀害椎名惠的米村，因为某些原因也杀害了真田（第三起案件受害者，运动俱乐部社长），然后自杀了。但是，奈良案件发生时，米村已经死了，所以米村并不可能是那起案件的作案人。

肯定有人为了替椎名惠报仇而杀了米村，这个人还有一个目的，那就是使米村背上“大衣男”的黑锅。

“但是，如果是为椎名惠事件而报仇的话，为什么还需要制造奈良的案件呢？仅仅是因为让她遭遇车祸而杀了他吗？很奇怪。”雪原说道，“而且，使之背上‘大衣男’黑锅这种画蛇添足的复仇行为，也总让人觉得……不清楚的事情太多了。”

“我们调查一下真田和椎名惠的交集吧……木坂署所提供的信息完全没有进展，可能是害怕我们先抓住作案人。但如果只公开一部分信息的话，我们就会非常难办啊。”

我们决定再去询问一遍与真田有关的人。我询问科原小百合，小桥询问和真田交往过的两个人，雪原则询问真田的部下角浦。

开车载小桥到半道，广播里“枕营业女孩”公布了她们这个月的支出、收入和存款。

“最近，我经常和一个中年男人在电车里相对而坐。”小桥突然说道，“不知道为什么，他总是一边盯着我的脸，一边认真地挖着鼻孔。”

“啊？”

“一边看着我，一边一直不停地挖鼻孔，认真而仔细。就好像那里面有什么对我特别重要的东西一样。”

“匪夷所思。”

“我特别烦恼，怎么办才好呢？”

“不知道啊，换辆电车吧。”

“换了不就输了吗？啊，到这儿就行。”

和科原小百合见面的地点，我选择了和上次不同的咖啡店，店里飘扬着舒缓的爵士乐。

她因为报道上说没有“大衣男”而非常吃惊。

“所以我就被怀疑了是吗？”她微笑着问道，看起来比以前更加疲惫。

“不是。我是想问您一下，关于真田先生的交友关系……您认识一个名叫椎名惠的人吗？”

“椎名？”

“有头绪？”

“椎名……”科原低下了头，“嗯……我认为在真田的手机里有这个人的名字。”

果然如此。我认为椎名惠虽然没有手机，但是真田可能记下了俱乐部的号码。

“您觉得我是很恶心的女人吗？”

“没有。”

“真田先生频繁地更换手机，所以现在警察那里的电话记录，即使做复原工作也查不出来。‘那个女人是会偷窥手机的，她可能看了之前的手机，可能知道很多相关人员，’您是这么想的对吧？”

“不……”

但实际正是如此。我不知道说什么，只好转移话题。

“椎名惠小姐是两年前在木坂町发生的猎奇事件的受害者。”

“我对那种事没兴趣。”科原说道。她直直地看着我，说道：“如你所想，我真的是那种会同时给几个男人打电话的女人。多好啊，我就是这种女人。”

“我……”

“我终于明白你们的工作了。践踏别人的内心，揭露别人的耻辱，把所需信息拿到手后，拍拍屁股走人。”

店里继续飘扬着爵士乐。如果是偶像的歌曲，也许能稍微缓和一下气氛吧。

“对不起，这是我的工作。”我说道。

科原看起来似乎轻轻松了一口气：“嗯嗯，是啊，抱歉……我在消费者金融做前台。即使心里觉得面前的人肯定不会还钱，我也会笑脸相待……可能与那一样。那个女人，被杀了？”

“是的。很有可能和真田先生的案件有关系。”

“好恐怖啊。”

“那个精神科医生，和真田先生，还有椎名惠小姐可能也有关系。”

“同一个作案人？”

“还不清楚。”

“我没关系吗？”

“比如像是被某人憎恨的事？”我说道。

科原微笑着说道：“如果把人分为两种，与其说是被憎恨，不如说我是恨别人的那一类。”

科原凝视着我。她在桌下倒换双腿时，碰到了我的腿。但她就这么触碰着，并没有躲开。我也那样没动。

“再会吧。”

我注意到她的短裙比以前更短了。

“谢谢你，再见面吧。我会提前想起更多真田先生的事情……”

我把科原送到车站后，想抽支已经戒掉的烟。自从离婚以来，我一直没和特定的女人交往过。三年前，在一段为期一年的婚姻生活中，我们两个彼此都很疲惫。在没有精神赔偿金，什么都没有的状态下就分开了。吸引别人来自己身边也好，参与别人的人生也罢，我已经全无勇气。

“你一直跟我很客气啊。”离婚时，当时还是妻子的她凄凉地说道，“不过，那不是你对我的温柔，而是你竖起的一堵墙。”

我跟她提离婚的时候，她没有一丝反对。

“我想重过我的人生。重新过，这个词可能有点伤人……新的男人没有你有魅力，也没有你温柔，但是爱我，比你简单多了。”她那时哭了，“我打算在那个人身边，做一个平凡的家庭主妇。”

椎名惠事件相关人员的基本情况已经明了。市高町搜查总部的信息和木坂町搜查总部的信息终于开始汇合。

事件的基本情况如下：

2012年6月16日，案发当天，受害者所在公寓周围的邻居都出门了，没有嫌疑人的目击信息。

判断椎名惠的死亡时间是在16时至16时30分。

接受审问的主要人物有——

【吉永泉（52岁，年龄是案发时的年龄，下同）】他是椎名惠只工作了三个月的俱乐部的经营者。他对椎名惠没有什么印象，几乎不记得了。椎名惠在这里也没有特定的客人。本来做女招待的工作，没有手机是不可思议的。只是因为当时俱乐部没人，才暂时雇用她的，原打算以后要辞退她的，但是突然有一天，她就不来了。不知道为什么椎名惠非常害怕使用手机，也没有听说过她有什么烦恼。案发当天，因俱乐部正准备营业，因此他在店里。通过租户大楼里的摄像头，店里的服务员，酒铺人的证言，他的不在场证明被证实。

【田伏瑞树（56岁）】椎名惠偶尔去的咖啡店“La pri é re”的老板。虽然对她没什么印象，但记得她的长相。据说她偶尔会和男人一起来，但是谈得好像并不融洽。案发当天，田伏瑞树在店里，不在场证明被证实。

【吉高亮介（35岁）】是和椎名惠去过一次那个咖啡店的人。在俱乐部认识，和她发生过一次性关系，但是中途她忽然哭了，从那之后再也没见过她。案发当天在出租录像带的店里。店里的摄像头拍下了他的样子，不在场证明被证实。

【仓本惠一（36岁）】是和椎名惠去过一次那个咖啡店的人。在俱乐部认识，和她发生过一次性关系，但是中途她忽然哭了，从那之后再也没见过她。案发当天在建筑公司里。通过同事的证言，不在场证明被证实。

【间岛俊（34岁）】是和椎名惠去过一次那个咖啡店的人。一夜邂逅，和她发生过一次性关系，但是中途她忽然哭了，从那之后两人再也没见过面。案发当天在去大阪出差的路上。车站的摄像头拍下了他，不在场证明被证实。

怎么回事?

此外，还有五个男人接受了审问。都和她发生过一次性关系，都在发生关系的中途遭遇她哭了，并且之后就再也没见过她。而且频率都是大约一个月一次。

【桐田学（39岁）】椎名惠的邻居。虽然当初没有不在场证明，但碰巧杂居大楼里的摄像头拍下了他，以那个时间和距离，他是不可能犯罪的。他说只知道这里住着一个女人，其他一无所知。

【椎名启子（70岁）】椎名惠的母亲。事发当天住在爱知县，现在住在老年福利院。

【西原诚一（58岁）】医疗机器制造公司社长，偶尔会给椎名惠的户头打钱。事发当天在美国费城，获得证实。他和椎名惠交往到八年前，当时他已经有妻子了。椎名惠没有拿自己户头里那些钱。

相关人员都有不在场证明。如果不是抢劫，搜查总部可能推测是西原诚一派人杀害了她，但是他的手机电话、短信记录又都没有那种迹象。

搜查总部把她所持的威胁信也作为线索进行了调查。但是信上既没有指纹也没有邮戳，可能是直接放到她的邮箱的，搜查难以推进。通过市高町的案件，可以确定那个字迹是米村的，但是米村已经死了。如果说椎名惠被杀事件是因为米村的某种怨恨引起的，那这样就可以看到案件的解决思路。然后，被犯罪的意识所袭，米村自杀了。

但是即便如此假定，市高町的案件也还不能结束。只有证明是米村杀死了真田，案件才能解决，但是没有这个证据。真田被杀时，没有发生过杀人事件的城镇里，竹林被杀、横川被袭，那么，接下来以同样方法被杀的真田自然也应该是被同一个过路杀人魔所害。而且也有目击信息。只是，有两个目击者，与其他两起事件的目击者很不同，目击信息非常暧昧不清。在真田死的路途附近，事发当天，有人看到有一个像是穿着大衣的奇怪的人。那个人很瘦，不像米村那样强壮。

而且，不知为何米村知道横川被杀的第一起事件的详情。

还有奈良的案件。在奈良一辆停滞不前的车上，绞死的尸体被发现，死者是曾经使椎名惠遭遇交通事故的人；椎名惠曾工作过的俱乐部的电话，在真田的电话簿里出现了。

因为米村已经死了，所以他不可能是奈良事件的作案人。

也就是说，能够简单做出以下推测——

某人把和椎名惠的“人生”相关的人都杀了。

理由不明，也不知道那个人和杀害椎名惠的人是否为同一个人。

搜查方针是，通过审问相关人员，锁定那个人。

“中岛！”雪原来到正在边吃美味仙贝边看搜查资料的我和小桥身边。她的头发还是有点儿乱。小桥不知为何突然请雪原吃仙贝。雪原吃了一口，因为太好吃了，她也开始吃起来。

“这是什么……真是不可思议。”

“对吧？”小桥开心地继续说道。

“吃一口，就出现了一个海。有一种好像小鱼在我的嘴里游来游去的海边的香味，而且口感柔软，就像把大腹便便、讨厌的上司用牙咬碎一样爽。”

“我知……道……而且……”

“……那个，你不是有什么事吗？”

“啊，对……是这么回事。”

“咽下去再说也可以。”

我一说，雪原也没喝水，就直接把仙贝咽下去了。然后连忙说道：“关于椎名惠，下次例会要汇报，这是资料。”

我和小桥看到那个资料，心里非常慌张。

椎名惠上初中时，她在自己家附近制造了一场火灾。

“据说她有烧东西的毛病，以前同年级的几个人都这么说。”

我感觉到烟的味道，拂去了。真田口腔内灼烧的痕迹，米村的驾驶证被烧，奈良案件的尸体也被烧了。

“没想到。不，虽然是不可能的，不过……”小桥说道，“比如，其实椎名惠还活着？”

椎名惠的尸体是在面部被殴打的状态下被发现的。确认尸体身份的是她的母亲。在血亲已经确认的情况下，一般日本的警察就不会再鉴定尸体的DNA了。

“她的母亲现在住在埼玉县的老人福利院。事发后身体垮了，像是得了老年痴呆症。”

“好的，那咱们走吧。”我说道。

“因为是别的辖区，所以还是悄悄去吧。”

老人福利院非常小巧别致，建筑物很干净。虽然在我们表明警察的身份后，他们的表情非常不悦，但还是带我们去了椎名惠母亲的房间。事发后不久，这位母亲好几次被警察问话，身体每况愈下就住院了。据说有时也会有警察来，但是最近一年几乎没人来了。

“启子女士知道的事，警察应该已经全都知道了，还会出现新的情况吗？”女看护人这么说道。

确实，看了资料似乎就没什么需要问的了。椎名启子在怀着椎名惠的时候和男人分手了，于是椎名惠在不知道父亲的长相和姓名的境遇下就那样长大了。椎名惠自立后，她们偶尔会书信往来。母女关系说不上好，但也不是针锋相对。这些内容椎名启子对警察说了很多次。因为关系疏远，所以也不可能了解女儿的交际圈。

“而且……我认为启子女士已经回答不出来了。请不要再刺激她了。请你们温和一些……”女看护人继续说道。

不知为何她的面部有点儿模糊不清。干净的白色走廊里，几个坐着轮椅的老人被推着过去了。

“人们都有想要忘记的事情……不是吗？”

敲敲门，看护人推开白色的门，在我的想象里她应该躺在床上，但是椎名启子坐在房间里的椅子上，有点儿茫然地看着我们。

“这些人是刑警。好久没见过了是吧？他们说想和您聊一聊。”

椎名启子继续茫然地看着我们。不知道为什么她还化着妆，穿着的衣服也不是家居服，而是衬衫和短裙。这是一个美丽的老人。她总给人一种好像有空闲或者是故意留出空闲的感觉。

“那个，我们想请问一下有关椎名惠小姐的事。”

我说完，她却没有反应。我看到小桥正紧紧地盯着椎名启子，便对看护人说：“我们可以单独和她聊聊吗？”

“那可不行！启子女士……”

“又发生了新的杀人事件。”我用椎名启子能听到的声音说道。小桥应该正在看她的反应。

“我们必须让作案人罢手……您能明白吗？”

看护人有些犹豫，留下一句“十分钟后再来”就离开了房间。

我再次看向椎名启子：“不好意思。我知道在这之前警察已经来过很多次了……我想问一下有关椎名惠小姐的事情。”

她继续茫然地看着我。不知道为什么，她只看我一个人。

“椎名惠小姐，以前制造过一起火灾对吧？”

她还是没有反应。然后她转过头，开始看向窗外。

“外面下过雨吗？”椎名启子开口问道。她的声音比想象的年轻，她曾经也做过女招待。

“没有，是晴天。”

“不过……会下雨的，一定。”

“是吗？”

“会下雨的，肯定。”

我直直地看着她的脸：“我们一定会抓住杀害惠小姐的真凶。”

她忽然想移动右臂，但是很快放弃了。

我继续问道：“确认了她的尸体身份的是你，对吧？”

“今天，会下雨的。”

“当时的样子。”

椎名启子脸上忽然浮现出笑意。

“你想问什么？”

我吓了一跳，说不出话来。小桥准备说什么，但是她想让我说，因此也没说话。我轻轻地吸了一口气，开口问道：“听说你有老年痴呆症？”

“你想问什么？”她看着我，忽然像开玩笑一样问道。

她好像从我的眼里掌握了我会动摇一样。她明明不过是个身体弱小的老人，我却忽然开始感觉有些恐怖。

“那我说了。”

“请。”

“开门见山……椎名惠小姐应该还活着吧？”

听到我的话，椎名启子忽然睁大眼睛笑起来。她坐在椅子上，凝视着我，轻微地晃动着身体，红色嘴唇里白色的牙齿漂亮整齐。

“你35岁左右，那边的小姐25岁左右，对吗？”

“对。”

“像你们这样的人不可能明白的吧？”

“嗯？”

“被抛弃的我和我女儿的心情。”

我茫然地看着她，她已经不笑了。

“今天会下雨的。”

“请别说这个了，请回答问题。”

“今天啊，雨会……”

“椎名女士！”

“闭嘴！”椎名启子低声说道，“谈话已经结束。您知道接下来会发生什么吗？看护人佐藤小姐快来了。我会说被你们欺负了，然后开始哭，然后应该会说些你们再也无法踏进这个房间的话。我是一个幼稚的老人。看护人，不，社会会相信谁呢？”

椎名启子从桌子的抽屉里拿出什么，扔向我们：“用这个许愿的话，应该能抓到真凶吧？”

这是一个打火机。有人敲门了，看护人进来了。椎名启子哭了起来。

“怎么回事？你们做了什么？”

看护人跑进来。椎名启子继续哭泣。我们只能站着。

我和小桥出了老人福利院，感觉走路也特别累。

“似乎不能再来了啊。”小桥终于说道。

“我说又发生新的杀人事件时，她有什么反应？”

“没反应。”

“说会抓住真凶的时候，她的右臂轻微动了一下。”

“嗯嗯，然后，被问到椎名惠是否还活着时，她突然开始笑起来。”

“你怎么看？”

“我也不知道。”

车旁，两只猫在悠闲地打闹，不知是在打架，还是在玩耍。我们走近后，它们有些不高兴地走开了。

“对了，回来时，她扔给我们的……”

我拿出那个黑色打火机。这是一家名叫“情结”的酒吧的打火机。黑色的，上面写着白色的字，还有电话号码。

“不过为什么扔打火机……打一下试试？”

小桥拨打了那个电话，不通。又用智能手机搜了一下，出现很多店名，但是用电话号码缩小区域再搜索后，一家也没有显示。在个人博客下面，仅有一点怀念那家店的内容，似乎店已经关门了。

因为是餐饮店，所以应该向保健站提交过报告。通过询问，我们查到了店主的姓名和住址。这是以前在木坂町的一家酒吧。去官署一问，才知道店主已经病死了。那块地已经被改建成了停车场。询问了周边的人，大家都对那家店没什么印象。那家店就这样静悄悄地从世界上消失了。

天空忽然下起雨，如椎名启子所说。

“可能是椎名惠的遗物吧。她经常用这个把什么点着。”

小桥说着，想用那个按动式打火机打火。不过里面已经没油了，所以打不着火。

试了好几次都打不着。

眼前这个荒凉的停车场很大，就是原来那个酒吧的地皮。

在这里按下按钮，某个地方就会燃烧，我有这样一种错觉。

推　理

警署召开例会。虽然和木坂町的搜查总部共享了信息，但是还没有联合，也没有成立联合搜查总部的迹象。第三起案件的受害者真田以前的手机里，有椎名惠的名字。

虽然也汇报了科原小百合的证言，但是会议结束后，我还是被负责人叫住了。

“上面让我指导一下你。科原小百合的事。为了确定你的询问，一课的刑警也接触了一下她，她说是误会了。”

“哈？”

“还有，虽然是传言，不过木坂町，也就是指挥椎名惠事件的管理官好像是搜查一课课长派系的。一课课长好像认为市高町的案件在木坂町搜查总部的主导下解决比较好。”

会议室里留下的搜查员开始散去，警察像是一个雾气蒙蒙难以捉摸的系统，我也搞不太懂。

“所以要老实接受忠告，实行迂回战术……话说回来，这究竟怎么回事？”

“……我试着联系她一下。”

我打了电话。响第二声时她接了，我问她为什么改变了证言。

科原说：“是我误会了。”

我说：“怎么可能！”

科原说：“对不起。”

我说：“科原小姐，那个……”

科原说：“真的对不起。”

她的声音里带着哭腔。我拿着手机，什么也说不出口。

她继续说道：“我回到家，打开记事本进行确认，发现没有那个名字。不过，我印象里是有那个名字的。真田先生登记着很多俱乐部的女性和店的电话，其中应该有一个就是那个名字的……对不起……我以为自己能帮上忙的。”

她的声音越来越小。

“我想帮忙……想帮上你的忙。”

当警署决定再次清查真田周围情况并分配任务时，我选择了科原小百合，角浦等人则交给了雪原和小桥。我还想再见她一次。

此时，她再次开口问道：“那个，可以再见一次面吗？”

“好。”

“我想跟你好好道歉。”

“没事，误会也是没办法的事。”

“什么时候？”

“案件稍微稳定下来后。”

“真的吗？”

挂掉电话后，我原以为自己不会再和她见面了。即使见面，我也会躲在自己的壳子里。就让她失望吧。

我觉得自己像个孩子。但如果不想进入别人的人生，一开始就摆出对那个女人没兴趣的态度就好了。股长意味深长地看着我，就像是在看一只罕见的仓鼠。他的眼神太烦人，我去了厕所。但是我从厕所回来后，股长和小桥一边看着我一边小声说话。真郁闷。

“什么啊！”

“恋爱……恋爱了对吧？”小桥问道。不知为何没用敬语。

“35 岁左右、缺乏魅力的刑警恋爱了啊。”

“并没有。不过这个缺乏魅力是怎么回事？”

“就是恋爱了。”接下来轮到股长说了，“35 岁左右、缺乏魅力的刑警恋爱了。”

“你们太八卦了，没有。”

我拿起包要走。

“查访一下椎名惠的其他相关者吧。就算被人要求老实点儿也不用管了。不好好递交搜查信息才不行呢！”

“因为是别的辖区，所以绝对不要高调行事。说到底还是为了调查与这个地区的案件的关联。”股长说道。

但是小桥还在看着我，出神得张口说道：“恋爱……离婚人士的恋爱。”

“都说不是了。不过，你怎么知道我离过一次婚？”

“我和她会何去何从呢……很久没有这种感觉了……我不能害怕。”

“别随意揣测别人的内心独白。”

我们决定再询问一遍所有和椎名惠有关系的男人。

吉高亮介说他是在小酒馆和椎名惠认识的，之后就发生了关系。但是，中途她哭起来，从那以后就再也没见过。和她发生关系的所有男性都说和她做到一半，她就哭了起来。

和吉高取得联系后，他表现出非常不耐烦的样子。我们前往他的公寓，他不情愿地跟我们出了门。棕色的头发，他像二十多岁的少年一样，穿着全身黑色的运动服。我们去了咖啡店。虽然他现在没有工作，但是从他的颜值来看，应该很受女人欢迎。他好像在强忍着不打哈欠。

“虽然已经是很久之前的事了，但是一直被喋喋不休地询问，是吧？”

吉高和我点了冰咖啡，小桥点了名叫世界和平的冻糕。

“你和椎名小姐去过小酒馆？”

“……啊，你看，她很可爱……去了大概两次吧。然后，怎么说呢……”

“把她带到了房间。”

“对。不过，我不太了解她……怎么说才好呢……她没什么反应。”

“反应？”

“我问她来不来我的房间时也是如此。怎么说呢？是真的可以还是怎么样呢……不过因为她还是跟着我来了，我觉得应该是可以吧……所以不就带她进屋了吗？所以不就准备做了吗？结果她突然哭起来了。”

“然后你就放弃了，对吧？”小桥说道。

但是吉高轻轻一笑。从一开始，吉高就像是在品味一样地看着小桥，偶尔会边揉眼边看。

“不可能放弃的吧！”吉高说道，“没放弃啊。毕竟女人很坏嘛，要是真的不愿意的话，不来我房间不就行了嘛。”

“好过分。”

“哈？什么？你在责备我吗？”

气氛有些僵，此时世界和平冻糕来了。普通而又寒酸的冰激凌里插着无数的国旗。小桥吃惊地看着这个冻糕。我也因这个糟糕的冻糕而惊讶。我看了吉高一眼，他也很吃惊。

“然后，据说你们就没见过了。”

“毕竟她是真哭了。我后来就不去那家店了。我也不想染上什么毛病。”

我们说话时，旁边的小桥把插在冻糕里面的无数国旗一个一个地拔掉。

“她被男人怨恨？”

“嗯……”

“请回想一下。”

“……嗯，那个，我也可以继续说。不过，这个正在拿国旗的她，这样没问题吗？”

“这样就行。”我断言。

吉高有些惊讶地看着小桥：“是吗？唉，算了。是啊，说到被怨恨……应该是她让人很不爽，不是吗？来到男人的房间，正做得火热，她却突然哭了。还有……怎么说呢……”

“什么？”

“嗯。听到她被杀的时候，我有点儿明白了。因为她会使人很焦躁。唉，虽然这么说会被怀疑，但是……”

“请您继续说，没关系的。”

“既然警察说没事了，哈哈，那就放心了。虽然她在中途哭了起来，不过我还是做到最后了，不是吗？但是我做完后，她还在哭。并不是因为没劲儿了。明明是很正常地跟我进屋，也一直没有反抗。真是超级烦人。这样会让我疯狂的。人呢，怎么说呢，都有邪恶的一面。”吉高稍微低下头，挠了一下右眉毛，“我还想再做一次的，本想如果她反抗的话，我就强行……不过，唉，我让她回去了。还有……她不笑的，我从没见她笑过。”

吉高看上去像刚想起来："嗯，还有啊，她没有手机。我问她为什么没有手机时，她也没有反应。我总觉得她不想活了，感觉她是在一种假死状态下活着的。"

果然她身上发生过什么事情。

"你认识真田浩二这个男人吗？"

"真田浩二？"

"是一个当时将近40岁的男人。以前经营过一家酒吧，后来经营了一家运动俱乐部。"

"不知道啊。发生什么事了？"

"我们推测他和椎名惠小姐有关联。"

小桥已经吃完冻糕了。她好像对味道也不太满意。桌子上摆着无数的国旗。

"关联？是不是像我一样，去了小酒馆，然后变成那样的感觉……不是这样吗？"

我反复思考，认为想要了解椎名惠，需要更早些的信息，在她和男性发生这种关系之前的事情。

"您认识一个叫米村的精神科医生吗？稍微有点儿胖。"

"不知道……精神科医生？她去过吗？"

"现在还不明确。"

吉高打了个哈欠，看样子已经没有能从这个男人嘴里问出来的东西了。我准备结束谈话时，吉高看着冻糕里被拔出的国旗，突然不经意间地开口说道："啊啊，对了……她信神。"

"神？"我不由得看向吉高。

"嗯。基督教？她戴着十字架。"

"她本人这样说过吗？"

吉高点头认可。

“她戴着一个小十字架，‘你是基督教徒？’我开玩笑问她时，她点头了。我说明明是日本人，真特别啊。于是她说不是正式的，是个人信仰之类的话。”

小桥坐进车里，用后视镜检查了一下嘴角。

“你对刚才的男人印象怎么样？”

“我觉得是个很讨厌的男人，总想和他吵架，所以我一直把注意力放在我的冻糕上，让心情平静下来。”

“从中途开始，你一句话都没说对吧？对冻糕太失望了。”

“有中岛就够了不是吗？而且他一直奇怪地看着我。如果我说话的话，反而会被问一些净是和调查无关的事，话题就扯远了，所以我就没说话。”

“你这么说，听起来很对，真是难以想象啊。”

我发动车，天渐渐暗了下来。

“接下来要见的椎名惠身边的男人，可能都是那样的人吧……心情真是沉重。虽然那个人很讨厌，但是我感到他很孤独。明明觉得很麻烦，结果却像是不怎么和人接触一样，却滔滔不绝地说了那么多话……真田呀、米村呀，可能也是那种有孤独感的人吧，才被椎名惠吸引到了身边。”

“不是正式的基督教说的是什么意思呢？”

“天主教什么的……最近有什么新的宗教团体吗？”

“我觉得没有基督教系的。若是佛教的话，倒是有。”

接下来我们去见间岛俊。他是和椎名惠发生关系并中途遇到她哭泣的男人之一。

他工作刚刚结束还穿着西服，看起来很疲惫。我们到咖啡店去谈。

他也明显地表现出了厌烦。

“虽说只是一夜邂逅……但稍微有点儿不同。深夜公交车站的长椅上坐着一个女孩，我想明明已经没有公交车了，怎么还在那儿，于是便看着她。怎么说呢，我因为各种事，心情也很奇怪……所以跟她搭讪了。”

他看起来是一个严肃认真的男人。虽然有点儿瘦，但看起来很受女生欢迎。

“我也是别有用心的。工作很忙，没有回报，非常焦躁……但是，我和她一交流，发现她是一个很单纯很好的女孩……哭泣？嗯，是啊。不过不是那样的。我没有想要强迫她。虽然不知道她为什么哭，但是中途我停了下来，和她聊天了。就在我的房间里。”

小桥果然不吃冻糕了，改喝红茶了。她紧紧地盯着间岛看。

“聊了什么？”

“虽然有点记不清了……她说拥有手机很恐怖等。虽然我问了原因，但她也没有明确回答。虽然没聊多久，但是……那种被杀害的方式太残酷了，她是一个好女孩。虽然我的表达不太好。”

“你认识一个叫真田浩二的男人吗？当时大概 40 岁，以前经营过酒吧和运动俱乐部。”

“不认识。因为我们没有谈过这么私人的话题，也只见过一次面。”

“叫米村过彦的精神科医生呢？当时他 40 多岁，身材微胖。”

“不认识。”

“你认为她为什么被杀了？”

如此一问，间岛露出了沉思的表情。从刚见面的时候开始，他眨眼的次数就很多，可能是压力所致的抽搐症状。

“不知道。因为她是一个好女孩……你看，新闻里常有不是吗？大脑不正常的家伙。是不是被这种人盯上了呢？”

“所以说，也就是，有一个像你一样的人跟她搭讪，然后把她杀了？”

我说罢，间岛朝我看了看，眼里含有一点怒意。他一边眨着眼一边说：“不是我。”

“我并不是在怀疑你。我只是想可能就是这样偶然经过的男人当中的一个把她杀了。”

吉高、间岛，搜查记录里的人全都有不在场的证明。

夜晚，公交车站独自坐着一个女人，孤独的男人们邀请她，她毫无反抗地跟着他们离开……我产生了这样一种印象。然后她勾起了其中一个人内心的憎恨，就好像是必然的一样，她被杀了。

但是，为什么没有强奸的痕迹呢？那种杀人方法，我觉得应该是有更长久的怨恨。不，怎么办呢，现在断定可能还为时尚早。

“你知道她曾是基督教徒吗？”

“不知道，因为我们也只见了一次面……说实话，当我听到她被杀时，我也有过厌烦的情绪。”

间岛闭上了眼睛，如果是自己杀了她……他可能会那样想，即使是自己做的，也并不觉得是奇怪的犯罪。他因抽搐而不停地眨眼。

“那个，已经可以了吗？我明天还得早起。”

他在开发电脑软件的公司担任经理，他的西服已经穿旧了。

和间岛分开后，我和小桥又回到车上。

“从那个人身上，我也感觉到了孤独。”小桥说道。

“她果然能吸引孤独的人。椎名惠这个人……我感觉她也是孤独的。没有照片也很奇怪。高中时就辍学了，所以照片只有小学和初中的。而且可能那天请假了，照得很不清晰，很明显像是别的时间拍的照片。她也没在集体照里，只有她一个人的照片在右上角。我认为照片的数量是和交际情况成比例的，朋友越多的人照片也越多。”

确实，我自己的照片也很少。

“我觉得如果有更清晰的照片的话，询问的时候就更方便了。没有手机这一点也是不幸，因为现在的犯罪都可以根据手机和电脑锁定。现在面对这种类型的搜查，很难取得进展。”

我觉得摄像头也是，市高町除了商店街以外都没安装摄像头，所以依赖摄像头的现代调查方法也无法派上用场。搜查范围扩大，职责分化，刑警的第六感也开始变得迟钝。

“假设是米村杀了椎名惠，但已经没办法证明了对吧？”

小桥说话时，我突然注意到一个问题。我小心地把车停到路边。我把自己意识到的事再次在大脑里仔细整理了一下。

“怎么了？”

“我明白了。”

为什么我一直没发现呢？明明所有的信息都已经齐全了。只要把一条一条信息联系在一起，就已经可以发现线索。

“是林原。”

“嗯？”

“横川的恋人，伪装成了目击证人……回警察署，审讯林原。”

“现在就去吗？”

我又踩下油门，心跳有点儿加速。

“为什么我一直没有发现这么简单的事。米村不可能是作案人的，而且所有的一切都是有联系的……首先，咱们试着思考一下米村的事。米村的房间收拾得很整齐，连电脑中的记录也被删除了，对吧，也就是说，他已经意识到自己会死。我认为时间应该就是在某人为提交初川的保险证而来医院后。所以问题就是，他是想自杀，还是已经意识到自己即将被杀。我们从遗书的内容来思考一下。”我继续说道，“假设他是意识到自己即将被杀，那封遗书就是他被人威胁而被迫写的了。这是嫁祸罪行的方式。但是仔细想一下，又非常可疑。为什么呢？因为把罪行嫁祸到那么胖的男人身上，和目击者证言不符，这太不正常了。如果我是凶手的话，是不会想把罪行嫁祸于外表这么有特征的男人身上的。而且，再考虑一下，第一起案件中的竹林是被横川杀害的，这是别的凶手犯的案件，不可能还把别人犯的案件的罪行也嫁祸给他，是这样吧？受‘大衣男’事件的刺激，凶手杀害了真田，这样想应该就可以了。而且，如果一系列的事件都是同一个人所为，那么这个人肯定在奈良杀害了那个男人，所以那时把罪行嫁祸于一个人还是太早了……所以那不是凶手威胁他写下的，只能认为是米村按照自己的意志写下的。”

我们抵达市高署。

“所以，那真的是一封遗书。如果那是遗书，米村是杀害椎名惠的人的事，也会写进去，对吧？打算承担竹林被横川杀害的另一起案件的罪行的人，不坦白自己的第一起罪行很可疑。也就是说，若那真的是遗书，他没有杀害椎名惠的可能性则很大。”

“确实是啊。”

“那么问题在于为什么米村连第一起案件的罪行也要背负。还有，说到底他为什么如此清楚第一起案件的事情。虽然此处还是个谜，但是只要弄清这一点，就能看清所有的真相。很难想象米村看到过第一起案件。他在案发时有不在场的证明。而且因为那起案件的第一发现者是巡警，所以立刻准备了特定胶带和塑料布；同时因为当时还在下雨，尸体会腐烂，所以立即进行了现场取证，在天亮前就完成了。所以只要没有在杀害的瞬间，或者被杀之后立即赶到现场，是不可能连立即被收走的啤酒牌子都知道的。所以我推测，第一发现者在别处，然后把这些事告诉了米村。现在只能这么想了。但是冷静一想，肯定不可能那个某某人碰巧看到现场。市高町的居民当中，和米村有关系的也就是和一系列案件相关的人，碰巧看到了那个现场的瞬间，这种事也是不可能在现实中发生的。那么为什么他能够看到现场？而且横川说过当时周围一个人都没有，为什么他能在横川没发现的情况下看到呢？那是因为这个目击者很可能一直在暗处监视着竹林。如果不是这样的话，不可能深夜碰巧在那个时间看到现场。那么为什么要这么做呢？那个某某人应该是对竹林怀恨在心，想做点什么吧。那时，竹林被别人也就是横川杀害。虽然那个某某人也很吃惊，但因为竹林是以敲诈为生的男人，对他怀恨在心的人会非常多，即使他不被横川杀害，可能也会有一天被别人杀害。正好在案件发生几天后，有一个可疑人物到米村那里交保险证。再想一下那个‘人物’的登场方式，应该和米村关系并不太好。如果关系好的话，至少应该打个电话再见面的。所以那个人是想对米村做些什么而前来的。毕竟在接待处他也隐藏了自己的存在。接待处的女性也证实米村因为那个人的到来而张皇失措。也就是说那人肯定是某种过去就存在的奉命办事的人。现在还不知道他们是什么关系，所以也不知道他们当时都说了什么。但是很可能米村就是在那时从那人那里听说了第一起案件的情况。那个人说竹林被杀的案件不是自己做的，但是米村不相信。米村深信就是那个人做的……那么米村为什么会误会呢？因为不是横川那一方，竹林才是和那个人有关系的人。既然能了解第一起案件的啤酒之事，那个人很可能在监视竹林，我刚才说了，对吧？那么那个人为什么盯上了竹林呢？”

“照片吧。”

“对。竹林有敲诈各种人的数码相机。如果那个人和一系列案件都相关的话，那里一定拍到了椎名惠。林原从竹林屋子里拿出了数码相机，虽然他说已经清理了，但是他复原照片是在被捕之后。他一直对横川有一种扭曲的爱。那样的话，他真的会把横川给其他男性提供性服务的照片、那么‘珍贵’的照片清理掉吗？虽然从他家里没发现照片，但可能放在存储光盘里藏起来了。”

林原还被拘留在市高署。我们问了他是否有照片的事，一开始他说不知道，后来我们说是为了解决其他案件，他才坦白了。

他说当时无论如何也无法摆脱爱情和憎恨，所以当时怎么也无法舍弃那些照片。但是如果对警察说了的话，她的样子就会被别人看到，所以他不愿说。最后他说他把照片存在 U 盘里，藏在假的观叶植物花盆的下面了。

虽然已经半夜了，但我们还是去了林原的公寓，找到了那个 U 盘。用小桥带的笔记本电脑查看了里面的内容。大部分是女性的照片，其中有椎名惠。

从初中的毕业相册来看，基本可以确定是长大了的她。不是发生性行为的照片，是和中年男子一起去情侣酒店的照片，对方是西原诚一。从发生事故到八年前都和她保持着情人关系、已有妻室的西原很有可能被竹林敲诈过。

“太好了……这样全部都能联系起来了。”小桥高兴地说道。

不过我又注意到另一件事。

椎名惠清晰的照片里，眼下有一个小痣。

和真田原来的交往对象科原小百合，有位于同一个位置的痣。

雾

我又看了一次椎名惠的照片。很明显和科原小百合完全是两个人。虽然整体感觉很像，但是骨骼完全不同，我觉得用整形手术也做不到完全相似。

眼下有痣也不是特别稀奇的事，不，但是……

第二天，我们向领导们汇报了这件事，也提交了照片。提交的是椎名惠长大后清晰的照片。他们应该会展开问询调查。虽然我们说作案人还有可能杀害其他人，有必要保护好各个相关者，但领导们没有反应。

还没有和木坂町搜查总部联合的消息，双方只停留在共享信息的程度。不说这个了，我们调查本部的规模也开始缩小了。

我们突然在会议室被理事官叫住。理事官是总领一个个班的管理官的上级，指挥所有班的搜查一课课长的下级。

“呀，干得不错，表现得非常好。”理事官微笑着对我和小桥说道。这是因为椎名惠照片的事。

“谢谢您。”

“嗯，嗯。这样就可以开展搜查了。”

“那个……”我终于下定决心说出来。现在正是机会，平时我们几乎没有和管理官等上层人物说话的机会。“请问和木坂町搜查总部的联合，还没有信儿吗？”

“嗯，嗯，你们真是功臣啊。一课课长也很高兴。”

“那个，和木坂町的……”

“竹林敲诈了椎名惠他们。没想到这么碰巧地拿到了照片。”

“碰巧？那个，和木坂町的……”

“刚才我在说话呢。”理事官依然微笑着说道，但他直直地看着我。

我开始在意起加湿器的蒸汽。他的脸逐渐模糊起来，连看起来穿着西服的高大身影也模糊起来。

“嗯，做得很好。今后米村的周边调查也交给你们了。”

“米村的？”

“完成自己的工作，还有整体的指示。”

理事官微笑着走了。我想叫住他，但后面一个刑警抓住了我的肩。

“不明白吗？他的意思是说给我老实点儿。”抓着我的肩膀的刑警说道。

这个人是理事官的司机。肩上传来被别人碰触的不舒服感。那个刑警的脸也变得模糊起来。

“你们都是‘推理’，但是我们找的都是证据，是经得起法官考验的证据、让检查官信服的证据。”

“……我……”

“木坂町搜查总部也有心继续搜查。这么大的搜查总部里有各种各样的刑警，这么多人都在推进搜查。就凭你一句话，能改变整体的方向吗？别自以为是了。”

我感觉那个刑警整个都模糊起来，甚至扩展到会议室的无机质桌子、窗户和墙壁。

“警察是一个整体，不需要个人秀。”

等到注意时，那个刑警的身影已经消失不见了。我开始出现轻微的耳鸣，感觉刚才被抓住的肩膀上还有被那个男人抓着的感觉。耳鸣逐渐远去，我想找小桥时，发现她就在我的旁边。

“……怎么回事，刚才？”我嘟囔着。

小桥无力地开口说道：“也许，木坂町的，椎名惠杀害事件的搜查总部，现在正在关注奈良的案件。车被挡住、从椎名惠身上轧过一次的那个男人被杀的案件。因为被奈良县的警察争抢案子，现在他们正在谋划自己去逮捕。这是常有的事。他们现在应该正在查找无数的监控器。”

小桥继续说道：“所以他们会逮捕嫌疑人，然后使之坦白。比起推理还是坦白令人信服。等所有案件的作案人都确定为同一个人时，就会出现这个结果，非常简单的结果。木坂町搜查总部既逮捕了奈良事件的嫌疑人，又逮捕了市高町事件的嫌疑人，于是就成了那边管理官的功劳和一课课长同一派系的管理官的功劳。”

“好像听说上面现在有什么争议啊！”

“是的，这是常有的事。有传言说这起案件结束后，会有很大的人事变动。”

我们必须让意识清醒起来。比起考虑组织的需要，不如做好自己该做的事，因为现在正在切实地接近作案人。

我们刚走出走廊，突然又被人抓住肩膀，用的是和刚才那个男人一样的方式。眼前出现另一个刑警。这个人是一直在管理官身边的刑警。他半强制地把我们带到了另一间屋里。

“刚才理事官跟你们说什么了？”

“有必要说吗？”我不由得说道。

小桥拦住我，替我开口道：“因为照片的事被夸奖了，委婉地让我们守好本分。”

“嗯，不过不必介意。”刑警说道，他只有嘴唇和牙齿看起来很模糊，“责任我们来承担。请按你们想的去做吧。”

我一时难以置信，刑警立刻离开了屋子，小桥松了一口气。

“就算说是他们承担责任，但是理事官比管理官的职位更高。”

“也就是说……”

“意思就是我们的管理官是不会这样放弃的。这边只是我们自己想抓住木坂町的作案人，也就是杀害椎名惠的人，但是由于一课课长要求我们守好本分，所以我们的管理官就把像我们这样的……”

“这是搞的什么鬼？”

“嗯，出问题时，他们是不会承担责任的，所以才让部下来说。”

我们走到外面，本来熟悉的市高署的建筑，也因为这些人而变得很模糊，和面容空洞的他们合在一起，就像一团巨大的迷雾。

“现在倒向管理官那边是最好的。因为结果是我们可以自由行动了。”

“你这样没事吗？”我问小桥。

和我不同，她属于搜查一课，比起偏向在争论中败下阵来的管理官，还是老实地讨好理事官们比较好，但是小桥无奈地笑了。

“因为有各种人，我什么都搞不清了。不这么做的话，我就不是我了。”

路过休息室，我们乘上电梯。穿着白色制服的侍者微笑着，但是总觉得他们有些可疑地安静目送我们。酒店的二十一层，是包养过椎名惠的西原住的酒店。

走廊里铺着的厚重地毯，淹没了我们的脚步声。沉默而又价格高昂的门，看起来像是孤独地排列着。虽然不是没有钥匙就不能进的特别楼层，但是每一层应该都非常昂贵吧。

前来迎接我们的西原穿着灰色的西服和衬衫，没戴领带。他的桌上有葡萄酒。

“请坐……最近我住在这里。”西原低声说道。他的眼睛平静无波，细长清秀。虽然看起来比实际年龄更年轻，但是没什么表情，可能有点儿醉了。

“首先……请给我看一下记事本。”

我们给他看了记事本，说明身份。他若无其事地看了一眼小桥的记事本，不知为何睁大眼睛张开了嘴，露出了因为什么而感到惊讶的表情。他应该是好不容易看了一次警察的记事本，可能让他有些失望吧。西原深深地坐进沙发，仿佛要这样深陷下去。

“你和椎名惠有关系对吧？”

“嗯……不过这些事我已经告诉警察了。”

“您认识一个名叫竹林结城的男人吗？”

西原看着我的脸，露出既锐利又柔弱但不可思议的表情。他伸手拿起酒杯，放到了嘴边。

“这是只要调查就能查明的事情。请您告诉我们实情。”

“刚才……”西原疲惫地说道，“你自报身份时，我就想你应该会问我这个问题。你是市高署的警察，那起案件就发生在市高町。”

“你知道啊。”

“我被敲诈过。总共支付了四百万。”

“这样就结束了吗？”

“没有。”西原又喝了一口葡萄酒，“我以为会没完没了。所以……这种事算犯罪吗？我委托了一个人。我不能说名字，而且是一个和你们案件无关的人。应该是让那个人和竹林结城接触，让他删除照片了。”

“黑社会？”

“我不能说，也没必要说。我不太了解那种团体。只不过我有和那种人有关系的熟人，让他帮我请的……所以和竹林的联系已经结束了。听说他是被女人杀死的。他此后继续敲诈……可以告诉我吗，现在搜查进行得如何了？”

“我不能说。不过有一点我可以说，可能基本上都串联起来了。”

西原又看向我。虽然看起来很微弱，但像是浮现出了一丝笑意。西原开口说道：“总觉得您是一个很优秀的人。”

“没有，没有。”

“我可以说些无关的话吗？”

“嗯。”

“你看起来还很年轻，以后尽量不要走错人生道路。”

我不由得露出了微笑：“没关系的。我已经走错好几次了。”

“是吗？”

西原微笑起来。他用细长的手指拿起酒杯，喝了一口葡萄酒。他也让我们喝，但我们以还在工作为由拒绝了。

“不过杀害竹林的是那个女人，对吧？和小惠有关系吗？”

“我们认为有关系。”

“只有你如此认为。因为小惠的案件应该是木坂署的搜查总部在调查。这只是你们个人的行动对吧？”

我不由得点了点头。小桥紧紧地盯着西原。

“你和惠小姐是什么时候相遇的？”

“在那家小酒馆相遇的。然后……不好意思，我可以抽支烟吗？”西原点了一支烟，“然后……我们两个决定在另外一家店再喝一轮。就是工作结束后的陪客。”

西原沉默了一会儿，再次看向我，我把视线投向了小桥。我想西原应该是准备沉默不言了。我正准备说些什么时，西原突然又开口了。

“就那样去了酒店，和她发生了关系。然后我的手机传来了可怕的电话，是我和她相遇的那家小酒馆的老板娘。”西原轻吸了一口气，“老板娘说那个女人是我的女儿。”

房间陷入了沉默。仿佛我们坐着的椅子、西原坐着的沙发、桌子、墙壁等全部都在屏息凝神地听着我们说话。

“那里的老板娘是椎名启子，也就是小惠的母亲。小惠在那家店里工作……我和启子在很久以前交往过。当时她36岁，我24岁，我们差一轮。听到她说怀了我的孩子时，我从她的身边逃离了。我没有勇气让她堕胎。我们持续冷战着……她说不久后会堕胎的。当时还年轻的愚蠢的我就以为自己被解放了。我们分开后，我对启子一无所知。但还是偶尔见了一次。那是我49岁、她61岁的时候。人生真的很可怕。但当时她对我笑脸相迎并说那些都是过去的事了，还邀请我说如果可以的话，来店里坐坐……我当时没去就好了。结果坐在我旁边的就是小惠，是启子让她坐在我身边的……小惠很沉默寡言，在店里既没说名字，也没说自己是老板娘的女儿。我带着小惠离开店里时，启子不自然地露出了奇怪的笑容。……恐怕启子既没对我，也没对小惠说要发生关系吧，好像也没说不要说自己的名字，不要提自己是老板娘的女儿。启子对我们放任不管。不，她非常确信会变成那样……虽然不知道为什么，她以前虽然对小惠放任不管，但对结果却很确信。”

西原悄悄掐灭了烟。

“……电话里启子说了，只要你心安理得就行。这件事她谁也不会说，也不会对小惠说，所以我闭口不提就行……我一阵头晕目眩。身边赤身裸体的小惠，就是我想让启子做掉但她生了下来，又和我发生了性关系的亲生女儿。所以启子是想找我复仇，并牺牲自己的女儿……小惠睁开眼，可能是觉得房间有点儿冷，再次靠近我的身体，但我感到一阵恶寒。这是因为被这个妖艳的、却是自己女儿的女人再次触摸。我虽然被她吸引，但那时也注意到她和自己有些地方很像……于是发生了更恐怖的事，我又和她发生了一次关系。”

房间里的一切仿佛变得更加沉默。

“我无数次轻吻自己的女儿小惠，不断索要着她的身体。我从没有那么喜欢过一个人，那么渴望过什么。没有更违背人伦的事了。在那之前，我从未憧憬过违背人伦的事。但是，就像是掉进了人生的隙缝，我贪婪地继续着违背人伦的性爱。第三次见面时，她对我说了自己的真名、自己的母亲就是店里的老板娘，但是那些事我都已经知道了。她说她私下信仰基督教的神灵，这也燃起了我的欲望。基督教，不，所有代表性的宗教都是禁止乱伦的。我更加违背人伦，愈演愈烈。启子说过，因为你喜欢你自己，所以你只会珍爱流淌着你的血液的人……为什么所有的宗教都禁止乱伦呢？是因为从远古时期开始，人们就容易陷入乱伦。如果人不是这样的，也就没有必要专门制定这条戒律。在恋爱中，不知为何会寻找自己的母亲或父亲的影子，这是正常的。小惠也爱我，她说我是最迷人的男人。当然小惠要是知道我是她的父亲的话，不会说出那样的话。应该会在厌恶和呕吐中拒绝吧，但是她并不知道……启子不仅憎恨我，也憎恨她女儿，她是一个恐怖的女人。不过我已经不能再说她的事了。自己的命运被启子掌控，是一件非常可怕的事。我做了好几次杀死启子的梦……启子可能已经察觉到危险了，就全部告诉了小惠。她认为她说了，可能就不会被封口了。不，那也可能是对我和女儿憎恨的调味剂。小惠也不知道我已经有妻子了。我仅仅告诉她这些，她就非常受打击，更别说告诉她我是她父亲的事了……从那以后我和她再也没有见过。不可能再见了。”

西原恍惚地看着我们。

“我现在喝醉了……所以我敢说……不过，和小惠一起度过的每一天，都是我人生最好的时光……和那些日子比起来，现在的一切都失色了。自己成功创立的公司、现在的家庭、这个葡萄酒的味道、明天睁开眼时看到的风景，全部都会黯然失色。”

“为什么现在突然说出那些事呢？”沉默的小桥静静地问道，“刚才说的话，在木坂署搜查总部的资料里没有。这是你一直隐藏的真相。为什么现在把那些……你……现在有意抛下自己的人生……”

西原目不转睛地看着小桥："很聪明的女子。确实如此。我打算抛下自己的人生。但是请放心，我不会抛弃公司的职员和家人。"

"按照自己的意志，对吧？你打算被别人杀死。你……"小桥继续说道，"你知道凶手是谁，对吧？"

大家又陷入沉默。我和小桥都在中途忘了记笔记。墙上挂着的方形钟表的秒针正在一点点转动。

"我不知道。"

"骗人。"

"我就算知道又能怎样呢？"西原一边微笑一边说，"我不能说。你们逼急了我……明天，你们可能就在新闻上看到我了。那是从这儿跳下去的我。"

"从你那里，"我开口说道，"感觉不到你对杀害椎名惠小姐的凶手的怒意，为什么？"

"啊，真敏锐啊。"

"椎名惠小姐还活着吗？"

西原看着我们："你说了一件有趣的事。"

他想笑，但却面部扭曲，终究没有笑出来，只浮现出了微笑。

"如果小惠还活着，被她杀了的话，是很适合我的结局。你不这么想吗？"

"请不要……不要掩饰，说出事实。我们必须制止这起案件。"

"某种意义上必须制止。但只是某种意义上。"西原像是自言自语地说道，"最好别制止。"

我们把所有信息都汇报给了领导刑警。

我们认为作案人可能还会杀人，即将被杀的人很有可能就是这起案件的系列相关者之一。需要警察尽快采取措施，保护案件相关者。

领导们对我和小桥说了一些我们听不明白的话，汇报就结束了。例会结束后，我们被管理官叫住了。旁边站着理事官，其他都是一课的搜查员，他们围起来看着我们。

“你们采取个人行动了吧？”

管理官小声说道。理事官看了一眼。说这句话的人应该是这个管理官，不，也可能眼前的这位是理事官，正在看的是管理官，或者是搜查一课课长。从窗户进来的太阳光，反射在周围，白色的，向四周扩散。

“搜查要按照指挥系统来，以后擅自采取行动的话……”

视线里好像进入了淡淡的光线，眼睛变得模糊起来。

“我们必须给你们一些处分。”

我看向管理官。他不断给我们下命令，可能是被理事官发现了，所以装作自己也不知道的样子，故意在那个理事官面前教训我们。

我觉得眼前似乎立起一个有弹性的且有点儿透明的墙。小桥也已经无力反驳。我们只能站在那里一动不动。

“我们……”我终于说道。

但是不知道是对管理官说好呢，还是对理事官说好呢，还是对搜查一课课长说好呢。我也不知道是对着谁说的。

“必须保护他们。必须进行保护，监视。这样做的话，自然作案人也……”

“这是你的意见吧？”有一个人说道。

我有点儿头疼。

“做好自己的工作，别想出风头。”那个人靠近我耳边说道，“……你小子，是‘那时候的孩子’吧？”

我回头望去，已经看不到他的脸，心跳快得有点受不了。

“真的没有事件意识吗……老实点！”

等我清醒时，会议室里已空无一人。证明人们不在的空位有很多。椅子就像是严肃的、各自独立而又作为一个集体的存在，宣告了这里空无一人的消息。小桥也没在。正想着，突然看到她一个人坐在离我稍远一点的椅子上，歪着身子。

“刚才我听到了。”小桥小声说道，“听说间岛俊失踪了。”

间岛是想和椎名惠发生关系，却遇到她中途哭泣情况的男人之一。因为抽搐，他总是眨眼。

“听说木坂町搜查总部正在追踪他的去向。”

“很有可能已经被杀了。这就像是在等着一个接一个的死亡。”

“据说木坂町搜查总部也在米村字迹事件后，开始跟踪相关者。但是人数不足，跟丢了。”

“我们的雪原有一次也差点儿跟丢，因为跟踪至少需要三个人啊。”

“只是那个信息也不详细，我们的搜查总部就像是置身事外一样。”

我脑海里闪过市高町搜查总部的刑警们为了有活儿干而行动的样子。去问不出什么事的地方，见问不出什么信息的人，听些没用的话。在疲劳中，他们像陷入泥泞似的雾霭之中。

一课课长那个家伙知道我的过去。不，那可能是幻听吧。

“做我们能做的事吧。在我们的区域内……我想看一下科原小百合的毕业写真。”

“不管怎么想谈恋爱，做那样的事也已经是跟踪狂了。”

“不是的。她眼下有一个痣，和椎名惠的位置完全一样。”

我们去了科原小百合毕业的学校询问，看到了被保管起来的毕业相册。这是她高中毕业的相册。

科原那时头发比现在长，脸看起来很阴郁。

这个照片里，她没有痣。

过　去

“欸？”小桥很惊讶，“现在的科原小百合脸上真的有痣吗？”

假设椎名惠还活着，完全变成科原小百合了。但是现在的科原和高中毕业相册里完全一样，只不过稍微成熟了一些，化了妆。

她和椎名惠的相貌完全不同。虽说整形手术可以做出相似的脸，但是现在的医疗水平，还做不到使脸部轮廓也就是骨架完全不同的人长得如此相似。

而且就算现在的科原就是科原本人，也想不通为什么原来没有那个痣，现在却有了。

“椎名惠是两个人，有这种可能性吗？”小桥如此说道。

我不明白她的意思：“怎么说？”

“不知道。我虽然不明白，但是椎名惠从高中退学后，高中时的照片就没有了。可是，竹林死乞白赖敲诈时使用的照片是谁的呢？”

我有点糊涂了。

“会是科原小百合吗？”

“不是……他很警惕。即便问，也不会说真话。”

我感觉脸颊犹如沥青路面那么粗糙。

我的血在倒流，有点儿晕乎的我，看到有人向我靠近。我不想让人看到我如此的惨状，但是我无法动弹，谁都可以靠近我，大家都在小心翼翼地靠近我。

就是我，那个时候的我，正在向我靠近。我被恐怖所包围。我不想看以前的影像。

我笑了起来，从心里开心地微笑。此后我继续微笑着紧抱丑陋的人生。声音在脑海里继续回响，我爬了起来。小桥出现在眼前，对我说着什么。我想这是哪里呢？我明白这是为寻找科原的公寓而租借的房屋，但是我仍旧继续想这是哪里。

“没事吧？”小桥将一瓶水递给我。

这是一个黑暗的房间，我不想睡。

“你说什么？”我小心翼翼地问道，但是，小桥没有回答。

“是吗……我听一课的同事说了。事情还是被他们知道了。”

我站起来，从小桥手里接过水喝了起来，稳住了心跳。

从窗帘的缝隙，有些许外面的灯光照进来。在蜘蛛舍弃的旧巢里，有一个小白蚁被捉住了。

“他们说的是真的吧。我住在二十几年前市高町发生大火灾被烧的家中。”我发现后如此说道，自己也不知道为什么，“少年点燃了自家的房子……一直有那样的传言。”

那个蜘蛛网一直在透过来的太阳光的照耀下摇荡。

“是啊，真是太巧了。自己那天正好出去了，其间别的孩子点的火……在火灾现场附近，我看到了一个可疑的少年。其后不久就发现了一个被虐待致死的孩子尸体，那个孩子的容貌与目击证言说的少年容貌一致。因火灾而无家可归的父亲如此对我说。我感觉他有点儿害怕我。‘那个火灾真不是你干的？’……父亲可能一直害怕我。‘作为父亲，我是非常不合格的，那个孩子可能是报复我吧。那个孩子眼里一直充满仇恨……’那个人如此说道。如果利用因受虐待而很快死去的孩子，证据就会消失，这对作案人来说是最好的。那个出走的少年是世界上最可怜的孩子，不会利用别人的同情去做坏事……作为小学生的我，在那样的传言之中，被送到了临町的儿童场保护机构。”

“不过，中岛和事件没有关系吗？”

“没有。”我说。但我想恐怕我已经全说了。“我是罪人。”

从远处传来了警笛的声音。这是为了抓捕什么人的警笛声，不知道又是谁在抓捕谁。

“最初见到那个少年时……不知道为什么，总觉得他非常可怜。我一般是不会这么想的。放学后，在教室一角，那个少年在执拗地寻找虫子杀死。我走近招呼他。我喊他的时候，自己也走出了教室，周边没有人，我想接触他……因为那样的原因，周边是否真的没有人，我不知道。但是，他因为仰慕我，我对他也温和，他马上就没有戒备了。如果我把他置于自己的控制之下很快就能完事，但是我自己也觉得不可思议。我对他继续说着自己的想法。我是一个醉心于观看新闻上经常出现的猎奇事件的孩子。‘现在发生这样的事件，今后可能还会发生这样的事件。’我继续对那个少年说着。他对我是否有什么企图呢？我也不知道。只是，我这样对他说时，我也非常想知道他怎么想的……我将自己家里的事情全都说了。可能稍微有点儿夸张。我几次对少年说，那些家伙要是死了多好啊。少年非常认真地听我说。当我看到少年那张充满热情的脸时，不知道为什么我也兴致高昂起来。”

我深吸了一口气，为了继续聊天，我的身体也需要深呼吸。

“我表扬了杀死虫子时的他，说你真有勇气。如果能做那样的事，那就什么事都能做……这是真的。但是，少年越是杀虫子，人们越会同情我的境遇，我们所做的玩火游戏越成为他追求的……我变得心情舒畅起来。我非常有信心将他置于自己的控制之下。‘被父亲殴打的那天……我的头流血了，没有任何人帮助我。’这个少年说道。在脑海里，我期待他说不是，那个不是我。但是，这个期待，只是期待他的同情吗？还是期待以上的所有，我也不知道。有一天，我几次对他说要去野营，自己回去的时间也说了几次。但是，那天不是野营的日子，我觉得自己错了。

“野营是后天的星期四。但是，我认为那个星期四是明天。明天是情人来父亲房间的日子……那时候，我一想到这就觉得心里怦怦乱跳，头也很沉，身体异常。从少年房间回去的时候，我记得自己将打火机落在了他的房间。在少年房间看到我的打火机时，我心想：是什么时候落下的呢？但是，我不想捡它了。现在不捡，回去的时候捡也行，或者还是不捡的好，我心里琢磨着，但人已经回去了。躺在床上我在想：为什么会干那样的事呢？意识逐渐模糊起来，心也怦怦直跳，我不敢再想了，便睡觉了。这简直是为了保护自己。醒来后，我还一直紧张。直到现在我还能瞬间记起来，我想可能是他做了什么吧。我当时确实是那么想的，但是，我马上又觉得并不是那样的。我自己一直处于混乱之中，第二天便去了野营会合的地点，那里一个人都没有。如果是平常，我会觉得是不是自己弄错了，但是那个时候，我觉得是大家都先走了。实际上不该如此想，可是我就是这样想着，一个人乘坐公交车走了。到了野营地点，还是一个人也没有。我心里不舒服，头沉，想见人。如果那时候能在那里见到人，我反而觉得犹如做梦。我在昏昏沉沉之中想要回来，但是我更清楚地记得自己害怕回来。我记得当时为了回去，我刚想去公交车站，结果发现钱包丢了。我慌忙回去找，总算放心了，钱包落在了我坐的河堤上。我捡起来的时候，有一种绝望的心情。我又乘坐公交车回来了，也只能回来了，什么东西都忘了带了。在公交车上，不知道为什么很快睡着了，后来我又被晃醒了，醒来后还是充满不安。从公交车上我看到了黑烟。人们都指向了我家。到了公交车站，我急忙跑回家……少年拿着打火机正等着我。”

我再次紧张起来。

“少年此后强迫我烧了他家的房屋。‘下一个是你，请你帮帮我……’我想起来就害怕。‘烧别人家的房子真是可怕。’少年很吃惊我会如此说。他那个时候的眼神，我现在还清楚地记得。他嘟哝着说你不干了吗？你从一开始就是在利用我。那个时候的我，只是懦弱。如果发现放火的是这个少年，大家都知道原因在于我，我害怕他在学校就无法生活了。夜里，我从收养机构偷偷跑出来。我想和那个少年见面。其实也不知道见面后自己想干什么，但是我害怕少年不在我的控制之下会放任自流，因此没有办法必须见他一面。来到少年所住的公寓前，有什么东西被丢在了柏油路上。穿着脏脏的T恤衫，浑身湿透……是一个少年。少年的父母将他从公寓的阳台丢了下来。我不知道他是失足而死还是被虐待而亡……那个时候，我的担心和怯懦完全没有了，身体还有一点儿温度，重重的脑袋迅速变轻，我的脸上还浮现着笑容。那是我第一次见到人的尸体，而且还是那个少年的尸体。‘帮帮我！’这是我脑海里浮现出的第一句话。你会相信吗？但这确实是真的。那个时候，我全都能理解。我一直都期待对他能产生这样的作用。‘帮助我，请让我消失吧。’他的身体渐渐变轻了。我想他自己是自由了。而且我好像很小声走路，迈着丑陋的步伐离开了那个地方。因为我不想这些事情和自己有关。回到公园的时候……我发现自己流泪了，为什么流泪我不知道。我吐了，吐了很多次，可能是我终于发现了自己的丑陋吧。我呕吐的时候，眼前马上出现了刚才看到的少年尸体。不应该在那里了吧，但是他还在我眼前出现。少年对我说，‘我永远都不原谅你……你以后什么时候感到幸福，我就什么时候出现。’”

小桥在黑暗的房间里一直看着我。我依靠在墙上一动不动。

“你对自己评价过低了。”

“话是那么说，可是，那个少年说的是真的。”

“孩子是残忍的。”

“确实如此。但是，我实际上做了他所说的孩子时代的暴力。我一直都想让没有用的他消失。”

“以前，我在什么地方看过一个故事，是说外国一个五岁的孩子，因为讨厌两岁的弟弟独占母亲的爱，就让弟弟吃过敏性的花生从而杀了他。我不知道五岁的孩子是否有杀心，但是听说确实让弟弟吃苦了。但是，孩子的精神还不健全，可能不知道那是什么样的罪行。我并不知道具体情况。”

“那真是残忍的事例。那个孩子长大后，可能会一直痛苦……我是懦弱的。即便跟你说什么，你也不能否定我。因此，请说吧。总之，任何时候，我都认为自己是讨人喜欢的。”

我想去掏烟，才发觉自己已经戒烟了。但是，现在如果身边有烟，我会毫不犹豫抽的。

“选择当警察，也是因为能够接近犯罪者而安心。在和自己相似的人身边，我就能安心……每次逮捕作案人时，我都认为那是逮捕自己。好像是通过逮捕别人给予惩罚，来救赎自己。”

“以前中岛说过这样的话。警察必须防患于未然……追查这个事件时，我觉得应该让他停止。没有办法，人性为恶。因此，人应该将内心的恶发泄出来，即通过某种犯罪，在某种意义上来匡正人生。警察应该在此之前制止他们。我们难道不应该有这样的觉悟吗？因此，中岛大概是为了拯救自己吧，于是便要逮捕作案人。在作案人犯更为严重的罪行前，要中途拯救作案人……这与其说是单纯地憎恶作案人，不如说是要直面丑恶。”

“太残忍了。这是为了安慰你而说的。”

“不是，你错了。以前也说过一些，但是我是织田宗孝的孙女。”

“织田？是织田吗？”

“就是从警视厅搜查一课课长的位子上退休，而后进入保护司的那个人。”

小桥在黑暗中喝着水。织田宗孝就是那个进入保护司后，被自己商谈挽救的那个少年杀害的警察。

“你爷爷……我们可没有那么优秀。”

我声音有点颤抖。把不该说的也都说了出来。

“他一直都在工作，退休后又进入保护司，帮助那个刑满释放的少年……他是一个严厉的人，但是内心充满爱。周围都是有各种警察关系的法人，但是他能牺牲自己的快乐和人生，尽力服务曾犯过罪的人……那个少年想向他借钱，但他断然拒绝了，并劝少年好好工作，并且四处奔走为少年找工作……正在这个时候，他和奶奶一起被这个少年刺死了……我当时只有十二岁，其他的不太清楚。”

小桥又喝了口水。

“那个少年被逮捕时，突然痛哭流涕。我原本不明白什么意思，为什么那么充满善意、热心与人商谈的人会被杀呢？十二岁的年龄还有着善有善报、恶有恶报的世界观，我也是如此想的，因此完全不理解为什么会发生那样的事。此后我都无法去学校……虽然那不是严重的精神问题，但是班里的同学污蔑我，我也讨厌这些。下雨时总不想上课，其后……我并不害怕外出，也能去买东西。但是怎么说呢……我害怕回归正常的生活。尽管发生了那样难以理解的事情，但是生活还得继续。我想忘了这个事情，像以前那样快乐生活。我必须接受这些吗？我并没有那么高尚……高中只去了几天，偶尔也去自由学校那样的地方。进入大学后，怎么说呢，我的沟通和说话方式都很奇怪，虽然也是女高，但是常被人欺负……看，那个孩子，从小就不怎么外出游玩，投球不怎么行。这样的话，就不愿和关系好的人说话，而且还不愿意出去玩……但是这一时期，我开始读书。发现现实不是劝善惩恶，也不是正义之报的世界。当然，这也并非不负责任的怪异之事。在这样难以理解的世界，人应该如何生存，这是我一直思考的问题。即便通过大学考试，又能如何呢？我能够过普通的生活就好。大学并不痛苦。我的说话方式变了，也成为一个有趣的人。……我决定当警察，最终还是受祖父的影响。那个事，我还是不知道如何处理才好，但是在日常生活中我会继续思考。”

小桥笑着说道：“被分到搜查一课时，我非常吃惊，但并不是我的实力使然，而是因为祖父是个大人物。祖父原本是一课课长，因为那样的事去世，其孙女继承其遗志担任女警察，应该能够改善警视厅的声誉。我想是如此……因此，我必须努力，因为会有人嫉妒。”

“小桥非常优秀。”

“我明白。”小桥笑着说道，但是眼里充满泪水。她再次喝起水来。

“我也经常害怕。有时候也想必须强大起来。虽然是警察，但还是不想看到尸体。原以为没有那么可怕……但是看到米村的尸体，我还是吐了。”

“可以啦。强大和迟钝不是一回事。”

“所以，中岛，只要不觉得是梦魇就好了。”

她喝光了手里的矿泉水。

“如果有觉得很重要的人的话，那就在那个人面前尽情表现吧，将一切展示给那个人看就可以了。”

“事件”的结束

监视科原小百合五天，也没有发现什么引人注意的动静。

破案犹如上战场，工作结束后，我们就去咖啡馆喝咖啡，在超市买晚餐回家。灯一直到十二点才关，六点半再次开启，真是孤独的生活。

“吉原来电话了。”我在车里刚睁开眼，小桥说。

不知不觉间睡了十五分钟。科原的工作地旁边有一个小胡同。

“失踪的间岛，好像出现在了监控里……他们发现奈良案件的受害者的银行卡被使用了，出现在那里的ATM的监控里。拍到的是一个无家可归的男子，但是也看到了在监控外面等待的间岛。”

“为了钱，间岛在奈良作案？为什么呢？如何解释呢？”

“不知道。其后一个刚刚步入老年的男子，前往椎名启子入住的养老院看望……相貌特征酷似椎名惠的父亲。”

我的心脏瞬间颤抖起来：“还有其他的吗？”

“不知道。这个情报应该还没有正式进入市高町搜查本部。我是从奈良县警署的搜查本部听吉原说的……木坂町的搜查本部和奈良的搜查本部现在还在追查间岛。”

“我们被排除在外了？”

“好像是。事件解决还需要时间。木坂町的管理官好像是这样说的。但是……”

“嗯，有点儿奇怪。使用受害者的银行卡，也太大意了。案件会如此简单解决吗？全都是间岛干的？为什么呢？”

“我已经糊涂了……”

在我们无法察觉的地方、在迷雾背后发生了各种事情。

“太遥远了！”小桥静静地说道，“事件太遥远了。”

科原小百合从杂居的大楼出来了。我喘了口气。

“既然已经如此，那就强行出去打探一下吧。过去问问科原小百合吧。我们需要再一次询问黑痣和真田的手机的事。如果还是什么都得不到，那就再询问西原。只能强迫那个家伙说了。”

我们下车，走向科原去的那个咖啡店。打开门刚看见科原的身影，我就被小桥突然拽住了手腕。

“怎么了？”

“你看看。”

在宽敞的店内，我们坐在一个角落里。科原正和一个男的见面。

那是吉高亮介，是和椎名惠做过一次爱的男人中的一个。

“什么？”

“怎么办？他们在干什么？”

吉高和科原见面，他们应该是没有交集的男女。我的心里有点儿乱。

“我有一种不好的预感。”我说道。

“看不到样子，已经堵住了这个地方。他们是重要参考人，要听一听他们说什么。虽然要采取强制手段，但我认为必须这样做。”

“好的。”

“还是先看看。”我们正要站起来时，从前面走过来的男子突然小声说道。

这是一个身形强壮的男子，他迅速拿出证件让我们查看。

“你是？”

“我是搜查一课的，木坂町的搜查本部。你们还是老实地看吧。”

“我在哪里见过你。”

“你有名啊。破坏了我们的现场。”

男子迅速将视线转向了科原那边，坐在了我们的桌子旁。

“我们在监控吉高。由于间岛失踪了，为了慎重，决定监控全部有关人员……不要妨碍我们。”

“我们在监控科原。他是市高町连续过路杀人魔事件的受害者真田的原恋人。此案是我们这里的。”

“你们做你们的。”

我看不清楚眼前这个警察的脸。

“现在我可以给我们管理官打电话吗？我会建议一课课长，你们两个可能停职。你们要明白上面的关系，还是好好看着吧。”

“但是……”

“请你冷静点儿。你们现在太吵了。他们二人是重要的参考人，如果把他们带到你们的署里，会如何呢？你们妨碍了我们工作，不要搜查了，把他们释放。你们什么也做不了。”

他大声嚷起来。全都是他的背影。

“总之，我们要监控吉高。虽然不行，但是我们必须那么干。总之我必须说到做到。即便万一被那个家伙杀了，也得让凶手明白。”

“你在等着被杀？简直是个废物。”

“你怎么说话的？总之，我希望你们冷静。”

科原站了起来，吉高还继续坐着。科原在柜台准备结账。

“小桥，去追科原。问问他为什么和吉高见面。”

“明白。”

“不要乱动。”

“科原是我们所办理案件的相关者，这是我们的工作。”

科原走出了店门，小桥追了上去。

“现在就开始审问吉高。”我对那个男的说道，“如果那个家伙看到现场，就会出现动摇，他就会利用此事。我有种不好的预感。在他们逃跑之前要赶快行动。”

我站了起来，那个刑警按住我，我则一直瞪着他。

“请放开我！”

“打扮成这样，你是辖区内的警察？”

突然传来玻璃破碎的声音。回头一看，吉高从椅子上摔了下来。

店里传来哀叫声。我跑到吉高身边，他口里吐着血。

“哎呀！”吉高的身体在摇晃，“坏了，他喝了什么？”

吉高不可思议地看着我，不久浮现出吃惊的表情，仿佛在说你是谁啊，然后就慢慢不动了。晚到的警察打电话叫救护车，我则拿出了手机。

“小桥！”我对着手机喊道。

“给我逮住科原。就是她！吉高被杀了。快点！”

“发生什么事了？”

“回头再说，总之一定要逮住她。”

“我知道了！”小桥几乎是喊着说道，“我就在咖啡店旁边，被木坂町的警察围住了。”

“哈？”

我走出咖啡店，小桥被三个男子围住了。我大声喊道：“干什么呢？”

“你们真是够了！”刚才的那个警察不知道什么时候在我身后如此喊道。

“马上去追刚才出去的那个女的。吉高被杀了。”

“啊？”

“如何是好啊？”我喊道。

“面子什么的就不要再说了，大家合作吧。去追刚才那个女的，往哪儿去了？”

“那边。”小桥指了指方向，“她打车走了！绿色的车！”

“快点儿！”

我和小桥坐上了车。

“我的编号是木坂520，她的是12—73。”

“还是需要紧急追捕令。”

用无线电告知搜查本部所有人。封锁道路，全部去追出租车。

“吉高呢？”

“哦，已经死了。好像喝了什么东西。太可恶了，就在我的眼皮子底下。”

意识到问题后，我拍着方向盘问道：“那么，科原呢？”

“可能就是椎名惠，她还活着。”

“但是，她的脸？”

“嗯，不知道。不可能整形做得如此完美。但是，抓不住的话都是胡扯。”

接通了无线电。在前方五百米的交叉口，经过联系确认那是科原乘坐的出租车。我们前往现场。科原已经被警察包围，我走了过去。

“科原小百合……不对，还是叫你椎名惠更好吧……”

科原一直看着我。

“请和我一起回警署。”

在市高署大楼的四楼，我们对科原小百合进行审查。不过科原对于吉高的死和其他事都不知道。就在我觉得要陷入拉锯战时，有消息说西原和椎名启子都消失了。

“科原小百合的DNA呢？”

小桥有气无力地说道：“和健在的科原父母对比，科原就是他们的亲生孩子，一点儿没错。”

市高署的会议室里，市高署的警察、搜查一课的警察散乱地聚在一起。

“那么……”

“是的，她不是椎名惠，是科原小百合。”

“那么，为什么会发生那样的事情？”

大家都沉默起来……后来听说西原和椎名启子的行踪也不清楚。间岛也还在逃跑中。

再过一天，预定会对科原进行正式逮捕。她如果开口，应该就能发现逃跑者的关系网，但是，对于她不承认自己是椎名惠，我感到有些不对。

“去椎名惠的墓地看看吧！”我说道。

“真的要开棺验尸？”

“根据情况吧，总之先去看看吧！”

通过过道，穿过一个小路就能看到一个大陵园。这是远离日常生活的安静场所，和风吹拂。

这里有很多坟墓。当然，全都是死者的标记。我们在附近买了花，下车。

“在哪里呢？”

“这个，应该是这一带。”

我心跳加速。我也不知道怎么回事儿。

有烧焦的痕迹。走近一看，那里正是椎名惠的墓。

“为什么呢？”

我拿着花一动不动，打扫卫生的老人过来，开口说道：“唉，听说有人在那儿放火……我就大声喊着追了过来。”

“不好意思。”说着我打开了皮包，拿出了搜查资料，“那个，在这里烧东西的人……这照片里面有她吗？”

“嗯？”

老人翻了翻资料，我心跳开始加速，我们一直盯着老人。

“这个。”老人指着照片里的一个人说道。

“就是她。”

我的心里一阵发痛，身体好像要散架了。

“果然如此……”

之前的加害者、受害者、重要证人、相关人。

竹林结城，第一起案件的受害者。

横川佐和子，被视为第二起案件的受害者，实际是她杀害了竹林。

真田浩二，第三起案件的受害者，经营体育俱乐部。

高柳大助，第四起案件的加害者，受害者受轻伤，现在还在拘留中。

米村辻彦，第五起案件的受害者，精神科医生，他在遗书中说自己是“大衣男”。对于第一起事件和第三起事件，记下了只有作案人才能知道的信息。

初川纲纪，重要证人，真田的朋友，现在在菲律宾。

林原隆大，横川的朋友，目击证言中做了伪证。

石居、栗原，横川的朋友，目击证言中做了伪证。

科原小百合，真田的原恋人。

椎名惠，在自己家里被杀。

吉高亮介，和椎名惠相识，有关系者。

间岛俊，和椎名惠相识，有关系者。

椎名启子，椎名惠的母亲。

西原诚一，椎名惠的父亲，前爱人。

小竹原满，奈良县的受害者，开车时被发现。

右转角

《椎名惠墓碑前所烧的笔记本》

好像已经回不去了。

无论今后发生什么，都再也回不去了。我在这个笔记本里写下来这些，或许就是把我未来的幸福给封存了吧。原本我也知道这是得不到的幸福。

我用这个笔记本诅咒我的未来。

我写下和你的相遇。你已经离我远去，写下这些着实令人痛苦。可是已经回不去了，我无法原谅我自己。我写下这些就是让我自己无处可逃。

我时常在深夜里散步的小路，是你曾经到过的地方。所以或许你已经融入了我的生命。从公寓出来爬上坡道，在小山丘上有一个教堂，教堂屋顶上立着十字架，当然晚上教堂是关闭的，周围一片漆黑，但是我很喜欢看那被电灯照射的十字架。

这样的场景该怎么写好呢？电灯的光若隐若现地照在十字架上，在那下面的长椅上，坐着一位女士，一位身穿白色连衣裙的女士。就好像十字架从头顶上洒下光芒一样，你像被守护着，我停住脚步看见了朦朦胧胧的你，而你也在目不转睛地看着我。或许是你先看见我的吧。那时，我觉得我应该说些什么。为什么呢？不那样的话，就好像想要拿回什么东西却又溜了一样。

"那个……"

我记得那时我一开始确实是这样说的。

"不对，我只是走过去，为了好好抬头看看那里的。"

我只是想要证明我不是什么可疑人物。但是，你只是直勾勾地看向我这边，没有听我在说什么。那时候我觉得你很漂亮，但是那时我并没有注意到你有些偏瘦这件事。

你什么也没有说，到底还是害羞了。我需要再说些什么。

"哦，不，我只是经常在这里散步，偶尔在那个长椅上坐坐，只是有人在这里吓了我一跳。"

"不好意思，抱歉。"你开始看我，对我说的第一句话就是向我道歉。

"我不是那个意思，不好意思，先告辞了。"

但是我并没有离开那里。

"那个什么，我说。"其实我说话是害怕刚建立起来的联系中断，"这个时间很危险哦，不如再往那边走……车站那个方向……”

深夜两点，周围没有一个人，就连从这里路过的车都没有。

“我送你到车站吧。”

我一边说着一边走近了你。你似乎想躲开但还是没有躲开，只是看着我。

“八人目站。”你小声嘟囔道。

“什么？”

但是你没有再重复，而是凑近了我。

两个人慢慢地走着，快到车站时，车多了，人也开始多了。就这样到车站后，想象着你的身影渐行渐远直到消失在逐渐增多的人群中，我的心怦怦直跳，我想就是那时爱上你的吧。

“你家住哪儿，我送你回家吧？”

你没有回答我，不过你调整了步伐和我保持一致。

我在想这算是拈花惹草吗？我以前可没有做过这样的事情，就像这样和不认识的女性说话。我的心跳得更加快了。我现在已经不像我自己了，我紧张得直咽口水，很勉强地说些完全没法说出口的话。

“我的家离这不远，不如上去喝点儿东西。”

这个路口右转就是我的公寓。我在那个拐角放慢了速度，战战兢兢地向右拐弯。那是一条很窄的巷子，即使不认识这个地方，也会知道这条小巷里是没有车站的。但是你却和我一起拐弯了。

那时我开始想你到底是什么样的女性呢，深夜一个人坐在教堂的椅子上，被男人搭讪然后跟着他走，一定不是一般人。但是我又放弃了这样的想法。为什么呢？我觉得这就像是命运一样的感觉。

那是我从公司辞职领取失业保险一个月的时候。如果在公司上班，我是不会在那个时间出去的。我的人生际遇中，好像注定会遇见你。到了公寓我打开房门，我看着充满恐惧的你出现在我的面前，但你毫不犹豫地走进了我的房间。

“不好意思，我现在收拾一下房间。”你这么一说，我有些不知所措。于是，我真的想给你拿点儿喝的东西，可是这么晚了喝咖啡的话会失眠，这可能对你不太好，你该喝点什么呢？我想了很久，最终我给你拿了红茶，可你并没有喝。

“今天已经很晚了，睡觉吧，那边的床可以睡哦。”你背向我在地毯上躺下了。我仍然不知道我该做什么，我在想明天你不在这儿了我该怎么办，想象着你睡在床上的样子。上次抱着女人是什么时候来着，我可以抱着你吗？不行，我们才刚刚认识呀。可我为什么让你进了房间呢？

哪怕只是看着你的样子也好，一个小时后我再回去睡。当我再睁开眼睛的时候，我惊呆了，你赤身裸体地站着俯视我。你从床上下来默不作声地脱掉了衣服。这场景太奇怪了，路灯的光透过窗户的缝隙照在你身上，这一美丽的画面让我大脑一片空白。

“一直在忍着吧，好可怜。”你看着惊愕的我，微笑着说道，“别忍着了。”

我一把抱住了你。

醒来时，我不敢相信昨天发生的事情，连你在我身边的事情也是，感觉我的人生到昨天为止好像都是一个错误。

做爱时，你总是一副奇怪的表情。不是那样看着我，而是在确认自己是在干什么，让人感觉不可思议。“明明是八人目站的，”完事之后，你依然说着奇怪的话，“明明是八人目站的，为什么呢？”

醒来后，你也是迷迷糊糊的。我饿了，我想你也饿了吧。我问你想吃点什么，你什么也没说。我烤了吐司面包，在那之后你好几次都让我做鸡蛋吐司，不是牛奶黄油炒鸡蛋，而是像煎鸡蛋饼那样的吐司。不是黄瓜而是莴苣，煎鸡蛋饼稍微弄甜一些，这个时候芥末微弱的辛辣味就出来了。

“好吃。”你这样说道。

好不容易你张口说话了，“你家在哪？”于是我这样问道，可是你还是沉默不答。

“我说，如果可以的话，就住在这里好吗？虽然小了点儿。”

你惊讶地看着我，在那之后虽然你依然沉默，但让我感觉你接下来会说些什么。

“没关系的，你一定会丢下我的。那样的话也没关系的。”

“啊？”

“嗯。今天也在这里可以吗？”

虽然是奇怪的话，那时我同意了。

“手机有吧？你号码多少？”

“没有。”

“是吗？嗯，没有也没事。”

“不喜欢那些。”你小声嘟囔道，“因为总有电话打过来。”

那时我对这句话并没有多想。

“好像问题的顺序有些奇怪呢，你叫什么名字？”我问道。

你微笑着看着我：“椎名惠。”

“好听的名字啊，我叫吉高亮介。”

从那之后我们就住在我的房间里。我每天都想和你做爱，只是我一个人想做爱，那感觉令人不安，后来你也变得想要做爱了。

我们两个人一起去看电影，因为不喜欢人多的时间，我们总是去看夜场。每当看完后，我就像评论家一样开始讲话，你总是微笑地看着那样的我。我才发现我看电影好像是为了找缺点，而你则相反，你是积极地寻找电影中的亮点。

但是有一次，有一部无论怎么找也找不到优点的电影。你在露出极其为难的表情之后，表扬了电影院的爆米花的味道。

“喜欢电影，也喜欢有电影院的存在。”那个时候，你那样说道，“我们看电影不被任何事情打扰，就好像被谁原谅了一样。”

我模棱两可地点了点头。

“每当结束时你总是感到很难过，因为没有不结束的电影。”

你拿着写有“COMPLEX”的打火机，那是已经不能打火的打火机，你说以前用它来烧纸。

“写下心愿，然后烧掉。”

纸上写的字烧着了，变成了烟飘到空中。你觉得那里是有神灵的。

“小时候，我觉得那样做，头上的神灵就能听到我的愿望。虽然经常没有被听到，但总有能够听到的时候吧，或许即使听到了也没有实现，只能够好好地传达了，也许传达是最重要的。”

小时候，妈妈带男人回家，你很讨厌隔墙就能听到妈妈的呻吟声。那声音回响着，在你的脑海里浮现出以前电视上看见的画面，实际上那个场面就像画一样印在了脑海里。但是从薄薄的墙壁听到妈妈的呻吟声很大。孩子的想象力和集中力无法消除那个声音。

最终，那个男人每次来的时候，你就出去了。但是即便在外面，奇怪的是，直到男人走了那声音还在你耳边回响。此后，你就开始向神灵祈祷。

那是没有神灵知识的小孩的单纯想法，“希望那个声音消失”，但是神灵并没有让愿望实现。你觉得愿望没有被传达到神灵那里，就把它写成文字，在一个破旧公寓旁边的一个小公园里燃烧，想着那样的话愿望就能被送达。

黑色背景上的COMPLEX和银色字的打火机，可能是妈妈从哪个酒吧拿来的，也许是未曾见过面的爸爸的东西。在那个COMPLEX的X字母上，可以看到漂亮的银十字架。打着打火机，它发出绚烂的红光。你把写着愿望的纸移向打火机，火苗爬到纸上，纸上的字便燃烧了。

穿着小鞋、红扑扑的小脸，在这样的你面前，那句话化作一股烟飞到天空中。你一直看着烟升到天空中，但声音还是没有停止。神灵没有听到吧，或许是虽然听到却不肯将其实现吧。

你在学校里被欺负，不和同学说话，只是画画的孩子很难不被欺负吧。以前的体育老师监管很严，密切关注着你，所以你没有被欺负。但是那个老师辞职、新老师来了之后你又开始被欺负。“之前的老师，因为和高中生谈恋爱被学校知道，被辞退了。但是这和我没有关系，我才不管那个老师怎么恋爱这些事。因为我要做的就是当一个好老师。”新来的老师虽然很认真，但是总是巧妙地装作看不见你被欺负的样子。只要沉默，就好像什么问题都没有，那样的人是好老师吗？

所以，你在回学校的路上也会去公园，背着比身体略大的背包，在纸上写下文字后点着烧掉。“希望不被打扰，可以安心画画”“希望被弄坏的画可以恢复原样”。

但是欺负依然没有停止。

我听着你的话，想起了自己的事情。

不知道是不是没有爸爸的原因，小时候我是一个没有存在感的人，因此，我非常在意自己的存在感。做了什么坏事之后或者是有坏事的话，我总是因为那样的事而受到惩罚。比如在文具店，三色圆珠笔掉到地上坏了，没有把它买下来而是原封不动地放回原位。我摔倒扭伤了，即使是微不足道的小事，我也觉得自己就是那样倒霉。

妈妈是个酒鬼，从厨房就开始喝，然后转移到餐桌上继续喝。大醉以后妈妈就对我不闻不问。酒是什么呢？那个时候我经常思考这个问题。如果说是人性的话，在妈妈的心里我变得多余了。可是说是使人变坏了，但变坏的不是妈妈而是酒。如果是后者的话就好了。妈妈在俱乐部工作，我经常去接那个已经醉倒不能自己回来的妈妈。我总是认为都是他们让妈妈喝的。因为我们没有钱，你们让身材瘦小的妈妈喝那么多酒。

俱乐部活动中我开始打篮球，随着练习，我的技术得到提高，我感觉自己也有一些存在感了。这个存在感是对我努力的回报。投篮决定比赛胜负的时候，我也开心自己有那样的存在感。

小学毕业的时候，妈妈谈恋爱了。极少关心我的妈妈找到谁了呢？我这样想。我认真地考虑过一个人生活的办法。我在便利店的杂志里翻看，但是怎么写的都是16岁以上孩子的生活方式？我还差四年。

我希望妈妈的恋人死掉。现在回想起来，我并没有那样讨厌他。仅仅是因为他在孩子面前目光凶恶慌张的样子。我对那个慌张的男人没有腻烦的态度。我想他的态度是因为我不好。

有一天醒来，床上很冷，可能是因为被冻醒了。我有夜尿症，从小学六年级起我醒了就再也睡不着了，因为羞耻心我在冰冷的床上一动不动。现在想起来那是小孩的应激反应，但当时不知道那样的事情，只觉得自己是耻辱的存在。妈妈和恋人出去了，那天没有回来。如果尿尿的话，妈妈会回来吗？我不太明白。我希望妈妈的恋人死掉，虽然没有到自己想杀了他的那种程度，但希望他因为什么事故死掉。我向上天祈祷，希望他死。我希望他死了妈妈也能戒酒。

我每天祈祷，每次从周边神社台阶下经过的时候、从地藏菩萨旁边经过的时候，在发生好多次交通事故的现场看到手上的花，虽然不知道为什么，但我觉得那样的地方是我和我虚构的存在的通道。

妈妈的那个恋人真的死了。

我既惊讶，又被可怕的恐怖所笼罩着。

现在想来，那个恋人的死并没有异常。因为酒精依赖症，他的肝脏都已经严重恶化。因此，虽然我没有实现自己的愿望，但我只能认为是自己杀了他。

我觉得风景由此一变。看到的全部风景都在拒绝作为杀人凶手的我。上学路上的电线杆，道路，总是停在空地旁边、被放置在那里的旧自行车，猫，公园的玩具，甚至空气，仿佛都在拒绝我。亲切从风景中消失了。

如果此事被同学知道会如何呢？我想自己的人生已经被决定了。我的愿望是那个恋人死了，母亲戒酒，但是，母亲却更加嗜酒了，也就是说这全都是因为我。

如果对人坦白罪过，就会减少负罪。罪过是秘密的，只要对人说，就会从保有秘密的压力中解放出来。我对母亲这样说过。我一直向所有的东西祈祷："只要他死了就行。"但是，我并没有刻意说这件事。从学校回来的路上，我突然遇到了去俱乐部上班的母亲，她化了精致的妆，穿着有点儿短的裙子。如果被同学看到真是羞耻，我想不看母亲就过去。母亲也知道自己的样子，意识到我旁边还有同学，也没和我打招呼。那天夜里，我想要道歉，便背着书包一直等待母亲回来。如此说来，我应该改变先前装作不认识的样子。大门开了，正要向回来的母亲道歉时，我突然哭了起来，说道："那是我诅咒的事情。"

被背着书包的儿子那么说，母亲心情会如何呢？母亲哭了，她紧紧抱着我说："那不是你的错，那是化妆品和酒精的寂寞味道。那个人身体本来就柔弱，和我约会开始就已经出现征兆。并不是因为你的诅咒而死。"此时，作为孩子的我感觉解放了，而且对于母亲的拥抱，我也感到非常高兴。

母亲此后仿佛要换生活方式一样，准备戒酒，这是我或者在世者所希求的姿态吧。但是母亲还是未能成功戒酒，毋宁说由于我的坦白，她更加酗酒了。那样的自己——招致儿子祈求恋人去死的自己——太辛苦了。我经常想如果我不坦白会如何呢。由于自己的软弱，我伤害了母亲。母亲此后又找了几个男人，当然是在我不知道的情况下。但是，我在母亲非正常时间出去时会跟在她后面，或者半夜翻看她的包。只要跟在后面，我就会发现母亲前面有男人，半夜翻包就能发现避孕套。避孕套意味着什么，我已经知道了。

我们为什么不能相互理解呢？可能彼此都很寂寞吧。

但是，我不恨母亲。怎么会怨恨母亲呢？母亲也是一个凡人，寂寞的时候会想有个男人陪她，难受的时候也想喝酒解愁。

我是可恶的，因为那个时候母亲是想要好好隐瞒那件事情的。背着孩子的自己和孩子面前的自己要分开，她要想办法度过每一天。但是，我自己主动暴露母亲的行动并伤害她。我践踏了母亲想要隐瞒的努力，暴露了她的弱点。我不应该那样做。而且，我不应该那么伤害人。

此后，我感到自责。觉得她是因为觉得自己没有价值，才那样做的。但是，那时候我又陷入了虚构的存在。我的诅咒和告白，是那虚构的存在给我的信息。如果诅咒别人，那就会回到自己身上。

上了中学，我发誓要成为一个真正的人。但我不知道什么样的人才是真正的人，总之先学习，继续打篮球。如此的话，我认为可以成为“真正的人”。我要自律。如果自律的话，即如果行善的话，母亲也会变好的不是吗？让同学变得在意，执行了自己认为是正义的事情，停止班里的欺凌，说话慎重以便不伤害对方，列好时间表，制订提高自己运动和学习的日程。中学生的“自律”就是那样。我不知不觉就把虚构的存在命名为神，以在车站得到的《新约圣经》为契机，也读了《旧约圣经》。虽然那上面记载的整体上和我对神的印象有所不同，但是有一篇文章让我受到强烈冲击。那是《旧约圣经》伊齐基尔书中的一节。

“你一出生，就被抛弃，被遗弃在原野上。我经过你旁边时，看到你在自己的血中，我对血染的你说‘要活下来’，我反复对血染的你说‘要活下来’。”

我所接受的意思也许不一样，但我觉得这一节是表示与我虚构的存在的对话。我出生后，父亲很快就不见了。母亲在俱乐部被男人们灌酒的时候，独自在房间的我发现了虚构的存在。

“要活下去。”我这样说道。

后来，发生了受到冲击的事件。那就是少年杀人事件。那个少年自己造神，在那个神护佑他成年的仪式上，他杀了人。

那个时候的我，如果走错一步就不堪设想。我在思考为什么那个少年的神是那样，而我的神不是那样的呢？十三岁的时候，即在明确认识到青春期充满暴力的个性之前，可能会让自己的神和基督成为一体。我也没有接受过洗礼，家里加入了净土真宗的檀家，但是我认为自己是基督教徒。本来应该很讨厌的，但是我却希望妈妈能把男性带到房间去。因为这样做，就能看到大人做爱。情窦初开的同时，我的那个心理是扭曲的。就像昔日尾随在母亲后边，有时候我也会尾随在不认识的女性后面。但是，这一次，我与基督融为一体的神纠正了我。表面上看，我平安度过了青春期。

说起那些事，你显露出认真思考的表情。并问我，“你的神和我的神一样吗？”

问题虽然很简单，但却是一个难题。我从中学升入高中，已经不怎么意识到神了。与其这么说，更多的是母亲因饮酒而病死，远方亲戚寄来的生活费不够用，得到学校的许可，我开始打工，我已经没有时间去想到神了。我喜欢看十字架，只是模糊意识到自己是基督教徒。对于神，我并没有什么深刻的洞察。如果能够赚钱，我就不需要依靠大人了。因此，也许就没有必要依赖什么了。

“不明白。但是如果是神的话……是一个人吧？”

对于你的质问，我这样回答。你好像还在思考，开口说道。

“但是，世上还有很多神。”

“确实……那又怎么样呢？”

那个时候，我只能这样回答。

那个时候，我对于神的问题稍微有一点儿浪漫主义，还没有意识到其中有那么多的因果。只是说小时候，有一个没有依靠的、想起了神的少女和少年，现在如此相遇了。在散步途中只要看到曾和你相遇的那个教堂，我就总是被这样伤感的感情所笼罩，没有注意你偶尔出现的阴郁表情。

但是，我们的生活表面上还要继续。你不太会做菜，让人觉得有些可笑。为什么做得不好呢？因为你自己都不尝尝味道。如果好好看看料理书，准备一下，花时间认真做就好了，但是你不尝尝味道。即便我问你为什么不尝一下味道，你也只是默然回答说不想做那些事。

是咸的还是淡的，偶尔我称赞的都是买来的凉菜。买的凉菜一看就能知道，你为什么不换一下容器或破坏一下凉菜的形状，变成像自己做的那样，骗我微笑一下呢？

有一次，我看到你往亲子盖饭上加苦瓜时，还是忍不住问你为什么要加入苦瓜。

“苦瓜对身体好。”你得意地说道。

对身体好的东西，即便不适合做菜，你也认为完全是对的。

“虽说是那样，但是苦瓜作为菜，放入别的饭盒不是更好吗？你为什么非要混在一起呢？”

我如此一说，你脸上露出的表情好像在说“是啊，应该那样”。我们一时无话，开始吃那个放有苦瓜的亲子盖饭，但是太难吃了，不久，我们两个人又莫名其妙地笑了起来。

其后，我开始做饭，你休息等待。我因为环境的原因，喜欢做饭。我喜欢一边看着你睡觉一边做饭。

由于你不喜欢看电视，我做饭的时候，只有我们不时的说话声和我做饭的声音。不过，也不需要什么声音，只要你在那里就好了。

物质享受

失业保险不是什么时候都能拿到的，因此必须工作。我说要去免费职业介绍所，但是你却责备我。

“我在这里，你觉得拘束？”

作为我个人来说，你的反应超出了我的预想。

“不是的。任何时候我们都不能没有一点儿存款。因此我必须要出去工作。”

“如果可以的话，打工也行吧。我可以在俱乐部等地方工作。”

“专职要比打工挣得更多吧？”

但是，你不愿意这样。

“你要离开我吗？”

过了很久我还能想起恋爱时的烦恼。但是，你稍微不同，确实很奇怪。

“你将我和你的生活看成了另外一种生活，你想从我这里逃走。”

“你还是冷静一下吧。……找工作有错吗？”

“和有没有错没有关系。我觉得打工就可以了。你如果全职工作的话，两人在一起的时间就会减少。”

我发现你哭了。而且你自己也觉得你说得不对。

“为什么？”

“你讨厌我！”

“我怎么会那样呢？”

现在想来，你不让我出去工作，是害怕那样的生活被打断。你说过每次电影结束你都会伤心。但是，即便这一生活常态结束，我和你的生活还应该继续。用你的话说，虽然相似，但应该是新的第二次的开始。

不过，你的担心源于你的内心。你认为和我在一起的每一天都是“放松的时间”，但是，这都是后来你完全了解情况后才发觉的。我和你在一起的日子，对你来说是必须结束的短暂的放松时间。你所害怕的，是什么会导致这些结束。

还是去免费的职业介绍所吧！先将最初的问题放在一边。这次我要坚持自己的意见，并严格要求自己。

但是，求职的事情并不太顺利。我原先专职干的就是开出租车，其他的不会。无论在哪里工作，如果因为人事调整而辞职，或破产，或因为身体不好而辞职，都难以长期工作。从大学时期我就打工，毕业后也马上就工作了，不管如何，我并不在意将人生价值和工作完全统一起来。工作终究是生活的一个手段。只需要清楚认识自己的特长，干好某一种工作就行。尽管我经常有那样的后悔，但是我并不知道自己到底适合什么样的工作。

我忍受不了出租车可能出现事故的压力而辞职了。因规制缓和致使出租车增加、没有获得理想的收入，也是我辞职的一个原因。

经过几十家公司的面试，我终于成为一家房地产公司的正式员工。工资虽然低，但原有的公寓房租也便宜，这份工作还是可以干的。我决定工作后，你马上也在俱乐部工作，真是讽刺啊！

我最初的工作是举着写有样板间地址的广告牌，上面写着“某某样板间正在展示期间，从这里走五十米就到了”。在无法竖立广告牌的地方，人就成了广告牌，像是人体广告。

如果仅此而已，不做别的也可以。但是，为什么我的头还要被蒙上，犹如三明治，从里到外都是花里胡哨的广告牌？再加上飘荡着大小不一的气球，还要带有节奏地唱起展现会的内容，我不明白为什么要这样做。如果只是广告牌的话，用手举着就可以了。拉长把手使其支撑到地面就可以了，完全没有必要如此装扮，也没有必要歌唱。我如此一说，上司轻蔑地看着我，说道：“就那么干吧！”

“手里举着广告牌为什么不行呢？”

“有的是人，你要是不想干就辞职。”

“我不是那个意思。”

“不那样的话该如何干呢？不要抱怨了。你这样的话，是没法在社会上生存的。”

经常有人说社会是残酷的。但是，社会的残酷究竟是什么呢？广告牌举在手里与将广告牌罩在身上相比，真的能改变拉客能力吗？难道要像唱歌一样吆喝？我觉得有点儿不道德了。

简单地说，这是新入职者的通过仪式。他们希望如此对待新人。“社会的严苛”最终是人制造的。

这样的细节充斥于社会中。例如，以前在便利店工作时，每次客人进来，都要大声说“欢迎”。不知道为什么只要一听到说“你好”，对方就会感到亲切。但是，作为客人去便利店时，对方说“欢迎”，我则会说“欢迎，你好”。谁会想去带着“你好”的地方？毋宁说应该减少充满程式化的亲切感。只要充满精神地说“欢迎”，不就行了吗？

这是我的恶习。如果行为不理性，那就必须改进。如此说来，那就必须辞职去免费职业介绍所，我被这样的思绪笼罩着站立在街上，好像一个傻瓜。

大概只有日本文化认为这样做是对客人的不礼貌。我在街上被广告牌裹着站在那儿，并自嘲地笑着。但是，我想如果是你，应该什么都能做到。如此持续了很长时间，不过，最终我还是成了正式职员。那时候我就想当我也有部下时，一定要结束这样任意而为的做法。

我回到家时，你已经做好饭等着我。虽然你那么讨厌我工作，但还是微笑着说“祝贺”。今天有汉堡肉饼、浇有你亲手做的调味汁的沙拉、玉米汤，对我们来说，真的很丰盛。吃过之后我感到惊讶，你做得真好吃。

“真好吃！”

“是吧？很有味道！”

我们一边开着玩笑，一边吃着饭菜。我再次觉得做什么都可以。尽管社会如此荒唐，但我觉得无所谓。

但是第二天，你就离开了我的房屋。

我醒来时，你已经不在了。我睡眠浅，平常只要有一点儿声响我就能发觉，但是，你就像咱们相识那天不知不觉间脱下衣服俯视我那样，悄无声息地从我眼前消失了。

你在俱乐部工作，但是不用那么早出去。你没有留言，我想可能是因为什么事出去了。但是，我又隐约觉得并非如此。

我换上西服去工作。我穿上广告牌，在繁华街道的人流中寻找你的身影。工作结束后，我抱着些许的期待回到住处，可是你还是没有回来。

你没有手机，我当然不可能打电话给你。你居住的地方我隐约听说过，位于高台的便利店附近。我离开房屋去找你。

我上坡后，看到便利店还亮着灯，是哪个房间呢？你没有标注门牌，我在建筑群前一片茫然。

或许你去了某个地方。我在附近转了好几个弯。每当我面对眼前出现的分岔路口，要决定往哪里走时，都感觉我要失去你。面对这样的选择，我都感觉是在被你追赶。我回想起一个个你离开的征兆，突然注意到远处公交站有一个长凳，走近后才发现并没有你的气息。能走到哪里呢？当我想要去车站那边时，我看到了你的背影，旁边有一个男人。

我突然想起了母亲。小学生的时候，我记得我总是跟在母亲后边，想起来旁边的男人夺走了母亲。我跟在后面走了一会儿，按捺不住，走到了你的前面。你看到我很吃惊。

“为什么？”我终于还是问了。

旁边的男人问你“你们认识”，你没有回答。我发现你毫无表情，和在教会长凳打招呼时一样。

“哈，真讨厌！”旁边的男人小声说道。

“我不认识。不是那样的。只是打声招呼……再见！”

那个男人走了。你看着我，仍然毫无表情，却突然哭了起来。

你一边哭一边诉说着自己的往事。初中的时候，母亲的情人强迫你和他发生了性关系。你认为只要沉默就能结束，便忍了下来。母亲发现后，不是责怪自己的情人而是责怪你，这使得你没有了自信。你觉得自己没有价值。你认为，如果自己有所谓价值的话，那也只是作为女人的性。不是喜欢谁，而是要和追求你的人在一起。你认为，如果有人追求你，过去的记忆或许会慢慢消失吧，或者你等待着别人追求没有自信的你。但是，最终你还是觉得和一直都不喜欢的男人在一起是充满罪恶感的。每次，都会浮现出母亲知道你和她的情人发生关系的事时的眼光。那种眼光简直是憎恨自己是一个女的。

尽管如此，你还是无法得到母亲的爱。无论男人是谁，只要认可你，即便是充满恐惧，你也决定和他们交往。那时候，你和一个男人约会，在完全颠覆过去的爱情当中，你感觉自己也发生了改变。但是，你后来才知道那个人竟然是你的父亲。

其后的记忆便中断了。由于存款减少，你一直一个人待在公寓里。你认为男人是一个恐怖的存在。没有钱了，你就去俱乐部工作。有人哀求你就无法断绝来往，尽管害怕，但也不敢断绝来往。

"自己是肮脏的。"你如此说道。因此，你说最好远离这样的女人。

肮脏？我非常生气。肮脏是指什么？在人世间、在这个世界上，没有一个人不是肮脏的。那不过是你的臆想。人的价值因你遇到的人而有所不同。也许有人不太认识到你的价值，但是对遇到你的人来说，你的价值就非常高。遇到你的人会是谁呢？那个人就是我。

我如此说道："你没有任何错。你一点也不肮脏。男人拥抱你，你知道那意味着什么吗？我喜欢现在的你。过去发生过什么，我一点儿都不在意。从现在开始就可以，我会接受你的全部。"

你惊异地看着我，你好像说了什么。你的眼里快要流出眼泪时，你突然捂住了胸口。

你的呼吸变得急促起来，你在那里昏倒了，我也晕倒了。

"真是傻瓜！"你喘着气说道，"我还有要做的事。"

在我意识不清时救护车来了。在医院里你恢复了冷静，我一直关注的是你所说的"八人目"这个词的意思。你一边痛苦地扭过脸，一边对我说那样做就行了。恢复了？还是什么？我问医生，医生也是如此说的。

为了冲淡过去的记忆，你采取遗忘疗法，但是必须和男性每月见一次面。医生也是如此说的？实际上并没有说。无论谁问是哪里的诊所，你都不说，你应该什么都说，但是你现在躺在医院的病床上，我忍住不问。

我想问一下。连续好几天，问了好几次，我翻看了你的包，犹如昔日翻看母亲的包那样。

我看了你携带的药袋，是看不懂的心内科诊室开的药。

我一直觉得哪里有些奇怪，原来原因在这里。我如此认为。

三天后，留下住院的你，我向公司请假去了那个诊所。这个诊所位于杂居大楼的一个房间。还是新的，没有装修，看上去很安静，这气氛感觉找不到人。

门开了，等待的椅子上一个人也没有。一个没有化妆的中年女人看到我，什么也没说就收下了保险证。这里一个患者也没有，在排列着的空荡荡的椅子上，我无聊地等待着。

不知什么时候，接待我的中年女人也消失了。我正想这是什么意思呢，那个女人再次出现，说了一句“这里”，并指了指正面的门。我打开了紧挨着的大门。

房间里有一个穿着白大褂的高大男子，他是精神科医生米村辻彦。在长长的桌子对面，坐在一个有靠背的椅子上。“怎么了？”男子一边笑着一边如此问道，但是他的眼里一点儿微笑都没有，一直盯着我看。

“实际上……”我也一直盯着他看，“对于她的事，我很苦恼。”

隔着长长的桌子，我和精神科医生米村对峙起来。他身材高大，对我有一种压迫感。

“……她的事？”

“是的。她去了个奇怪的诊室。”我说道。

米村的表情瞬间变化了一下，但是非常小，让人很难注意到。

“原来如此，奇怪的诊所。”

“是这里吧？”

"原来如此！"

米村依然微笑着直盯着我，一点没有动摇的样子。我反而因此不安起来，内心开始慌乱。

"你是那样想的？"

"哪样想的？不是。我说的是事实。"

"嗯，对你来说是事实。"

"哈？"

"没事，你也会康复的。"

我茫然地看着米村。

"你说什么？我不是作为患者来这里的，我是来声讨你的。"

"哦，是啊。没事，你也会康复的。"

"我……"

"你什么时候出现那个症状的？"

"什么？"

"就是你什么时候开始那么想的？那个……她去了奇怪的诊所后开始痛苦的？"

"我说的是事实。"

"还有其他症状吗？"

我有点儿愤怒了。刚要从椅子上站起来，米村突然说道："你没有父亲。"

我感到米村的脸有点儿模糊，我需要一点儿时间平静下来。

"你说什么？"

"那么……我是刚推断的。你的安全感过于偏重一方，你小时候就被困于母亲被夺走的恐惧之中，是这样吧？"

米村一直盯着我，微笑着，但是眼里依然毫无表情。我有点儿喘不过气来。

“看你很痛苦，对不起，喝点儿水吧！”

米村站起来，挪动他高大的身躯，走到房间一隅的饮水机前。但是，我制止了他。我想此时必须说些什么了。

“不说我了，说一说椎名惠吧。她是你的患者吧？”

“是啊。”

“你对她胡乱治疗。让她和十个男人睡觉？是你干的吧。”

“原来如此，你的女朋友是椎名惠啊。”

“不要捉弄人！”我叫道。

不知道为什么，不管我如何呼喊，接待处的女性一点儿反应都没有。

“你是患者。我也要调查一下。过去在性方面受过伤害的人会怎么样，当然每个人都有所不同。有人幸福，也有人不幸福。有没什么特别症状的人，也有有各种症状的人。在有症状的一部分人当中，我也知道有人是性依赖者，与不特定多数的男性和女性高度保持关系。其中也有人为此而痛苦。本来医生是应该为了减轻其症状而努力，但从没有听说过有医生会鼓励那样做。那样做不是起到相反的效果吗？”

“你的妄想……”

“适可而止吧！”

“哈哈，哈哈哈哈哈。”

米村突然笑了，像是发自心里的笑，但是我毫无表情地一动不动。米村像是在空中贴着什么慢慢地转动起来。

“这个房间很煞风景吧？”

“啊？”

“煞风景吗？”

“为什么？”

“因为这是我的地狱啊！”米村直盯着我，好像要吃了我，“所以，惠对我来说是最重要的。我和她在一起很长时间了，在你们认识前很早就在一起了。”

我和米村对视着。

“不要调查我的事。”

“好的。就我所见，你因为没有父亲了，所以有些事是不可能明白的。”

“为什么？”

“我认为有个坏人，但是……”

米村还是微笑着，非常亲切。

“第一眼看到你，就能感觉到你的不安。因为我也是医生。”

“你？”

“为什么要她和别的男人睡觉？”

“啊？那是因为……”

“内源性阿片类物质，”米村走到我面前说道，“……人类真是不可思议的存在。内源性阿片类物质是脑内的物质。感到有压力时，为减轻压力而释放出的快乐物质。遭受虐待时，它可能会释放出来。当然，那是没有快感的，只是想减少痛苦。但是，很少有被过剩供给的情况。”

“过剩？”

“那简直是嗜好。如果过剩供给，那个人就会重复同样的事。尽管觉得可怕，但是却沉迷于其中的恐怖和刺激……例如，像是被不特定的多数男性抱着的感觉。”

“竟然有那么愚蠢的事。”

“唉，当然，即便是性依赖，那也不能成为原因。有的想要追求真正的爱情；也有为了使自身的体验变得淡薄，希望有很多不特定的性行为；也有通过没有爱情的做爱来报复男性；也有通过性吸引异性来感受自己的力量……有各种各样的人。但是，惠是内源性阿片类物质。因为她亲自劝诱他们自己过来。”

米村脸上浮现出笑意。

“我就是那样。”

“啊？”

“因为我对惠那样做了。通过长时间的咨询和药物，她被我控制了。”

“你？”

“是的。”

“你利用医生的职位，持续给患者不安稳的影响。作为医生，你绝对不应该那样做。如此的话，我要将你的事告诉警察。”

“没用的，你没有证据。”

“我就是证据。”

“哈哈。你是作为患者到我这里来的。有很多患者中伤医生。我没有任何问题，和惠的做爱也有录音。都是对我有利的部分。你说什么都没用。而且，惠因为是免费就诊，没有她来过这里的记录。”

米村又走近了我一些。

“我第一次见到她时就爱上了她。不是恋爱，是爱……我追求她，但是她拒绝了。于是，我从心里憎恶她，给她用了各种药物。本来是我给她用了过量的药，但奇怪的是她也需要大量的药！我便让她在这里说一说她与那些有过性爱经验的男人的故事……我和她的关系更加密切，不是肉体的，是精神的。我每次听她说，都憎恶带着伤痕的她。我要让她更加陷入窘境。我享受这种冷酷无情的快乐，同时也沉湎于这种虐待性变态症的快乐。这就是爱！爱！你明白吗？”

米村叫喊着说道：“这里是我的地狱。不能让你们来妨碍我。”

“我已经不让惠来这里了。我带她去别的诊所，我给她治病。”

听到我说的话，米村更加探了探身子注视着我，脸颊开始抽搐。

“不行。”米村小声说道，“她必须回到这里。无论进行什么样的治疗，无论谁给她治疗，最后必须回到我这里。”

他一直盯着我的眼睛。他瞪着眼狂妄地看着我：“她要回到这里！”

米村再次和我四目相对。实际上不过几秒钟，但是我感觉时间很长。

“但是，你也要注意点！”米村继续小声说道，“在精神医学上有一个词叫共同依赖……这是我作为职业医生对你的忠告。”

共同依赖

我让你去了别的诊所。

咨询时，我不应该待在旁边。因此，我不知道会进行什么样的治疗。但是吃了别的药，你好像安定了。

我再次开始去公司上班，并对之前的请假表示歉意。上司对我的请假还是不高兴，这是我做得不好。

你经常微笑，还开始去俱乐部工作，但是某天我醒来后发现你又消失了。我慌忙外出寻找。我已经打听到了你的公寓。在过去的途中，我发现了坐在公交站的你。你笑着说你只不过是坐坐而已。

第二天，你对我说要回自己的公寓一会儿，让我不用担心。夜里你离开了我住的地方，但是，我无法安心，便去你的公寓看看。看到窗户有灯光，我才安心。我就那样站着，呆呆地看了一会儿那个灯光。

回到房间，我心悸猛增。我想自己是孩子的时候，在母亲外出时也有这样的症状。我眼前浮现出你去米村诊所的情景，和其他男人一起散步的情景。自己还是在正常范围内担心你吗？我也不知道是否过于担心你了。第二天早晨，我无法休息，只好请假，去你的公寓。灯没有亮，因为还是早晨。但是，我控制不住自己的心悸，于是只好散步，让自己安静下来。我去了米村的诊所，但是看不到里面的情况。你没有手机和固定电话，没法和你联络。不知道做什么好，我只好回到自己的房间，但还是无法安静下来，便又出去了，再次去米村的诊所，在那里见到了你。你正从诊所出来。

你看到我时，脸上浮现害怕的表情，仿佛被看到了不想让别人看到的场面。那时候，我好像也想起了母亲的面容？我牵着你的手，带你回到了自己的公寓。我给你新去的诊所打电话，对方告诉我说你一直都没去。

“那个医生真是奇怪。不能去那样的地方做那样的事，能明白吗？”

我说话的时候你频频点头：“不去了，决不再去了。”

“为什么呢？你为什么要去呢？”

“不去了。你是这么说的吧？”

我和你就这样不发脾气地重复着。米村对你说了什么，给你喝了什么，无论我如何询问，你都坚持不开口。我只是问问，你马上就哭了起来。

你真的很像你的妈妈。听说被人这么说过，一直都有人这么说。你如果喜欢谁，你就会变成你母亲那样。这个话对你来说有些重了。

你陷入的症状并不是病，而是接近于宗教的默认控制。邪教和占卜师所进行的默认控制，需要专门的医生治疗。因此，我应该去找那样的医生咨询。如果症状严重的话，需要花费几年的时间治疗。但是，我做了最不该做的事，我决定监禁你。

当然并不是捆绑住手脚等那样的事情。我休假，一直陪伴在你身边，没多长时间我被解雇了。

你去俱乐部工作时，我一直在店前看着你。看着进出口，不让男客人带你出去。有时候也扮作客人进店里看看。也会带你去别的诊所看病，劝解经常哭泣的你，控制住乱动的身体。你感觉心情压抑、头疼，一睁开眼就觉得天旋地转，眩晕。回头看米村所说的“共同依赖”这个词，是很久以后的事。处在患有某种依赖症的人旁边的人，有时候也希望自己被卷入其中。如果被不好的男人吸引，并发展到使社会生活出现问题的异常状态，那就会成为心理学上的病理。但是，在这个世界上有心理学上没有任何病理的人吗？可能只是差别大小吧？无论是谁，都会对某些东西和人有所依赖，关键是程度问题。我们已经超越了这种程度。

心理学很好分类，但是人是多样的，我认为活着的人并不一定完全适合这一分类。和你这样的“性瘾、性依赖”有关的我这类人，具体来说好像是“共同嗜好者”。概要如下：

① 因过度合理化而否认现实。

②如果有什么严重的失败，总是认为责任在他人。

③ 深深埋头于嗜好者的问题，控制对方的行动，由此转移自己的寂寞、痛苦、脆弱。

④ 掩饰、保护自己的嗜好，保持沉默，延续自己的嗜好。

⑤ 隐藏家族的秘密，阻断来自现实的反馈，保守秘密。

这些几乎都不适用我……虽然那么想，但是阅读概要③的文字时我凝神静气，那简直说的就是我自己。看见你仿佛看到自己的母亲，为了阻止母亲恋爱，我想要监禁你；无力阻止母亲的行为让我那时充满无力感，于是我便想用你来弥补。

如此说来，在心理学和心理描写方面都很容易理解。但是，现在想来，仅是如此吗？人的心理非常复杂，很难了解。我的心里难道没有对你的憎恶吗？犹如我恨母亲一样。如果那样的话，我是因此而喜欢你的吗？讨厌女性，如此使其痛苦，自己也因此而痛苦，有那样难以言说的理由吗？

不久，我就让你辞掉工作了。每次被我强制带到诊所，你总是说自己身体不舒服。夜里，你拒绝和我亲热。但是，我不想离开你。如此一来我更加痛苦，你也变得更加痛苦。没有钱，无法生活。我不能看不到你，我也没法出去工作。在不知道如何办的时候，眼界变得越来越狭窄，只好去了消费者金融。疲劳中的我，有一个女人让我目不转睛，她就是科原小百合，接待处的女人。

那个时候该如何表现好呢？我感觉自己在强行抑制自己的意志。想要抵抗，但是我感觉自己毫无力量抵抗。这是自己变了的恐惧，从根本上动摇自己的恐惧，以及迷失自己的恐惧。

我看着科原小百合，茫然地站在那里。像这样被人所吸引的情况，我还从来没有过。

而且，奇妙的是，科原小百合也茫然地看着我。目光相对不过几秒，当其他从业人员出现时，我好像是为了保持体面，终于用颤抖的声音告诉她我想要贷款。

为什么我们就那样突然相互吸引了呢？其原因很久以后我才知道。我已经顾不上消费者金融了，心里陷入一片混乱。

为何会如此呢？我说是因为你，可是在我脑海里，简直像有病一样，浮现的全都是刚才那个女人。可能是我变得奇怪了吧，我也不明白这是怎么了，这究竟意味着什么？

回到屋里，看到憔悴的你，我目光有些游离，便出去了。我不知道自己在干什么，只能抬头看向天空。或许我只能如此吧。

大约二十年后，我又想寻找神的身影，简直像圣经上所写的那个无力的人那样。不知道如何才好，和在困惑、痛苦之中仰望星空的古代人一样。我抬头看到的神实际上也就是你。

我该如何做才好呢？小时候，面对生活指针的你，我仿佛在问自己。我的脑海里继续病态地浮现刚才那个女人的身影。这究竟是为什么呢？可是，明明就是如此。如果失去你，我会精神崩溃的。

恶　魔

我很吃惊，即使没有大的偶然出现，当事人也会明白其中的含义。尤其是在我期望的场合。第二天，我带着你去诊所，为了等你看病，我去了一家咖啡店，刚进去就看到了那个科原小百合。她坐在店的一角，一个人在喝咖啡。

我应该离开店里，也应该那样做，但是，我像被偶然所吸引那样，强烈感受到了某种意义。我走近科原小百合，她看到我很惊奇。我站在那里，说了一句："谢谢！"

我这么说，只是为了调和当时的尴尬。但我在这偶然之中感受到了意义，发现自己的行为是正当的。简直就是"命运"，我用这个词来宽慰自己。

这一日常出现的机会，并不完全是幸福之门。

"不过，就是那样啊！"

我还是继续用这样的话来解释当时情况的不协调。我的出现虽然令她紧张，但还不至于讨厌，这使我又获得了勇气。

"有什么不好意思的？虽然用消费金融借了钱，但还是想喝咖啡。"

"原来是那样啊。"

科原小百合摇摇头。我对自己希望逗她笑而感到厌恶。虽然你不在场，但我希望自己的玩笑能让女性喜欢。

"如果可以的话……请。"科原小百合直截了当地说。

对她来说，我好像将全部能说的话都表达出来了。

我看到了眼前的椅子。这个椅子隔着桌子，处于和她相对的位置。我坐了下来。

我们继续沉默，也有一点儿不太好的对话。我有时一直盯着科原小百合，她发现后低下了头。即便我们的咖啡都没有了，也都没有勇气再要。但还是口渴，我半习惯地拿起盛水的玻璃杯，然而再次发现里面什么也没有。她也注意到了我的那个动作。时间一点点流逝，我们一直处于要回去的时机中。

店员每次过来添水的时候，我都会改变一下姿势，我的脚碰到了她的脚。我想要马上抽回来，但是她一动没动，就那样放着，我也没有动。我的脚能感受到她的体温，她低下了头。我则张开嘴，艰难地呼吸。

"请问，还能再见吗？"

我只说了这些，却花费了很长时间。她点了点头。我们交换了邮件地址和手机号码。

我没有勇气送她到公寓，我们在咖啡店告别，而后我呆呆地走了。在还能感受到脚上还留着她的体温时，我才明白我还在等待你看病呢。我看了一下表，预定的时间已经过了。

我慌忙前往诊所，那时候你已经走了。听说你是在两个小时前回去的。我回到家，你并不在。

我躺在床上，过了很久才发现自己一个人在家。本来我想软禁你，但是我觉得不软禁你才能安心，更进一步说我认为这是一种解放。

你在干什么呢？我看着天花板想你。现在我要重新去寻找你。

外面已经黑了，我觉得你越走越远。我觉得有点儿饿了，想去做面包吐司，才发现泪水已经流出来了。我离开房间去你居住的公寓，你房间的灯仍旧没有亮。

我继续在街上溜达，站前的长椅子、购物中心、公交车站，我在这几个地方来回走着。我自己也不知道要干什么。此后我又回到了和你相识的教堂，但是你已经不在了。

究竟经过了多少时间？周围开始有一点光亮。当我再一次去你住的公寓时，我看到一个男人从你的房间走出来。

我茫然地看着那个男人。我在想能那样盯着他看吗，此时和我的预想相反，我想起了和母亲会面的那个男人的身影。男人看到茫然站立的我，觉得有些奇怪，但并没有说话，就从我旁边走过去了。

我前去你的房间，你打开了门，好像预料到我会出现一样。“你走了以后，我马上去你的住处，当时你没有开灯。从那时到现在，你一直都没开灯，我想你可能和那个男人在一起。”

“我看到你和一个我不认识的女人在一起。”你如此对我说。

我难以辩解。

“真好！”你说着便哭了起来。“你背叛了我，我又背叛了你，真是太好了！”

我只是站在那里看着你。

“你并不满足于温柔又细心的我……”

说完下面的话，你就轻轻地关上了门，“我回到了习惯而亲切的地方。”

我背对着关上的门走了。看了下手机，发现有科原小百合发来的短信。这是一个很平常的短信，我回了一个短信邀请科原小百合吃饭，她很快又给我回复了。

到了夜里，我们去吃饭，又去了宾馆。但是那时候，我感觉有点儿害怕。在我怀抱着科原小百合的时候，我预感到快乐就要结束了。

但是，我已经什么都不能做了。

一切都结束了，我躺在她旁边，感觉自己的预感带着有形的力量在逼近自己。

我并没有真正爱上科原小百合。

不，或许这样说比较好，我是为了从你身边逃离而喜欢上了她。

她一直陪在我的身边，让人幸福又害怕。

我找了一份出租车司机的工作。

科原小百合非常体贴地陪伴着我。她的父母在她很小的时候就离婚了，她跟着母亲生活，但是不幸受到了继父的性侵犯。我感受到了一种类似于恐惧的不安的感觉。她和你的遭遇相似。为什么我又被这样的女性吸引了呢？

回想一下，确实总是这样。不仅仅只是受到虐待的女性，我也渐渐有一种倾向，容易受那些内心有深深伤痕的女性的吸引。虽然我不知道自己是不是真心喜欢科原小百合，但是至少和她在一起，我的内心感到了一种安定。而且我对这种安定感到了一种不适。那是一种本该有的东西却无法拥有的不安感。就像是一种罪恶感一样。因为抛弃了你，所以我现在获得了这种安定。你现在不也是一直去米村的诊所，和别的男人睡在一起吗？

我又想起了小时候心里的神。这是不是神给我的惩罚呢？就比如说，雨天里开着出租车，行驶在高速公路上的时候，后面的大卡车突然变换车道，想要超过我的车。如果司机突然转动方向盘，车子因为大雨而打滑的话，那会怎么样呢？我经常想象着那些东西。我也想着是不是因为我抛弃了你而受到了惩罚呢？

但是让我感到不解的是，后来我又不再感到恐惧了。大卡车撞上我的出租车的瞬间，我竟感觉这与我是如此的相称，甚至脸上会浮现笑意。一边想着神果然还是存在的，一边死去。在深入骨髓的温暖当中。有时在路上会看到自己应该走的路，一条会发生交通事故的路，一条通往自己遭受天谴的入口的路。这条路笔直地引诱着我，时不时会出现在我的面前。比如在我看到卡车强行右转弯时，我就能看到一条仿佛从我的出租车指向那辆卡车侧面的、像箭头一样的道路。就好像现在如果我不减速的话，那条带有箭头的道路就会永不消失地延伸着，而我就会猛地撞在那辆卡车的侧面，被卷进去，这样我就可以走向那个入口。

但是我不能进入那个入口，因为科原很温柔，所以我的内心会一直安定下去。不知不觉我流下了眼泪，很难确切地想起那个时候的事。等意识到的时候，我已经下了出租车，进入了一栋杂居大楼。打开门，这是米村诊所的门，就像进入了另外的入口。

无视接待处静静看着我的女人，我直接进入米村的诊室。里面没有患者，隔着桌子坐在椅子上的米村，看到我进来的那一瞬间吓了一跳。不过他很快又变回仿佛明白了什么的表情，随后嘴角微微露出了不太明显的笑意。

“这是……吓我一跳。怎么了？”

“把惠……”我也不知这是不是自己想说的话，就觉得在这个场合这么说没什么不合适的，神奇地说出了一句保持体面的话，“请让惠回归正常。”

米村盯着我看。他挥手示意让我坐在椅子上，我坐下了，没有任何想要拒绝的感觉。

“但是你好像又选择了相同的女性啊。”他说的是科原小百合的事情。果然这个男人一直在调查我，恐怕是发狂地雇了一名侦探。

“共同依赖，所谓的恋爱真是不可思议啊……人们恋爱的根本内核，到底是什么呢？”米村继续说道，“说人类的感情内核里面有什么，可能这种说法更好。你现在处在混乱的底层。”

雨开始下起来了。米村这个简易的房间里开始渐渐充满潮湿的空气。

“你好像已经不再恨我了，是这样吧？因为如果我不给惠洗脑的话，你也不会和惠交往的。”

雨越下越大。

“所谓洗脑两个字，也就是对大脑进行清洗。这难道不是一个非常可怕的词汇吗？”

米村盯着我看，一直都没有转移视线。

“你来到我这里。你知道为什么吗？因为你不得不来。我一直都认为，你和惠一样都会再来的。告诉你吧，现在惠终于和第十个男人见面了，一个可怕的男人。她最后还是被可怕的男人吸引。一个叫作真田的男人，以前曾经经营过几家酒吧，后来都倒闭了，现在一边在朋友的酒吧里帮忙，一边开始经营运动俱乐部。但是请你放心，惠肯定会回来的。最后回到我的身边。不……回到我们的身边。”

“我们？”

“嗯。”米村亲切地看着我，“……就按照你想的那样说吧。像你真正希望的那样，你现在处于混乱的底层。但是你听好了，所谓的那种混乱是还有更深的底层的。”

“更深的底层？”

“是的……不一起生活吗？”

我茫然地看着米村。一起生活？这个男人到底在说些什么呢？

“我内心的黑暗，是我一个人所无法到达的。”

米村像是在小声说着什么，声音越来越小，就好像突然下到了内心的黑暗层。

“我们三个人一起生活。你已经注意到了吧？你如果不是因为同情的话，是不会爱上一个女人的。如果那个女人不是一直处于悲惨状态，你是不会爱上她的。所以你爱上了惠，但是你忍受不了惠，开始喜欢上了科原小百合。准确地说，是你已经达到了无意识的底层，已经达到了极限，所以让你喜欢上了科原小百合。但是怎么样？结果科原小百合完全就是惠的复制版，她俩完全一样。你处在那种循环之中。而且听好了，如果你只是同情女人的话，那你是不会感到满足的，你会感到嫉妒、憎恨、苦恼，还有同情，像母亲感觉到的那样嫉妒、憎恨、痛苦，结果还是同情。那就是你。你一直存在于那样的感情循环中。你真正的期望和我的期望是一样的。一起生活吧。然后我们两个人一起毁灭惠。我嫉妒你，你也嫉妒我。每天晚上，一天一轮换！然后把对对方的嫉妒憎恨之情都发泄在惠身上。我们一边痛苦着，一边全身心地爱着惠。没有嫉妒的爱是没有意义的。疯狂和爱完全混杂了，你知道那一瞬间的快乐吗？这就是我所期望的所谓地狱。我一个人是不可能做到的。”

“你，真是疯了。”

“嗯，是的，但是怎么说呢？你也是一样的。是那样吧！再过一会儿，一个完整的惠就会回来了，通过一个叫真田的恶魔之手塑造而成。让我们两人一起等着吧，两个人一起等着吧。”

他像祈求着一样，凑近了我的脸。

“让我们一起等着经过第十个恶魔真田塑造过后的惠吧。那个男人一定会把她送回我们身边的，那个时候的她，”米村像是走火入魔般地说道，“肯定会变得惊人的美，甚至会使我们茫然和恍惚，甚至美到让我们原谅我们原来的疯狂。”

我茫然地走出了米村的诊所，把出租车开回了营业所的车库，坐电车回到了自己的房间。

我脱掉了上衣和袜子，想要躺到床上。结束了工作、等着我的科原，从厨房看着我。

“你那是老毛病吗？”

“什么？”

“开车的时候，经常选择狭窄的道路……那样的话，容易发现客人吗？但是，一般来说是相反的吧。”

租车，和她一起去远处，那已经是一周以前的事情了。不是现在所说的对话。

“不，怎么了？”

“你自己没有意识到吗？”

“不……意识到了。”

对话到此为止。但是她一直盯着我看，我想要闭上眼，虽然一点儿都不困。

想从日常生活的繁杂琐碎中逃脱出来的时候，人们是不会突然低沉下去的。这样的程度是没问题的，认为还没问题，一点一点低沉下来，明明都已经到了不可挽回的地步，本人却依旧认为没有问题。难道不是那样的吗？所以我和米村依然保持着联络。突然去了那个叫真田的男子帮忙的酒吧，乘着出租车在他的四周开始观察起来，那个时候我依然认为没问题。

你正在和一个叫真田的男人交往，但是在酒吧里没有看见你的身影，你的房间里也一直没有开灯。到底是在哪里见面的呢？是在真田的房间里吧？是怎样度过的呢？我是向正在调查真田的米村打听住所了吗？深夜，我在真田的酒吧前面停下了出租车，真田从店里走了出来。

和从米村那里听说的形态和特征一致。他身体很瘦小，但却很强壮，目光很敏锐，面目非常精悍。

我很吃惊。真田接近了我的出租车，举起了手。

我的心跳开始加快。时间已是深夜，已经没有最末一班电车了。店的前面停着出租车，从真田来看的话，正好不用特意走到大路上去，只不过是叫一辆出租车而已。

我用手紧张地拉动了出租车的自动车门的手柄，真田坐了进来。

“正好这个时间师傅你在这，真是太好了。”真田说道，比预想的音调更低，“沿着目白大街，向练马方向，到那附近。我会跟你说的。”

在渐渐狭窄的视线中，我有意识地用力握紧了方向盘。

大路像是要把住宅街道撕裂一样，沿直线向前不断延伸。我没有从后视镜里看真田，只是一直看着前面。

“嗯？喂，不是这条路吧？”

窗外的景色不断地变换着。

“喂，这是哪儿啊？喂。”

我踩了踩油门。在信号灯变红之前，加速通过了人行横道，加速前进。

出租车开到了一条我也不知道是哪儿的路上，我继续加速。

如果是真田的话，应该会很害怕吧。坐上了随意叫的出租车的一瞬间，司机完全不听自己在说什么，一个劲地加速，开向不知道什么的地方。

真田最后开始叫了起来：“你别开玩笑啊。喂！”

“真田浩二。”我说道。

真田停止了叫喊：“哈？”

“真田浩二，39岁，最近开始经营起了运动俱乐部。”

真田好像镇定了下来，看向了后视镜，一直盯着我的脸看。

“你到底是谁？”

“你和椎名惠正在交往。”

我这么一说，真田好像突然想到了什么一样，嘴边浮现了一抹笑容。

我对他的笑容稍微感到一些吃惊，但是真田开始就那样靠在了车座上。

“原来如此。”

出租车的速度已经超过了 90 迈。

“你是那个……和惠睡过的男人中的一个吧。”

真田露出了笑容。和车的速度不太相符，他显得从容不迫。

“你想这样来恐吓我吗？真是太无聊了。系着安全带，保护着自己，用这样的速度来威胁我，真是。你看！”真田解开了自己的安全带，“你也把安全带解开啊。再把速度加快啊。让我们以这种状态交谈，怎么样？”

我很惊讶，通过后视镜，看到了真田。我有意识地深吸了一口气，解开了安全带。

“这样就好了。你是想着，一会儿随时可以突然冲进哪里吧？随时可以带着我一起丧命。但是只有你可以选择，真是不爽。”

真田从后边的座位上，抓住了我摘下来的安全带，拉到了后面。

“这样我就随时可以勒住你的脖子了。这样我们的立场就相同了。这样我们随时都可以和对方一起死了。哈哈哈！”

路灯的光亮，开始变得零星稀疏。

“喂。车速变慢了啊，是因为你摘了安全带，所以才这样吗？喂！”

“你。”

“哈哈哈！我真是太无聊了。虽然刚开始的时候有点吃惊，不过我现在已经醉了，正是好心情！”真田又向后拉了拉我的安全带，“……然后，你的目的是什么呢？”

“我要你和惠分手。”

“我猜就是。但我拒绝。”真田笑了起来，“她可是最棒的女人呢。终于让我遇见了！最棒的女人！”

车速越快，他似乎越兴奋，而且一边陶醉于自己的话，一边语速飞快地滔滔不绝。

“老鼠的快感实验，你知道吗？”

“哈？”

“以前上大学时在课上见过。我一直忘不了那个画面。”真田继续说道，“那是一个在老鼠大脑里埋入电极的实验。一按下按钮，老鼠大脑的性快感中枢就会被过度刺激。于是变成什么样了呢？那只老鼠意识到那个按钮的作用后，就一直持续按那个按钮。”

真田笑了起来。

“透明的玻璃箱里，一味地用前脚不断按着按钮，在快感中不断挣扎的老鼠。老鼠直到死都不断地按着那个按钮。在那只老鼠身上，我看到了蔑视世界所有所谓有价值的东西。你不这么想吗？我的理想就是如此。”真田又扯了扯安全带，“把这个实验用于人的身上。”

我的脑海里浮现一个巨大的玻璃箱，里面有一个美丽的裸女。那个女人一边大声喊叫着，一边用手使劲不停地按着按钮，扭动着身躯挣扎着。

“以前，我一直没发现，为什么我一旦和女人交往就会彼此都变得不幸。走到不幸的尽头就是分手。然后我再和别的女人交往……虽然已经记不清是什么时候意识到的了，但我终于发现我会刺激女人阴暗的欲望这一点……比如，不是有那种总被渣男吸引的女人吗？我会为了满足那个女人的欲望，变得越来越渣。男人也好，女人也好，虽然程度不一，但都容易被那种危险的恋爱所吸引。危险各有不同，有时身处其中的人都未发现这一点。我啊，总觉得自己似乎很容易把女人隐藏的这一点激发出来……渣男也分好几种，比如挥金如土的男人。有的女人会对男人释放出母性本能，认为世上除了自己没人能拯救这个男人，于是就会用钱供养男人。也不知是我激发了这种女人，还是这种女人让我那么做。虽然我觉得可能双方都有原因，不过我一旦和那种女人交往，花钱就会变得大手大脚。而那女人甚至会为我工作到快过劳死的程度。女人当然会变得不幸，不过我总觉得是那女人主动走到这一步的。其实，如果对方想要有激情的恋爱，那我也会变成那样。没有男人就活不下去的女人，拼命按压我这个有缺点的人的按钮的女人……后来，我发现了。我非常喜欢看到这些女人变得不幸……怎么样？不知不觉地出现在女人的身旁，在这女人陷入不幸的深渊时又不知不觉地消失。这就是我。”

真田又笑了起来。

“我内心应该是讨厌女人的吧。其实我也没什么性欲。虽然女人想做时我也没拒绝过，但那时的我内心是空虚的。我似乎能变成任何一种样子，也能变成拥有任何缺点的男人，按照女人所希望的类型……上一个女人有点儿酒精依赖症，所以我也开始经常喝得不省人事。那女人明明自己也有酒精依赖症，却开始想办法阻止我。然后因为不成功，变得更加痛苦，于是酒喝得更多了。于是那女人急剧消瘦，工作和人际关系都变得一团糟。哈哈哈。我也拼命了。自己的身体越来越差，对方也变得一事无成，但是我却不能自拔。在这种关系中，紧紧地黏着一个女人，我是不会出轨的。在那个女人彻底变得不行之前，我是不会主动离开她的！”

大概在这次谈话的半年后，我知道真田还留有那时的后遗症，真的有了酒精依赖症，以至于不得不戒酒了。

“那么……惠她……”我开口说道。

“嗯？”

“惠到底是怎么回事？惠跟着你图什么？”

我话音一落，真田就从后面探出身子，靠近我：“不知道。”

“哈？”

“我什么都不知道啊。不过，我能感觉到她想让别人杀死她。”

我忘记了加速，信号灯变了，我把车停在了路边：“还有这种傻事。”

“真的啊。”真田压低声音，笑容也渐渐从脸上消失。

“她觉得自己没有价值。通过虐待这么没有价值的自己，能感到一种黑暗的快乐。就好像，想让这个没有价值的自己彻底明白自己是多么没有价值。因为我是第十个人，所以她似乎觉得我是她的真命天子。她不是还接受着奇怪的精神科医生的心理咨询吗？恐怕所有的一切都在她心里记着。她好像还被第八个男人劈腿了。可能是想报复那个男人，她想让那个男人看看，拜他所赐，自己变得有多么不幸……嗯，就是这样。”真田嘟囔着说道。

“她的第八任就是你吗？”我感到心有些痛。

“这样的话，为了帮惠复仇，我得再多多伤害她。”

“不要！”

“我啊，前两天打了惠。打女人这种事，我还是第一次。”

“你！”

“不。你觉得我打了她会很开心？不可能的。我啊，非常害怕。我害怕惠把我内心的什么东西激发出来。但是害怕的同时我恐怕也在期待着……看看周围。”真田动了动手，用手指向窗外映入眼帘的风景，“你喜欢这个世界吗？”

“哈？”

“这个无聊的世界。废物一样的人渣们蠢蠢欲动的世界。一事无成的自己所存在的世界。风景有时像突然褪去颜色一样，看起来完全变成了无机质。那个时候，我的心情就会变得很无奈。因为作为生物，我已经被排除在外了。感觉就像是所有风景都在不断拒绝我……可我觉得这样正好。惠一定会成为我身边最后一个女人。我觉得我会把她杀掉，我觉得她也期待着。我不想进什么监狱。如果杀了人的话，我应该最终会自杀吧。这是我一直期待的。我已经烦透了这种不适。”

“别开玩笑了。要死你自己死。”

“不行啊。”真田笑了起来，“我不是说了吗？我会黏着一个女人直到最后。”真田继续笑着说道：“人的内心不会总是听从思想。小时候去寺庙、神社时，也不知道为什么脑子里就浮现遭天谴的事，于是立刻打消念头，向神道歉。你没发生过这样的事吗？在这种不能那么想的场合，就越忍不住那么想。人的内心，有不顺从思想的一部分……我现在去寺庙、神社的时候，还会那么想。不过就是不道歉了。”

“和惠分手。”我只能重复着这一句话。

“你出轨了对吧？你有什么脸面说这句话？”

我们持续沉默着。真田似乎突然累了，因醉酒而被瞌睡侵袭，又坐了回去，他深深地靠在座椅上，松开了我的安全带。

“算了……让我在这儿下车吧。你不会真送我回去的，对吧？”真田通过后视镜死死地盯着我看。

惠把她小时候给神，也就是给你写的话都烧了，那些烟在她脑海里若隐若现。如果惠想让真田远离她，如果她把它写在纸上、向你写下的话……

如果我现在杀了真田，在惠看来，应该会认为是你满足了她的愿望吧？从小到大一直无视她的你，终于肯正眼看看她了。

我嗓子有点儿干，要杀他的话，就用安全带吧，我的手指开始颤抖起来。

可我的身体却迟迟不动。杀真田这种行为还是离我太遥远了。其间差着十万八千里。越来越快的心跳抗拒着我的举动。“明明没打算杀他的，别再故意那么想了”，忽然浮现这样一个念头。

之后，我就煞有介事地后悔说当时杀了他，这么做不就行了吗？

“肯定。”

“嗯？”

“惠不会变得不幸的。有些事……”

真田透过后视镜目不转睛地盯着我，然后又笑了：“搞什么？求神保佑吗？我看出来了，就在刚才，你想杀我来着，对吧？不过你没胆儿，不是吗？”虽然自己没有杀那家伙的勇气，但是可能以后会有人来杀他的，对吧？“喂喂，我对你真是无语了。行了……快点儿让我下车吧。”

我打开了车门，想着杀他这种事还是离自己太远了。身体好像突然被抽空了一样。

“总之……”真田一边说一边自己用手把车门开得更大。

放他走吧，你这个男人。

“你根本就不能接受惠，对吧？你就是想丢下她不管吧……那就别装好人。”

“写”之罪

我给米村的诊所打了电话，询问了真田的公寓地址。

确认真田要出门，我才进入公寓。在大门的门禁处，按下了房号。一阵沉默过后，响起了“你好”的声音。

那是久违了的你的声音。但是，我刚报上姓名，你就挂了电话。之后无论再按多少次，你都不接了。

我还是继续监视真田的公寓。这都是为了等你出来。我又一次感到胸闷头沉。在外人看来我不过是一个懒散的出租车司机罢了。偶尔一些人走过来说要坐车，也是拉上他们到达目的地后迅速返回。我抬头望着真田那灰色的公寓，突然发现我竟然还没进过你的房间；真田也一样，并非进入你的房间，而是把你拉进自己的屋子里，就如同把你硬塞进自己的人生一样。

自从监视以来，也不知过了多少天，晚上，你终于出来了。可能是去便利店吧，趿拉着凉鞋。看到你脸上的瘀青，我不由得心中一沉。我开着出租车靠近你，不由分说就把惊慌失措的你拽进了车里。

你一开始还反抗，直到整个身子都进到车里才老实了。你直勾勾地盯着后视镜里正在踩油门的我。

“你背叛了我。”

“跟那个男的分了。”

我一说，你立刻就提高了嗓门：“这跟你有关系吗？”

“我要说有呢？”

“什么？你又不爱我。不过是听说被自己抛弃的女人过得不好之后有点儿负罪感吧。傻不傻，我对于像你这样的男人……”

“远走高飞。”我终于说出了口。由于一直考虑这件事，我感到一阵胸闷，“走得远远的。到一个没有真田和米村的地方、一个谁都不认识我们的地方，在那里过平静的生活。”

“我也是变得莫名其妙了。”

“这就对了。”我把出租车停在路旁，坐在驾驶座上把身子转向你，“你要是变得莫名其妙了，我就变得更不可理喻了。这样最好，我要把自己接下来的生命都奉献给你。”

你茫然地看着我，什么也不说。

“你不用马上答复我。只希望你能答应我一件事。现在我要送你到你的出租房，而不是真田的公寓，行吗？”

你默不作声。

“还有，跟真田别见面了。米村也是。不，就算碰见了也不要说话。我带你走的时候希望你能答应。主要是我还有必须要办的事。”

科原的样子一直浮现在我的脑海中，我必须找她谈谈，好聚好散。就算是蛮不讲理，也要和她分了。靠伤害科原获得幸福吗？并非如此，我恐怕是向着既伤害科原，也把不幸落到自己身上这个方向前进吧。即便和你一同远远地离开了这里，或许你还是想要回到米村身边。只要一有机会，你可能又会和其他什么男人跑了。但是就算这样，我还是想和你在一起。

人生或许因为没有你而幸福，但是，即便不幸降临，我还是要选择有你在我的生命里。我并不知道自己的判断是否正常。但是对我来说，正常的判断已经无关紧要了。

我把你送回了出租房，又继续盯着，看你是否要出来。你似乎注意到了我近乎病态地在外面待着，随即把灯关了，仿佛我的疯狂让你有所忌惮。

第二天我去出租屋找你，但是你没让我进门。说有一家常去的咖啡馆，于是我们俩就到了那里。一家没听说过的咖啡馆。一个男的没好气地默默洗杯子。狭小的店里，也没什么客人。你用粉底掩饰着脸上的瘀青。

“还是算了吧。”喝的端上来之后，你轻轻地说了一句。

“说什么呢？”

“胳膊告诉我，说这是惩罚。”

“胳膊？什么意思？”

“胳膊一直在诉说……”你说道。在遇到我很久之前，你因为一场车祸，胳膊骨折了。说话的正是那条骨折过的胳膊。

“那时，我还觉得这是好事。我觉着邂逅了一位解救自己的男士。想着这些，心情一下子轻松了起来，就想要到马路对面的那家蛋糕店去买蛋糕。那家店让人莫名觉得光鲜亮丽，我之前都不敢进去。这次偏要进去。红绿灯变绿之后，我穿过人行横道。就在这时，我被一辆突然左拐的汽车撞上了。”

肇事司机是个曾经有过多次交通事故记录的男的。

“红绿灯一变绿，不就是可以通过的意思嘛。之后我在家度过一段不能外出的日子。但是，在家里总感觉有时候疼痛的胳膊貌似说话了。睡不着的时候，它就说‘美个什么美啊，轻松愉快你配吗？有人可盯着你了，只要你一放松，就给你来点儿惩罚。别人绿灯行，你可不行’。”

“你想多了。”

“胳膊又开始疼了。它说‘真不知道自己是什么货色’，它一直在对我说。轻轻的声音，但是说得飞快。‘你这样的能正经谈恋爱吗？还惦记着挨车撞啊。做不符合身份的事，会遭报应的。’我明明都把胳膊的事给忘了。”

你就这么看着我，明显已经不正常了，健康恶化了。

我是说过，若你莫名其妙，我就不可理喻。可是，当这样的你摆在面前时，我退缩了。那时的你察觉到我的态度了吗？那个头重脚轻、时不时用手按着太阳穴的我。

走出咖啡馆，我把你送回了出租屋。抬头看着一栋栋高楼，当我走到自行车存车处的前面时，被人从后面给叫住了，那是一个快四十岁的男的。一打眼，就给人最好别跟他接触的感觉。衣服有几处破了，眼睛朝内塌陷得很不自然。他拿出照片给我看："那个女的就是这么个玩意儿，你知道吗？"

照片上是你跟一个五十岁上下的男的。是你和那个男的走进宾馆的几张照片。

"瞧。那个女的，惠，一边跟你搞还一边干这事儿。"

我立马就想到照片上这个男的是不是就是你说起的父亲。

"嘿，好好看看。这个男的可是有老婆的。赶紧跟这样的女的分了吧。"

这个男的把脸靠近我。感觉本来挺精神的一张脸，或许是因为生活不节制，骨架子倒是挺大，但是消瘦得不行。

"跟那女的说一声，赶紧把钱给我。要不然，她跟谁搞上，我都会这样把照片拿给他们看。还有，我会死缠着你不放……行吧？"

男的这么一说，脸就更加扭曲了。我还以为他犯什么病了，原来是怪笑。光是下嘴唇向下打开朝下笑的样子就像是要呕吐似的。

"给你一张。"

后来我知道了。照片里的人就是把你当作情人的父亲，西原。西原找黑社会摆平了要挟自己的人。所以，这个男的就转而找你了。

也就是说，这照片是很久以前的了。怪不得，你的样子那么年轻。但是，这个男的拿照片找你一次，你的伤疤就被揭开一次。这对于你来说太痛苦了。

必须赶紧把你从这个地方即木坂町带走。离米村、真田还有那个男的远远的。你就是易招惹这样的人，或许我也是这样的人中的一分子吧。

但是在这之前我得办点儿事，要和科原交代清楚。

我给科原发了邮件，她回复说不想和我再见面——她从这几天我的状态中察觉到要谈的内容。

两天后，我收到了科原的信。

“我知道一见面你就要说分手。我本想问个究竟，但又没有问的勇气。我现在还没那么坚强。所以，你能不能等等再说。”

我读了她的信，陷入了沉思。她没用邮件而是写了信，这让我非常震惊。

我为何会给她回了下面这样的信，或许是精神正在变得一片混乱的我，在神智不清的情况下写的。是为了以防万一，我提前写了下来的。那是我处在神志不清的状态下说出来的心里话，而不是现在正常状态下说出来的心里话。就是一时兴起。我现在满脑子都是去世的你。请你一定谅解。

“小百合，就如同你知道的，在你之前我还交往过一位女性。虽然有些不负责任，但是我离不开她。

“在与她交往不顺利而痛苦的时候，小百合，我遇到了你。和你在一起的日子，我是幸福的。这绝对是真心话，但是我无法平静地待在这幸福里。

“小百合，咱们还是分手吧。但是，我并非是因为爱她才和她在一起。那肯定连恋爱都算不上。我大概是为了受苦才选择和她在一起。我好像已经有了那种倾向。

“她有着和小百合你一样的过去。我可能被这样的女人吸引。你和她很像。我和你能幸福，但和她绝无可能。我或许要与她同归于尽，但这就是我的人生。

“说得强词夺理了，祝你幸福。找机会咱能不能在哪儿好好聊一次？”

我当初要是写，我就是喜欢惠，咱们分手吧，要是这么直截了当就好了。像上面的那种信，科原是不会认可的。

我爱谁，该干什么，我自己已经无从知晓了。我的内心一片混乱，但我不应该把这种混沌原封不动地告诉科原。那个时候的我，许多东西交织在一起。我比自认为的精神状态还要愚蠢。

（重复一下，现在的我全心全意地爱你。虽然你过世了。但我还是爱你爱到发狂。这本手册里有很多伤害你的内容，但我还是想一五一十地把那时候的事全部记录下来。为何如此？因为记录有种非凡的力量。忠实、准确地记录是种无法抑制的渴望。写下来或许是种罪过吧。我死后到了那边，会向你道歉的。）

我想见你，但你却百般拒绝。你在门禁的对讲机里重复着“害怕”两个字，有一次我在你出租屋的前面看见了真田。我注意到他戴着一双反季节的手套。我恍惚了，就差一步了，一旦和小百合分手，强拉硬拽我也要把你带走。

信寄出去几天后，小百合的邮件来了。内容是她不愿意在外面见，要谈来她家。于是我就去了她家，说什么也要跟她分了。

出了自己家，拐个弯往左直行就是她的公寓。拐弯的时候，我想起来，就是在这个拐角的相反方向，我载着你拐进来，把你带进了我的家。我来到了科原的公寓前，开门后，科原的样子把我吓了一跳。

她满面笑容地迎接我，眼睛下面的那颗痣，和你在同一个位置。

“好看吗？”科原笑着说，“做了个小手术。喏，还要什么？我还要弄点儿什么？”

我呆呆地站在小百合面前。

“怎么笑才会变好呢？嗯，教教我。那个女的是怎么笑的？”她用这个语气说话，我还从未见过。她的嘴里散发出酒精的味道：“她割过腕？那好，我也割。那样你就会同情我了。”

“冷静点！”

“冷静？”科原的笑声好像尖叫，“你想安静？那好，我不说了。你不喜欢我说话，我就不说了！”眼泪从她眼里滚落下来。“你要抛弃我了？嗯，抛弃我？把我甩了你就能幸福了？总是这样。人人都要抛弃我来获得幸福。行吗？靠抛弃别人得到的幸福有什么意义。你真傻。唉！”

“所以我没说会幸福。”

“还说什么，傻瓜！”

我抓住了那双推向我肩膀的手，但是她把胳膊从我手里硬抽了出来，把手按在我身上。

“你对我不满意吗？就像那些人一样。你想和她同归于尽。为什么呢，干脆和我同归于尽不就行了吗？我好羡慕她。我要是能再变得无理取闹些，你就会关注我了吧？”她看着我的眼睛开始脱衣服了，“我该怎么脱才好呢？怎么样才能让你喜欢我？来吧，嗯。做爱吧，求你了。现在要是不跟你做我就要死了。”

我拦住正要脱衣服的她，她甩开我就要去解胸罩的扣子。

“这个脱了衣服的女人，你不做就走吗？在男人面前想要得不行，自己脱了衣服的寂寞女人，你忍心弃她而去吗？那个想着你要来，穿好超短裙等你的女人。唦！”

我抱住她，阻止这一切，她挣扎着。

“咱们平静下来好好说。现在什么也谈不了。”

“我不想平静下来好好说。”

确实是这样，她是不可能心平气和地说的。

“我不想好好说，也不想听你讲什么大道理。我只想听你说‘我爱你’，也不是像现在这样。我只想你要我、想着我。”

我要是不写那样的信，就没这回事了吧？也可能还会是这样吧？我已经不明所以了。唯一明白的就是我错了。本来我不应该哭的，但是眼泪就那么不受控制地从眼里流了出来。

“咱们分手吧，都结束了。”

“你不负责任，乘人之危。就那么随随便便地闯入别人的生活，让人抱有期待之后又把人抛弃。你认为我该怎么对你敞开心扉？你改变了那个因为过去的事不喜欢做爱的我。我已经害怕到不能再去谈恋爱了。”

“我走了，这段日子谢谢了。”

看着站在那里发愣的她，胸罩敞开着，头发也乱了。我为什么最后还要好好地审视她？是靠这个来惩罚自己吗？我心里充满这种胡乱的想法，走出了她的房间。

回过神来后，我已经坐在了教堂的长椅上，那是与你邂逅的长椅。我看着头上方的十字架，一边想着神一边想着关于你的种种。

为信仰而活的话会怎么样呢？我有时会这么想。这并非是空想。与惠一起正式加入基督教，对于混沌的我以及她来说是不是很有必要？我的脑海里一直浮现“抛弃了科原的我竟然还在大言不惭地说信仰”这样的话，我已经不知所措了。在日本也许少见，但在外国伴着神一起生活的人有很多。是否在这世上自己想要什么却搞不清的时候，人们就要去找那些超脱于这个世界的东西？我小时候就是这样。不要奢望太多，我内心呢喃着，只想和惠过平常人的生活。

我们有着太多的问题了，惠也是。到现在一直向着神也就是你祷告：她一定要幸福，她生命里的悲伤已经够多的了。我已经那么伤害了科原，现在绝不能再动摇，绝不能。

抬头看着十字架，它完完全全化解了我内心的抵触。我能把自己的全部交给你吗？我想起了小时候的感觉。那种自己被孤零零地抛到这个世上的感觉。不经意间我发现一股视线，那是强烈照亮我存在的视线。不过，转瞬即逝。

我不知什么时候睡着了，虽然记不得做了什么梦，但还留有余温。把惠从这里带走，再重新来过。有必要认真考虑一下信仰了。我要把自己过去与神的那些经历，试着和牧师那样的人讲讲。牧师嘛，也许会从中找到一些意义。什么时候都不算太晚。总有一天，我能给惠带来幸福的生活。

中午已经过了大半，我去了你那里，按了楼下门禁的对讲机，但没人接，门也上了锁。就是那么一扇门，却如此顽固地阻隔着你我之间的联系。屋里不像是有人的样子，想必你是出门了。我去了租录像带的地方。租了盘 DVD 想跟你一起看看你喜欢的电影。那样你就会想起当初的我们了。那是一段幸福的日子。之后我们就要走了。突然一阵胸闷袭来，我努力不去在意，远走他乡的话，这个毛病估计也会痊愈。

我就好像被蛊惑了一样，又回到了教堂的长椅上。看着头上的十字架，回想起今天的种种感触，就算我们不去关注它，十字架也一直在这里。

我又来到了你的住处，按了对讲机依然没人接。我正琢磨把门撬开，你不在我就进去等，就算是来硬的，我也要见你。

我试着转动门把手，发现门竟然没锁，于是我打开门进入了你的房间。

“也就是说，你知道作案人是谁了？”

我说完，小百合轻轻点了点头。

警察局四楼的审讯室。在我身边，小桥死盯着小百合。

“但我也不是全都知道。”

“那就是在惠的墓前烧掉的笔记。”

“也许是吧。他总是写点儿什么。”

“为什么不说？”

“说不了。”小百合说完这句就哭了。

我开口说道：“看见你眼睛下面那颗痣之后，清楚惠也在同样的位置有一颗。那时就应该察觉你与惠并非就是同一个人。想到那种如同侦探悬疑一样的事。我应该察觉你那切实的悲伤。”

“那颗痣能拿下来。”

小桥说完后，科原低头不语。

“那么杀害惠的是……”

她一边这么说着，我才注意到了。

“对了。是啊。”

小桥看着我，她也发现了吧。

“和大衣男一样。没有人杀害惠。惠和吉高可都是基督徒。”

你不在的夜晚

（在惠的坟前烧毁的记录第二册·修改前）

记录好难

将事情原原本本记录下来会给你带来伤害，所以我考虑了一下，先把发生在自己身上的事如实地写下来。之后，烧给你的时候，再做点儿改动。

还有，这不光是对你；神，这也是给你的笔记。但是，我觉得记录这种事真的很神奇，把事记录下来是种抑制不住的渴望。烧给你的时候，必须得把这笔记修改修改。毕竟也有些不能让你知道的事。我还是先如实记下来吧。

有种说法是神全都看得见。但这是真的吗？神如果注视着的话，这世上哪还有那么多的悲剧。

我敢肯定，你现在走神了。神走了个神儿，这对于神来说或许是一瞬间，对于人则恐怕有好几千年那么长。你从按照《圣经》记叙的出现在这个世界上开始，直至今日始终在走神。所以，我为了让正在走神的你也能收到，便写了这个笔记。我现在是疯了吗？无所谓了，那已经无关紧要了。

很难把你和您区别使用，我这样写东西还是头一回，有些不习惯。现在开始就把你暂时写作惠吧。

惠的房间没上锁，我轻轻地打开了门。客厅很简单，谈不上整洁，也说不上脏乱。通往里面的白色门敞开着，我心跳有些加速。我叫了惠的名字，但是没人答应。周围太过安静了，我穿过客厅，朝门后面的房间看去。

惠睁着眼睛倒在了地上，她有被殴打过的痕迹。有个小瓶子横倒在矮桌子上。我快要站不住了，想用手去扶墙，却没扶好。我的心里更乱了。惠死了。这个现实明明摆在眼前，我却好像要去否定这一切似的呼唤着惠的名字。但是从嘴里发出的都是类似气球泄气一样的声音。我嘟囔着，“不对，不对，这不可能。”这时我的眼睛有些模糊了。我想跑过去，但又看不见惠的踪影。我发现自己不知什么时候，已经瘫坐在了地上。那个放倒的小瓶子又一次映入我的眼帘。

桌子上有三封信。我像抓住救命稻草一样靠了上去。第一封是给我的，第二封是给她母亲的，之后的第三封信上写着一个不认识的人的名字。名字后缀不是先生而是老师。那么，这可能是惠上学时候的老师。

我打开了写着我名字的信，惠如此写道：“抱歉让你看到我现在的样子，还是死了的好，祝你幸福！”

我在中午去找惠的时候，觉得惠在里面，通过门的猫眼我确认了一下。或许她想着这是最后一眼看我了，所以就那么一直看着我。我承受不了惠的死。这个事实，是绝不应该有的，也是我所不能容忍的。即使不能容忍，但是一切还是已经发生了，事实就在那里，一直存在。

惠一定是惧怕真田经常过来。殴打惠的也是真田。化的妆还盖在瘀青上，是昨天挨的打还是之前？在房间矮桌几的角落里，有什么烧过的痕迹。周围散落着纸，是米村的来信。写的都是威胁惠的话，有很多，令人发狂的数量。

惠自杀了。她觉得跟我去远方也是一样的结果，所以自杀了。我感觉她发出了嘶吼。我的眼泪流到了嘴里，我想把那封给自己的信毁了，却又想到这是惠的字不能那样做。于是我手里握着那封信，捶打地板。我打着打着，已不清楚自己为什么要这么干。就这么打着打着，或许是在反抗什么。面对惠死去的这个世界，面对遍布会发生这种事情的可能性的一种残酷，面对那不可挽回的时间，面对惠啊——活着必然要面对如此悲伤的世界。不知为何脑海中浮现她夸我做的鸡蛋吐司的情景。我只想再过一次那种生活。只想和惠一起吃着鸡蛋吐司，看着喜欢的电影，慢慢变老。

我走到厨房，在狭小的空间中央，看到了她刷碗用的胶皮手套。

我已经脱离了自我，内心的一些东西被捏碎、被残杀。那个时候的我已经不再是以前的我了，而是变成了另外的什么。混乱的思绪以及感情，拧成了结实的绳索。我清楚地意识到接下来自己应该做什么事。

这没用的，对吧？我哭泣着问你。在周围人看来，我恐怕已经不正常了。无所谓。你不可以自杀。因为不是基督徒，我戴上了胶皮手套。也许你不是正式的基督徒。可基督教严禁自杀，这下你可上不了天堂了。你一定是要去天堂的。你去不了天堂，这世界还有什么意义？我想这肯定没问题。神现在还没看着，没看见这块地方。一直无视你愿望的神现在正在走神，我要改变这个现实。你是被杀的，而非自杀，这样你就可以上天堂了。

把他杀伪装成自杀很难。可是，要想把自杀伪装成他杀就简单了。

我抬起惠的身体，把她放在客厅餐桌的椅子上，让她坐下。惠的皮肤变得冰冷僵硬，这让我再次泪流满面。这样看着还是像是自杀的，要把她的两手绑上。我找遍了房间才发现了捆东西的绳子，把惠的手弄到身后，绑在椅子上。这样的话无论谁看了，就算是神看见了也会认为是他杀。必须杀得残忍点儿，越是这样离天国就越近。怎么办呢？我用已经偏离正常轨道的思维思考着。死因要是中毒的话，必须弄成是被迫喝下毒药的。于是，我将倒在客厅餐桌上的瓶子放到惠的眼前。不过这还是显得不自然，必须看着像是被逼喝下去的。

现在想起来，没有必要那么做，但是我病态地纠结着每一个细节。追求细节就得把这里弄得更像是犯罪现场，这样就能让惠上天堂了。我就这么考虑着，开始翻找冰箱，终于发现了喝剩的汤。

我把汤倒进碟子里，再放上勺子。把瓶子里面残余的药倒进汤里的时候，有一股刺鼻的气味。我感到一阵眩晕，没工夫在意这些了。用勺子搅匀后，就放进了惠的嘴里。惠的嘴已经僵硬得喝不进去了。于是我就用这勺子在惠的脖子和胸前抹了抹。我还把剩下的汤洒到桌子和地板上，又用杯子接了自来水，也洒上一些，就好像她反抗之后又呕吐了一样。

我又把房间弄乱，就像家里进了强盗。我还看见了一袋芝士。拽过绑着惠的椅子和餐桌对面的椅子，摆放得就好像有人坐在对面吃过这袋芝士一样。好像她是被那种在尸体面前都能吃得下东西的猎奇罪犯杀死了。将这一切弄好后，这里怎么看都像是犯罪现场了。过后想起来，不应该把房间弄乱。乱翻家里的人是强盗，强盗是不会用这种手法杀女人的，但当时我没想到这层矛盾，我当时认为包含很多要素才更显得是犯罪现场。我总是琢磨这种不合理的事。我不知怎的开始觉得自己是罪犯，尤其在走出房间的时候有这种强烈的感受。在开门之前，我也没四下看看周围有没有人。出去之后，觉得忘了点什么，那就是指纹。这下我真成杀人凶手了。我赶紧回到屋里。当看到被我弄得乱成一团的房间，也就是说我的指纹也被弄得到处都是时，我全身像泄了气一样。要一个一个地弄啊，我傻在了那里。用那双无力的手，擦拭倒下的台灯、掉在地上的杂志。还要擦拭那些放东西的箱子，一个一个地没完没了。我想就这样在惠的尸体旁，如同受罚一样永远擦拭自己的全部指纹。我始终没有察觉自己戴着胶皮手套。隔了一段时间我才发现自己根本没有留下指纹。长久以来她都拒绝我进入她的房间。有指纹也是在戴上胶皮手套之前碰过的那些地方。顺着我那断断续续的记忆，我把之前貌似摸过的地方都擦了。终于大功告成。看到绑在椅子上的惠，我的眼泪又止不住了，但是我不能一直待在这里。

我去的地方，还是教堂的长椅。天色已暗，我望着那路灯照耀下的十字架。但是那看起来不过就像是十字交叉的两条线做成的摆设罢了。这是什么玩意儿，我就一直这么想着。

“反正你没看见”，在越来越狭隘的思维里，我低声说道。我已经不是从前的自己了，所以并不在意自己是否已经疯狂。那时对你说的那些话，也不过是想找个人说说话罢了，随便什么人都可以。但是在临近信仰的地方被拒之门外的我，嘴里说出来的只剩下咒骂了。小时候，我认为是你指引我前行，不对，我无所谓。惠总是向你倾诉。回想起来，我在这长椅上向你许下今后我和惠的心愿的时候，惠自杀了。你不看着我，就代表你不存在。既然形同虚设，又为何要特意通过《圣经》来随随便便地现身。现在我要代替你这个不关注我的存在，来做点儿事。想惩罚我的话，悉听尊便。但是对于我来说，你已经不能存在了。再也不会把你看作是那个从来就没出现过的父亲，更别提指引了。我只认可现实。今后要办的事反复浮现在脑海里。如果把惠逼成这样的人以后还能过得好的话，那这个世界还有什么意思呢？我死也无妨，反正都是死，但最后我得做点儿事。现在谁都阻止不了我。你不在了的夜里，我决定要杀死惠的母亲、父亲；你不在了的夜里，我决定要杀死真田、米村；你不在了的夜里，我决定要把伤害惠的人统统杀死，杀死那个威胁惠的男人；你不在了的夜里，我要用毁灭来结束自己的人生。

还有哪些人该杀呢？

当我站起来的时候，思维更加清晰了。我辞去开出租车的工作，去临时工那里报了名。我觉得那个问我想干什么活儿的人会很奇怪。什么活儿？什么都能干。要杀那么多人，我需要准备钱。

开　启

不能让人觉得我是那种为死了个女人而报仇的男人。于是，我染了发，换了身行头。

我要变成不着家、随性、流里流气那样的人。这种男人看起来就不像是为了爱情复仇并认真制定计划的罪犯。

我做了很多需要体力的零工，身体也逐渐变得结实。在镜子面前茫然地看着正在蜕变的我。我是那个为了目标一条道走到黑的人。这具身体会帮我复仇。

警察来找我的时候，出乎意料，吓了我一跳。但仔细想想，警察来是很正常的事。只不过我一直在琢磨复仇计划，根本没往那方面考虑。

“你认识惠吗？”

惠没座机也没手机，警察不应该知道她和我有联系啊。

但是，我突然注意到了。兴许惠住的屋子里，留有什么写着与我有关的纸条或者类似日记的东西。

我怎么那时候在房间里也不找找这类的东西。明明挺简单的事，只顾着消除自己留下的痕迹了。

我的心一个劲地怦怦直跳。不过奇怪的是我的思维却冷静了下来。

“你怎么上来的，怎么了？”我没用尊称，就信口一说。在说那些不该说的之前，先探探对方的道。这要是换成从前的我，肯定慌张得七上八下。

“她房间里有这个笔记。”他给我看了一张发皱了的纸，是惠的字，上面写了一串男性的名字，“看看，这可有你的名字。还有，这个女的被杀了。”

惠把跟她睡过的男人名字都写在了纸上，估计是米村怂恿她让她跟十个男人睡觉之后写的。还有一些不知道姓名的男的吧。有一个留着长头发，穿蓝衣服，人看上去还不错的家伙，但说不出名字。

据我判断，没有特别与我有关的笔记或日记。要是有的话，估计警察就不会这么问了，肯定会更直截了当，问得一针见血。看着那一串摆在眼前的名字，一种对于惠来说我只不过是名字之中第八个的感觉向我袭来。

但是，她尸体旁边有烧了什么的痕迹。我觉得在那里面肯定有关于我的信息。她自杀死了，可能是顾忌我也许会被警察询问，便烧了一些东西。她去天国的时候，也把与我的回忆一同带走了。我认为我不单单只是第八个。

“你跟她有男女关系对吧？”

也许这个警察想让我慌张，但是我感觉能应付这份笔记。

我的名字排在后面，也就等于警察把排在前面写的那几个名字都问完了，掌握了惠和多数男人睡过的事实。

那么，我也只不过是这帮男的当中的一员。在这方面倒不如成为第八个的好。

“不好意思。六月十六日下午四点到四点半，你在哪里？”

警察推测了她的死亡时间，就是她自杀的时间。

我进屋时已是在那两个多小时之后了。有点惊讶的是我很冷静，并没有马上脱口而出我在租录像带的地方。我果然变得不同以往。

“那个我记不住了。真是的？她被害死了？”我这么一说，有意识地让自己显得不知内情，遇见过的女的被杀了。符合对于这个事实产生的惊讶。

“是，你和这个女的是什么关系？”

我说搭讪认识的就行了。于是我回答说在惠工作过的歌厅遇见的。

我确实病态地监视惠，有次还进了她工作的会所。我把那个说成是歌厅，警察们貌似也会以为我分不清歌厅和会所的区别。

“歌厅。那个，这人是你吗？”

一张模糊的照片，是质量不太好的摄像头拍的。是惠所说的她常去的那家咖啡馆的里面。

根本分辨不出惠的脸，我的脸也是。但是穿着确实是我们俩。

“对。是我。在歌厅里看上她了，聊了几句就进屋了。不过就那么点儿事啊。真的，这妞可……”

“真的只有这些？”对方有点生疑了。

我得赶紧结束对话：“可能吧，也或许。呃，哪天来着？”

“什么？”

“这个妞被弄死的那天。”

“六月十六日下午四点到四点半。”

“好像是，你等等啊。”

我回屋想拿出租录像带时给我的小票。但是那张盘还在我这儿，忘还了。平常应该都挺冷静的。不过，效果反倒不错。

“还真是。我说忘了点事嘛。靠这个给想起来了。这怎么说呢？”

警察看了我递过去的小票和光盘盒。下午四点二十五分的收银机打出来的记录。我在店里待的时间挺长。

警察看我的表情有些遗憾。这个租录像带的地方和惠的家距离可是不短。他认为这样恐怕是无法实施犯罪的。我也预感到警察要从这家店调取监控录像以便核对在案发时间的情况，但我确实也一直在那里。

警察对我的兴趣一下子就变淡了。他是如此，我可还有事找他：“刚才那张纸，再给我看看。”

睡过惠的男人们，这里面肯定有我要去报复的目标。

警察又把纸给我看了看。他想不到自己给一个要成为杀人魔的人看了这张必死名单。我死死地盯着这些名字，把他们都记在了脑子里。

“在你面前，她哭了？”

警察这句话，让我回过神来：“什么？”

“就是。她和你睡的时候，哭了吗？”

我开始心跳加速，当时惠哭了，在每次和那些男人们睡的时候。

“是。”我说。眼泪就要夺眶而出，要坏事。“是啊。哭了，哭了。”

我内心深处涌上一个想法。名字就算要记，也不可能完全记住，但我还是必须全部记下来。

"这名字里有什么吗？"

"什么？"

"不是。那个妞说过有个恶心的男的令人心烦。总感觉好像在这名单里。就快想起来了。"

"是吗？"

警察的声音又提高了，自己一边嘟囔着"这个虽然是复印件但是属于搜查资料，不行啊"，一边从上衣口袋里掏出便条。

"现在给你抄写一份，想起什么了告诉我。"

警察开始把名字抄下来，我一直在注视着这一切，或许嘴唇还露出扭曲的微笑。

在那之后警察又联系了我，问我是否想起什么来了。我说那是别的女人的事。只要有便条上面的名字，那个警察就没有价值了。可能已经核实了租录像带那里的监控录像，之后警察就不再联系我了，我也脱离了警方的搜查范围。

本来惠就是自杀的，我也不是罪犯。但罪犯现在就要诞生了，一个连环杀人犯。

启　示

现在是凌晨两点，时隔许久才想起来翻翻迄今为止的笔记。

就好像惠的音容笑貌又出现在眼前。那些与惠在一起的幸福日子，那些充满悲伤的日子，本想改写一些地方，但最终还是放弃了，就这样吧。

稍微写写今后的事也不错吧。我做过各种工作，攒了点儿钱，我得雇个侦探查查这几个人的住处。很快就查清楚了，米村不是那个诊所的医生，名册上的医生是别人，变成了有田。这医生有点儿事不干了，米村是受这个有田所托，临时代班。竟然还有这事。米村就在这诊所里，为了方便起见，他表面上称自己是有田。或许他就是想冒充别人来干自己的各种勾当。

小诊所里，这位本不是有田医生的医生，冒名顶替给人看病。对于患者来说，这真是可怕，但是警察却无从查起，也不会特意跑到诊所来问问现在给人看病的医生是不是本人——也查不了，他是地下医生，这话说起来简单，实际很难。米村比这还要恶劣，惠死后他也跟着不见了，但是他现在的住处我已经知道了。

我要弄死他们，事不宜迟。我可不能中途就被警察抓住。我已经决定好第一个目标了，那就是启子，她是惠的母亲。说起来她才是罪魁祸首。

作恶者死，这是童话里的一贯主题。那些伤害惠的人一个个接连死去，在外人看来或许就像是来自神的制裁。在你走神的这段时间里，我来替你行道。

惠的案子风头好像过去了。我一直等着呢，现在就要动手，明天就把启子给做了。

我还是没做好充足的心理准备。为什么我没去杀启子而又回到这个房间里写笔记呢？没办法，要到最后再杀她。

我为了做掉椎名启子而来到了爱知县，她患有老年痴呆，现在还在医院。也不知为何她就是不肯放弃自己的房子，偶尔会回来看看。说是偶尔回亲戚家里，都是假话，她可没有亲戚。我以为自己会十分坚决，可心还是跳得激烈。我按完出租房的门铃，她打开门怀疑似的看着我。

“我是惠女士的朋友，叫吉高。”我报上名来。

现在就弄死她。还隐瞒什么姓名。

“我这有封惠女士的信。”

椎名启子一直盯着我，好像把我的内心深处看透了一样。这是让人不舒服的眼神。这张脸上有惠的影子，也让我心中此起彼伏。

椎名启子没说什么就让我进屋了。房间收拾得很干净，隔着矮桌儿启子坐在我面前的地毯上，我也坐了下来。

"就是这个。"我递上了信，就是惠的遗书。

"惠被杀已经过去很长时间了。"

"您读读吧。"

椎名启子打开信。内容我早就读过了。惠给她母亲的信写得很短："你快去死吧。这对大家都好。"

椎名启子读完还是面无表情。之后她把视线移到了桌子上。上面放着我准备好的绳子。

"我现在要杀了你。"说完，我不知何时加速的心跳也平静了下来。

榻榻米上没有一点儿垃圾。碗柜里的碟子和杯子，也事不关己似的摆放得整整齐齐。

"惠是自杀的吧？"

"是。"

"然后是你把她伪装成被人杀害的样子。虽说惠是自杀的，可因为是基督徒，她不应该这样啊。"椎名启子的嘴角露出一丝笑意。

我们俩体格上差太多了，但她在来杀自己的青年男子面前毫无惧色，我努力不使自己露出震惊的表情。椎名启子那露出笑意的嘴，有种超脱了年龄的娇艳，看上去恐怖至极。

椎名启子继续说道："你也是疯到一定地步了。"

我们对视着。我盯着她纤细的脖子。

"那么，准备好了吗？"

我站起来，把绳子拿在手里，向接下来要被杀死的人问"准备好了吗？"这种奇怪的举动，在当时却觉得做得很自然。

"这可麻烦了。"启子说，"我明天还约了朋友。"

"有约？"

"是啊。一位男性朋友。"椎名启子说得甚是遗憾，死到临头还说得像是突然有急事去不了那样。

“好久才从医院出来，想着那个男的能陪我玩玩，但是……”椎名启子看着我，“你来替他陪我睡一觉吧？”

她都应该快七十的人了。椎名启子放松了正坐的腿，嘴角露出微笑。我发现她涂了口红，双唇湿润。

“你在戏弄我。”

“说真的，这个年龄你觉得就不做了。怎么样？给你丰富丰富人生经历。来试一下，我可比惠好多了哟。”椎名启子稍微靠近了我，“把灯关了就行。在你耳边只有女人的呻吟声，我特别会玩的。”

在这里的，确实是个女人。身体的动作透露出柔和的妩媚。我往后退了退。

椎名启子突然笑起来了：“胆小鬼，你会杀没有发生关系的女人吗？”

我呆呆地看着启子，必须要说点什么了：“我可不想上让惠不幸的女人。”

“说什么呢。我和惠都是被我丈夫抛弃了。”

“装得自己像个受害者。你们两个被抛弃的人就应该好好相处。”

“我们都被神抛弃了，却还用神当幌子来挑起战争，这是一样的道理。”

“真是不明所以。”

“我啊，就是要恨。那个曾是惠父亲的男人、唯一抛弃我的男人，我饶不了他，是他抛弃了我和惠。”

“对惠做了坏事的人可是你啊。现在你还有什么资格说这话？！”

“这跟有没有资格没关系。一说抛弃了我和惠，不就带着点正当性嘛。这样一来我恨得更是痛快。所以就要这么说。我就是要通过憎恨男人来痛快痛快。让他把惠睡了的时候，我虽然报了仇，但心在颤抖。我要让憎恨的对象双双下地狱。我觉得自己要融化在那份快乐里啦。”

“你为什么恨惠？”

“那丫头抢了我的男人们。”

“她受到虐待。惠是不会勾引他们的。”

椎名启子笑出声来：“我讨厌惠的身子。这个女人的身子太女人了。我在这世上的愿望就是被男人上，想让男人上就让他上，当那个男人离不开我时就把他甩掉。说得准确点，就是让他看我又换了一个男人睡……就是这样，我浑身燥热，欲火焚身。”

“你这人……”

“疯了？哈哈哈，无趣的男人，你这样可杀不了我。我不想死在到现在都还没杀过人的男人手里……去杀西原吧。”

“什么？”

“我讨厌我死了他却活着。从他妻子和孩子那里夺走他的性命，怎么样？可以的话，你在我面前杀他。要是这样的话，我就叫你杀了我。”

“你想用这些来逃避？”

“逃？”她不笑了，“比起无聊的时间，我会选择激情时刻。在我面前把西原杀了，然后你在尸体旁边上我。这样的话嘛……”她平静地说道：“我就让你杀了我。”

我怎么就那样回去了？是害怕启子这个怪物吗？我明明已经不是从前的我了，可还是没有做好杀人的心理准备。

不过我不认为她会报警。在她说杀了西原后上她的时候，我感到她脸上洋溢着无法抑制的憎恨与喜悦交织的表情。想来想去，还是从距离惠远的人先下手吧。这也许还能为警察追查到我拖延点儿时间。有两周就行，只要两周内不暴露，我就能把一切做个了断。

经过考虑，我将第一个要杀的人换成了竹林结城，那个用照片勒索惠的男人。

怎么还不杀了他？光是盯梢可不行。我这是在干什么呢？两个星期就成？别逗了，这都费了多长时间了。

到底监视几天？不就是闯进出租房里捅死他嘛。只要把惠的照片销毁了，警察就不会找到我这儿。这家伙昨天还勒索了一个家庭妇女，该杀。现在就弄死他，不用害怕。

我要在这里写下发生的事，也不知道能否写得清楚。

我监视出租屋的时候，竹林的车进来了，旁边还坐了一个女的，就是被竹林勒索的那个家庭主妇。

我找了个地方藏好，但也不清楚接下来要怎么办。遭勒索的妇女，被竹林带进了屋里，之后要发生什么事就太明显了。

我得阻止他。于是我来到门前，按下门铃，打算他一出来我就捅死他。但是，这会被那个女的看到。

她能不说吗？我可是救了她。但这能保证她因为害怕而不向警察交代我的事吗？为了不使自己被怀疑成作案人，她能不把我的事透露给警察吗？

真正使我犹豫的是那些吗？这样的想法开始在脑子里浮现，或许我是因为害怕杀人吧。本来他不过是勒索惠而已。虽然惠的伤疤被一次次揭开，但真的到了要他命的地步吗？

想到这些，我就头疼不已。我现在还想什么呢，这都是因为还没有做好心理准备。动手啊，我虽然这么想，身体却僵在那里。突然房间里有了动静，有人朝门口走过来了。我连忙把身一转，走过出租屋的走廊。后面的门开了，竹林走的是和我相反的走廊。

估计他是去买东西吧。我跟在竹林身后，打算在路上趁他不备杀了他，这样至少不会被那个女的看见。

我看见竹林朝便利店去了。我站住了，再走可能会被便利店停车场的摄像头拍到。我得暂时隐藏在附近出租房旁边。天下起了雨，身体被淋湿后更加别扭了。

就算他走到这边来，我真的下得了手吗？我扪心自问。没有下不下得了手的问题，必须动手，把在惠身上做了坏事的家伙都给杀了。不过此时我才注意到，我连刀都没从背包里拿出来。我想先把刀拿出来再说。如果把刀拿出来的话，肯定就能下得去手了。没事，哪怕拿出刀也能折回去。折回去？为什么？当我要拉开背包拉链的时候，着实吃了一惊。刚才那个女的从来时的方向拿着刀走了过来。

我傻看着，竹林手里拎着便利店的塑料袋回来了，正好撞见这个女的。竹林像是说了些什么。突然女的挥起刀，竹林想制止她。在我想着要怎么办才好的时候，这个女的换了个姿势，两手攥住刀连同身体一块向竹林冲了过去。

有那么一瞬间，我在她身上看到了惠的身影，就好像是惠拿着刀捅了竹林一样，就如同惠借用这个女人的身体报了仇。

雨一直下着。我还在盯着手里拿着刀的“惠”，也就是这个女人。她体现了一意孤行的意志，那就是杀了他。这份意志与她融为一体。她的行动干脆利落，毫不犹豫，就如同是给我看看要做就这么做，像是某种启示。

竹林倒在了地上。这女的站了一会儿，之后从竹林身上拔下刀。刀一拔出来，雨中的她被喷溅出来的血淋了一身。这女的赶紧拿出手帕来擦衣服。她的行为开始不正常了。因为这血量根本不是手帕能擦得掉的。也许，她已经神智不清了。

她好像察觉到了什么，向四周看了看。我急忙藏了起来。这个女的看了一阵之后，就离开了。

没人看见，除了我以外。就像是整个城市都默许了她的复仇。

我靠近被捅的竹林，一看就知道他没戏了。捅他的女人沾满血的手帕掉在了地上，这是她在四下张望时掉的吧。或许她已经不记得用手帕来擦血了。为了完成自己的目的，她都到了这般地步。

有这玩意，就会暴露凶手是个女的。我拾起这个女式手帕，揣在兜里。周围还散落着这个男的买的啤酒，已经被雨淋湿了。

我可不能一直待在这儿，想到这里，我便离开了。我的心跳得飞快，脑子里始终浮现着刚才那个女的刀扎竹林的一幕。

动手啊，我喃喃自语。

下手。

对，动手。

不要怕。

从那之后我一直在想，我这样看见杀人现场是某种启示。虽说我一直在盯梢，但这是某种启示。不过这启示不是你给的，恰好相反，是来自类似撒旦的启示。

但是，那个女的要是被捕了不是太可怜了嘛？我得做点儿什么。可我现在是干这个的时候吗？

我决定第一个要杀的是初川，在我之后惠遇见的第九个男人。从惠的房间里出来，和我擦肩而过的那个人。

我终于查到了他的住址。这家伙是真田以前开的酒吧的服务员。真田从这混蛋嘴里听到了惠的事，然后接近她成了惠的第十个男人。即便我弄死他，警察也肯定不会注意到我们之间有什么交集。惠留下的笔记里也没有他的名字。她写下来的都是在遇到我之前的那些男人的名字。

明天，就在明天杀他。

人不在。我预料到他人可能不在，于是把门撬开。入室盗窃这活儿，我已经非常熟练了。但是，找到了个有意思的玩意儿，那就是初川的保险证。

用这个去米村那边怎么样？这个家伙屡教不改，又在旁边的市高町开了诊所。

惠死后，他也跟着消失了一段时间。他给惠看病不收费所以没有记录。一个地下医生，按说没什么可能暴露和惠之间的联系。他是一个孬种，我去威胁一下这个懦夫。这次没问题吧？我还能做出正常的判断吗？

要不先从米村开始杀好了。对，他和惠之间的关系不容易被发现。先从他下手肯定没问题。倒不如说杀了他，我就能做好心理准备了。我做好了一口气结束这一切的准备。

我得调整好心态。脑子里又闪现出米村的身影。我真能办了那家伙吗？难道真的要杀现在已经变成那样的米村吗？

我去诊所之前，戴上了口罩和墨镜。前台有个浓妆艳抹的女的。果然没人来看病。候诊室就我一个人，我给那个女的递过去初川的保险证。她怀疑地看着我，觉得我这戴口罩墨镜的是神经病吧，但没说什么就接下了。她的脸涂得太艳了，不过看上去很善良。于是我就坐在了空无一人的候诊室。

初川纲纪这个名字对于惠来说是第九个，一直调查惠的米村可能知道。看到他的名字后米村会不会慌张？更何况来的还是我。

叫到我的名字了，我走进了米村的会诊室。米村站着接待了我，一个戴着口罩墨镜的男人。

我看到他的样子吃了一惊，没有一点威严，站在那里的不过就是个块头大点儿的普通男人。

我隐藏在口罩之下的嘴唇，不由得露出了笑意。报仇，把这个活祭品献给惠。祭品越害怕越好。

“米村……好久不见了。”

我摘下了口罩墨镜。米村看到是我之后睁大了眼睛。我带着微笑，慢慢拿出藏在衣服下面的刀。

“我要你的命。”

米村和我四目相对，米村先把目光移开了。

“我觉得你早晚要来。”米村无力地说道。因为紧张和恐惧，声音显得有些嘶哑。“你把竹林杀了？”

米村果然知道有个叫竹林的人勒索惠。我想了一下，如果说是我杀了的话，对方肯定会更害怕。

“不错，就是用的这把刀。想知道细节吗？尸体旁边掉了一地外国啤酒，他穿着……”

“别说了。”米村的声音都颤抖了，“要杀我……你这么做马上就会被警察抓住的。”

“逮不住我的。”我靠近了说道。

“你想想在这儿杀了我会怎么样。前台的女的见过你吧？她一报警你就完了。”

“这个距离。”我靠得更近了，“在你喊出来之前，我就能弄死你。”

米村后退了：“就算你杀了我。那之后呢？在前台，你的脸……”

“她看见什么了？我来这儿的时候可把脸挡住了。保险证也是初川的，要怀疑也是初川。”我边靠近边说，“我来告诉你接下来要发生的事。先抬起来这个胳膊，一下子就从你脖子中间划开。发不出任何声音，你就死了。溅了我一身血我也不怕，换上背包里准备好的衣服就可以了。也许这会让我很不耐烦。然后，从窗户溜走。前台的那个女的会因为会诊时间太长而起疑心，于是来敲这个房间的门，但没人出来。她觉得奇怪，就会战战兢兢地打开一点儿门，然后发现了你的尸体。她尖叫着。也就是这样吧。”

我和米村又对视了一眼。米村把右手放在身子前面：“明白了。你能杀了我。我们先坐下来行吗？反正你什么时候都能杀了我，我们坐一会儿行吗？”

“什么？”

“我也坐下。”

米村如同瘫了一样坐在会诊室的椅子上。我也在靠近他前面的椅子上坐下了。

“在脑子里回想一下，小时候的你……”

“什么？”

“你父亲不在的那天，你要阻止母亲酗酒。”

“你现在要给我做心理辅导啊！哈哈哈。你还真以为能治我的病。”

“对。治不好就杀了我。”

我笑了。给我治病？在我这儿连神都不存在了。

“行啊。你治吧。”

我清晰地看到米村大口咽下口水的动作。他的指甲剪得很秃，他那双肥手也在颤抖。

“把我当作你那不在了的父亲。试着想一下，然后把想对抛弃你的父亲说的话对着我说说。”

“想说的？”我稍微感到心中百爪挠心，不过一会儿就好了。“没有。”我自己也感到不可思议。

“是吗？”

“没有，没什么话想说的。”

我想审视一下自己的内心，但是那里既没有父亲也没有母亲。

“嗯。没有啊。怪了。从前我倒不觉得，你的心理学一点儿也不对路子。”

米村看着我的眼睛，一动不动。作为专业医师，他也许重新认识到了我的精神状态。就像在手术时把患者开了膛，确信这个患者没救了的外科医生一样。

“或许是决绝了吧。”我说，“我已经把自己的过去斩断了。”

米村微微垂下了眼睛，因呼吸急促而上下起伏的肩膀也慢慢恢复了平静：“我也一样。”

会诊室的空气，或许因为季节的关系而显得干燥。在一旁的桌子、椅子，甚至连房间的墙看上去都有些发干。

“决绝……失去了惠。惠自杀了。有封来自惠的遗书寄到了我这里。上面写着，‘要想离开你，我只能去死’……惠可是基督徒啊。所以近似疯狂的你伪造了他杀，得知这个案子的时候我马上就想到了。”米村僵坐在椅子上，继续说道，“她撇下我就这么走了，背叛了我，离我而去。没有她的世界对于我来说已经毫无意义。我又变回了原来的我，那个遇到惠之前的我。无能、懦弱、厌恶与人接触的寂寞的地下医师。看看吧。”

他把手递给我看。

“在抖动对吧？这不是因为害怕，是酒，我已经是个满脑子都是死去的惠的酒鬼了。现在出现在你面前的是一副残骸。就在那边，”米村指向窗外，“就如同那堆散落一地的垃圾一样。”

我死死盯着米村，脸颊一阵抽搐。

“也是啊，被你杀了或许也不错。说实话，在那之后，我多次自杀都没死成。可是，那把刀……够疼的吧。”米村把目光转向了刀，“有没有更快的方法？”

我也看了看这把刀。银色的长刀刃寒光闪闪，还没有切什么东西，显得非常锋利。

“没办法，你会死得很痛苦。”

“你能不能等等？”

“说什么胡话，不可能的。”

“我家里还有惠的心理治疗记录。我要是现在死了，警察会把惠的案子和我的案子牵扯在一起。这不好办吧？警察一旦有所行动，你的仇可不好报了。”

“说这么多是想报警？”

“报警？”不知为何米村嘲笑似的说道，“你认为一直活在法律边缘的我，事到如今要找警察帮忙？还是……”

米村一直盯着我：“行啦，就这样吧……这具残骸再丢人现眼下去，不如被你杀了。你是在给惠报仇，死在你手上，就相当于死在了惠手里。”

“想胡搅蛮缠来逃避？”

“不逃避。只不过你能不能用我想要的方法来杀我？我怕疼啊。”

确实，米村家里要是有惠的材料的话，事情就麻烦了。看来我是不能做出正常的判断了。

“什么时候？”

“你杀了真田之后。”米村的声音渐渐有力气了。

“真田？”

“对啊。”米村直勾勾地盯着我的眼睛，“我承认是我把惠逼到了绝境，但那是因为我爱她。可是同样逼她的真田还活着，而我却要死了，对此我实在无法接受。那个男的比我想象的更加恶劣。我做的决定太天真了。他要是不出现，惠肯定也死不了。就算是死，也应该和我一起死。你想把仇报到什么地步？”

“所有人。”

“太好了。我死之后，和惠有关的人都要死。太好了，这样我就能死得踏实了。陪葬的人越多越好。但是，一定要在我之前把真田弄死。我想在他死后再死，如果你能这么做的话。”

我的脸又抽搐了。一时间他看上去又像是从前的米村。

“你的锅我来替你背。”

我那时候不杀米村到底是对还是错？他不会跑了吧？可是，他要是留着惠的材料，事情就棘手了。还是在他家把他做了吧。我到底在干什么呢？诊所的地毯还有袜子留下的痕迹。有没有能用得着的地方？

“大衣男”？“大衣男”是谁？杀了那个男的和竹林的是个家庭主妇，不是男的。这是怎么回事？在附近被家庭妇女杀了又是怎么回事？过路杀人魔？

如此的话，那个“大衣男”是神，也就是你了？是不是你在为惠报仇。我看见的并非是个家庭主妇，难道真的是你？现在我这样还正常吗？我现在还能保持清醒吗？

我杀了真田就行了。杀掉真田就能杀米村了。没跑了，我得把真田弄死。

你要琢磨到什么时候？你还想个什么啊？赶紧弄死真田。

“大衣男”是我，一定是我。不是那个家庭妇女杀的竹林，那一定是我杀的，必须是我。我要是“大衣男”就好了。

今天心情不错，也许有些东西只能今天写。我为了杀真田，要写这些吗？有点儿东西要捋清，关于科原的事。

虽然不想再写科原的事了，但为了梳理现状或许还有这个必要。反正这个笔记，在烧给惠的时候会做修改。

新闻报道说惠死的时候，科原来电话了。心里想着不去理睬就对了，可还是拿起了电话。她好像在电话那头说了些什么，迷迷糊糊的我一开始也没搞清楚她说的是什么。听了一会儿，我才明白她在怀疑我，认为是我杀了惠。我告诉她不是，惠是自杀的。电话那头的科原沉默了。我跟她说明了情况，虽然我不知道她的真实想法，但感觉到她暂时相信了。

“唉，想见你。”她刚一说，我就拒绝了，并挂了电话。

几天后收到一封邮件，她说她交男朋友了。我发现读完这封邮件后如释重负。几天后我又收到了邮件，说她跟那个男朋友分手后，又找了一个男朋友。

这不对劲啊，但我不应该和她再扯上关系。

从那之后，科原接二连三地给我发一些奇怪的邮件。说被男的打了，说和男的分手后又找了一个。她的邮件没完没了，当时我还没注意到她想变成惠的事实，只是回复她说别再发邮件了。那时我满脑子想的都是报复与惠有关系的男人们。

也不知过了多长时间，我开始有些积蓄，想要雇侦探去调查。时隔许久，接到了一封来自科原的邮件，说她和真田好上了。

我吃惊地看着邮件内容时，她来电话了。电话铃声格外地响。我也是的，怎么不知道换个号码和邮箱地址，也不想着把她拉黑。回过神来的时候我已经拿起了电话。

“为什么是真田？”没有久违的寒暄，我直接问道。

“救救我！”

“什么？”

“救救我！”

我准备分手的时候，她得知了惠正在和真田交往，还有我想把惠从真田那里抢走的事。

我从她那刺耳的声音里，察觉到她已经有点儿癫狂了。

“我已经对小百合你没有爱的感觉了。”

如果是那时的我，不管对谁，什么样的话都说得出来吧。我清楚电话那一头她在哭泣。

“骗你的。”

“你跟真田交朋友的事？”

“不是。那个是真的。”科原深吸了一口气的样子，“现在的他呀，像个空壳。”

“真田吗？”

那时外面确实下着大雨。

“他真的是和惠交往的人吗？这么闷的一个人。也许惠死了，他也变了。我有一次见过他和惠走在一起，那时的他可和现在大不一样，脸都不一样了。惠的脸上有瘀青，直觉上就是他打的。可是，他一次也没跟我动过手。不光是这样，还变成了一个轻浮的对其他女人拈花惹草的一般人了。我质问他，要像你和惠在一起时那样爱我，但他只是摇头。我觉得反正我这种女人也就到这了，一个无法让男人为之疯狂的一般女人。”

“这怎么说的？”

“好呀，我知道。我成不了惠，死的那个要是我就好了。”

现在想起来，那也许是回头的最后机会了。有一瞬间，脑海里还会浮现我去科原那里的情景，但是马上就出现惠的身影。在大量的米村的信里，被真田搞出的瘀青还未褪去的惠死去的身影打消了这一切。科原也不和我联系了。

真田现在变成了一个轻浮的男人。那样折磨惠之后，自己的人生还过得挺逍遥，我得弄死你。之后我雇了侦探，得知真田在疯狂酗酒，酒精中毒之后连酒也给戒了，开始进入健身房健身。他生活得太自在了，真是不像话。酒精中毒怎么不死了呢？必须办了他。

赶紧弄死他，多想想惠的样子。

杀人，一月四日。

没问题，没人来，这里没人来。

我到现在都不认为自己意志薄弱。但是，我做到了，内心有点儿平静了。我现在要把那个时候的事写下来。

我厌恶下不了决心的自己，越是这样就越下不了决心。我买了一件大衣，一件不清楚具体款式、被认为是“大衣男”穿的那种灰色的大衣。现在想起来，开车的时候要是碰到巡查的话打算怎么办呢？副驾驶上放着灰色的外套，内兜里还露出来放在鞘里的刀。

有那么偶然吗？不对，称不上偶然，准确地说我还没下定决心。虽然还没决定好，但就这么开着一辆自认为能为复仇起点作用而买的二手车行驶在那条道上。黎明将至。

写啊，赶紧写啊。

停下车，我走到外面。可能我还身穿那件大衣。侦探告诉我，真田常走这条路，所以我就走了这条道。也就这样了，但我还没下定决心杀他，更没查到他具体什么时候到这里。杀真田的话最好别在外面，必须做得天衣无缝。我这干的叫什么事啊。我不禁要质疑自己是否做好了心理准备。

远方过来一个夜间慢跑的人，我心跳有点儿加速，不会是真田吧？我眯缝着眼睛仔细查看。不是吧，还真是？他走这条路是这个时间段？但是，过来的是个有点儿胖的男的，喘着粗气从我身边跑了过去。

我开始恨这个长舒了一口气的自己，又琢磨着在这里碰见真田很危险。对，那时我就是这么想的。看见我之后他肯定会有所防备。他看到我的话，杀他的时候就麻烦了。本来在这个地方就杀不了人。我想原路返回到停车的地方，但真田在那儿了。他从对面过来，正在慢跑。快要平复了的心跳，又开始加速，我都觉得有点儿疼了。就是真田，如假包换。

真田对傻站着的我投来了疑惑的目光，在确定是我之后，真田站住了。

这时候的真田真的已经不是从前的真田了，但也不像科原所说的那样是个轻浮的男人。这张脸属于一个厌世、内心空虚、得过且过的男人。他身板倒是比以前厚实了，慢跑还是有效果的吧。结实了，但是从整体上又感觉不到任何活力。对，感觉不出来。我觉得他的身体就像是假的一样，就如同用躯体来挽救那快要泯灭了的灵魂一般。他扭曲地活着。真田一脸茫然地看着我，然后仿佛知道了一切，微微点了一下头。

我就像是被真田催促一样，从上衣口袋里拿出了刀。对，那就像他在催我。我觉得这就是又一个启示吧。我确实知道他跑步要经过这条路，但是这个时间、这个地点，我无法预知。

而且周围除了我们之外也没有别人。我已经别无退路了，天时、地利，所有的一切都在显示着这是适合做掉真田的机会。这个地方像是突然凝固了一样，要助我一臂之力，又如同在迫使我去做点儿什么。

刀出鞘，拿在面前。我一点点靠近真田。

“你把竹林杀了？”

真田貌似知道勒索惠的竹林。虽然杀他的不是我，但我还是点了点头。

“惠自杀了，撇下了我。她不堪忍受我的疯狂自杀了，对吧？”

我点了点头。

“我想接下来你该来找我了……就像现在这样，在我这样跑步的时候。”真田说起来有点儿茫然若失，“求你个事儿。”

“什么事？”这是我在这里说的第一句话。

“弄就弄得狠一点儿。”双目无神的真田如此说道。

他那时候确实是这么说的。惠的身影重叠在那个杀了竹林的女人身上，然后涌入我的内心。她，不，她们，都是把面前的人一刀致命。

手起刀落，真田的胳膊下意识地做出反应，正好在我刀劈下来的范围内，鲜血迸溅，和她们那时候一样。这么想着的一瞬间，我双手握刀，深深地捅进了真田的身体。

看着我们就像是在拥抱，我紧贴着真田，他发出痛苦的声音之后开始倒下，也不看我，茫然地望着什么地方。“比我想的……”听上去像是在自言自语，他到底是什么意思？

真田趴倒在了地上，我手上沾满了真田的鲜血。刀握得太紧了，不知怎的松开时竟然需要点儿勇气。眼前就是我做的事情，那就是真田倒在了这里，绝对不可挽回。不管乐意与否，现在我的人生都要沿着这个现实一直走下去了。尸体挡住了车道，我觉着现在如果过来一辆车的话，为了避开尸体可能会发生交通事故。再有人走过来，也许还会出车祸。这个行人或许就会像过去的惠一样，受伤之后出不了家门。我一边琢磨着，一边把真田的尸体拖到了路旁。他太沉了，我的心跳久久不能平静。拖着他的尸体，我心想这是干什么呢？这个尸体会引起交通事故？我还有工夫顾及这个？赶紧跑的想法刚一出现，我就觉得两眼发黑，想喊出来，但努力忍住了。绝不能动摇，这只是个开始。我必须用平常心去对待这个尸体。看着真田的尸体，如果我犹豫就说明自己还在迷恋这个世界。绝不能犹豫，只是我的呼吸越来越急促。

“惠死了。你本来是一颗石头落地了吧？”

听见这个声音，我吓得心里一紧，回头去看，并没有人。我的两眼越来越发昏，都不知道自己在哪了。心跳快得发疼，呼吸也变得困难了。

“在你心里的某个地方，是这样想的吧？你完全了解自己的内心吗？”

倒地的真田说话了，死不瞑目的眼睛张得很大。

“现在你把我杀了，没做任何心理准备就越过了这条线。你知道没有准备的人越线是什么下场吗？”

“闭嘴。”我要把你的死献给惠。烧了他，我琢磨着把这个尸体变成烟，惠就能够收到了。

我从口袋里拿出点烟用的打火机，靠近了真田。真田的嘴唇，饱满富有弹性，像是变成了一块有生命的肉一样，好像还在动弹。烧的就是你，我觉得这块地方软和容易点燃。即便暴露了，充其量会被看作是嘴里烫伤了。我想这是没问题的，于是掰开真田的嘴，烧他的舌头。打火机的火苗方向变了，烫着了我的手指，但我却怎么也感觉不到热，此时我像触电了一样放开了真田，急忙拾起打火机。这是不可能点燃的，难道嘴里柔软就容易点燃？因为被认为是烫伤了，所以烤也没关系？我这是在干什么啊？必须从这离开。不对，我还有事要办，于是我从口袋里拿出装有米村诊所地毯纤维的小袋。还没想好如何用就带着这个了。这个？怎么把这个给忘了？把这个纤维放到真田的袜子里。我这是在做什么呢？这究竟能如何呢？嫁祸给米村？那家伙真会替我顶罪？不对。本来在这里我就不需要做什么。我撒腿就跑，我发现跑显得太明显，便又改为走。我觉得速度很慢，快要被这个地方包围住了。周围还是一片漆黑，我回到了车里。脱下大衣。那时差点儿一着急把刀给扔了，幸好及时发现，也许这就是幸运吧。

“大衣男”，自已也做了“大衣男”做的事。就像是没有事实，一个虚构出来的人干了一切。

现在，趁现在把人都杀了，别犹豫！

但是，门的钥匙好像是一个很好的替代品。不觉得吗？一上锁，房间就固若金汤，好似一座城堡。

每天早上起床，我都会觉得我杀了人。这个现实，无论醒着还是睡着都如此。刀深深地扎进了真田的胸膛，然后拔出来，就这样弄死了他。

我究竟要把自己关在屋里到什么时候？为什么连去洗澡都害怕？是因为这样就必须面对自己的身体吗？

凌驾于“人”

在忘却之前，我得写下来，趁我还能像这样写点儿什么的时候。翻着之前的东西，我觉得非常混乱，不过没关系，烧给惠的时候，会做修改。

可是，药这玩意儿太可怕了。通过药物就能够平静的话，那么大脑、人究竟是什么呢？杀了人，本应终日惶恐的我现在却很平静。那么现在的我又是什么玩意儿呢？

深夜在公共电话亭接到了米村的电话，上了他的车。电话里，他多次让我描述杀真田时的情景。

戴着手套，拿上刀。米村就是不清楚我是用这个捅死真田的吗？可我就是要去弄死他。他约我时，不敢外出的恐惧包围了我。

“我准备好了。”米村把车停在了能看得见寂寥的公园的路上说道。

我怅然若失地看着他。虽然他还是胖，不过看上去比之前瘦了，眼睛也塌陷了，脸颊一直在微微颤抖，脖子也像痉挛一样反复抽动。

“不过，求你了。让我自己来。”

我是来杀人的，这虽然是事实，但他或许就像强迫症一样在脑子里想了一遍又一遍。他所处的位置，一报警肯定会得救的，但是，他却盯着另外一个地方，絮絮叨叨地一直说着，“我来干，我现在就干。”

“那个，是这样对吧？”

“什么？”

“和惠有关系的男人们，你之后还会杀下去？”

我僵硬地点了点头。

“是吗？能听你这么说，我就满足了。得知真田死了的时候，真是大快人心，痛快。死的不光是我，一个也别想跑，这样的下场才符合我们。”之后他又嘟囔一句，“惠不在了，这世界还有什么意思！总也死不成的我终于要死了。”

米村从包里拿出刀：“你好好看着，我死啦！”

他号叫着说道，朝胸口砍了一刀，但是伤口太浅，血也只流了一点儿。

“疼啊，哎哟，太疼了。”他突然又笑了出来，“疼啊。哈哈哈哈，这不对。因为你看着我了。”

米村突然大声喊了起来：“看看，连遗书我都写好了。我不是懦夫。你看看。”

我看了一下遗书。外表如此显眼的男人会成为“大衣男”的替身吗？

“我要在生命的最后时刻变成‘大衣男’。怎么样？厉害吧，对吧？”

我面无表情地看着米村，他的脸颊颤抖着。

“但是，听好喽。之后你要超越‘大衣男’。然后你要凌驾于‘人’之上。”

突然他从包里拿出来一个袋子。

“这是安定剂。今后如果你感到自己作为杀人凶手很痛苦的话就喝这个吧。你还没服用过吧？这个程度很轻但很管用，尤其是刚开始使用时。稳定情绪之后再多杀。这个没效果时……”又拿出另一个袋，“用这个。这个是重度的。吃了它，你杀人的时候可能就会云淡风轻。”

这个药是白色的，而且有点儿大。未经许可的？是不是违禁品就不得而知了。

“还有。你想看到什么时候？弄得我跟个懦夫似的。”

说看着的可是你米村啊，可是我还是下了车。米村这次从包里拿出一个瓶子，恐怕是毒药。他很怪异地挺直了腰板，伸直了脖子，整个身体僵在那里死死盯着这个瓶子。

还是弄死他吧？我琢磨着，还是让他这样自杀？不过，结果都是一样的。忽然捅死真田时的感觉又涌上了心头。

那种刀深深扎进去的感觉，让人觉得人的身体竟然还挺硬。想着把刀一拔出来，一切都为时已晚的感觉。我的刀被真田的肌肉紧紧包裹着，他的脸颊靠在我的肩膀上。我露出的脖子那里吹来阵阵真田的呼吸，是被自己所杀的人发出的温暖轻柔的呼吸。生命渐渐消逝。但直到那时，这种感觉还是我一直想要删除的记忆。

再也不想杀了，够了，我似乎承受不了那种感觉。

米村突然打开车门来到了我面前。我还是一脸茫然地看着他，他也一脸茫然地望着我。感觉过了几秒、几分钟。米村忽然开口了，说“我不行”。

不行？什么意思？刚想到这儿，米村就回车里去了。什么不行？杀不了自己的意思？大概是认为把自己杀了之后，就能够安全了。不过鲜活的身体摆在面前，又觉得自己杀不了人了？米村铆足了劲抓起瓶子，就像是不给自己一丝考虑的余地，一饮而尽。敞开的车门里传出米村痛苦的声音。与体格不相称的是，米村的那条短胳膊动得飞快，颤抖的右手向嘴里抠去，他想吐出来。可是，就像癫痫一样动来动去的右手，怎么也放不到嘴里。他无计可施，就像是自己有了意识一样，米村的右手推着下巴。不知为何，米村就这样一直用手使劲把自己的下巴推到左边。我只是看着他这种怪异的行为。他睁着眼睛抽搐了几次之后，终于不动了。

我的心脏一通乱跳。也不知过了多久，我才想到得赶紧离开这里。我走到米村的尸体旁边，想烧了他送到惠那里，可是我办不到。米村的钱包从他的包里露了出来，我连忙从里面取出驾驶证，关上车门，拿到公园烧了。

熔化的塑料，散发出令人讨厌的臭味。就按他遗书上说的那样，把这刀扔到西之浦公园就行了？让如此胖的家伙做替罪羊成为“大衣男”可不是件容易的事，不过警察办案也将会陷入谜团。这次我比上回冷静了不少，不会是自己没动手的缘故吧，但也不得而知了。

米村开始出现在我的梦里。他躺在地上，用短小的右手把自己的下巴一直推到左边。他说道：“这是你的错。”就如同怕激怒我一样，他的眼神里充满了恐惧。

“你的错，你逼迫惠，强迫她和你在一起。不只真田和我，你也是逼迫她的一分子。”

不过现在，我的情绪稳定。虽然安定剂变得不怎么起作用了，但我还有米村给的其他药。米村的情景也不能完全说是梦。那就像是梦的一部分，即便醒了，有时候他还躺在我床边的地毯上。我一看，他就害怕得要爬走躲起来。有一次还藏在我的床底下。不过我可不马虎，还是能够顺利发现他。

来吧，谁是下一个？要弄死谁来着？

米村操纵着匪徒高柳？穿上大衣后就性情大变？到处都是模仿犯罪者，这都是怎么了？

刚才我把手表弄坏了，感觉总有点儿什么事惦记着。终于明白原因了，我发现左手上一直戴着手表，必须弄坏吗？这可是我花了七千日元买的，九千的东西七千买的。

更正一下，那个是八千的东西，花六千买的。

九千的东西，八千买的。

下一个杀谁来着？

我开始用别的药了。这个不错，一级棒啊。这个药就是我的神，现代之神就是药。我把一直没打扫的房间好好收拾了一下。来了个男推销员，他怎么害怕成那副德行？明明是我要听他的烦恼。

惠死了，可我并没有松口气。

我又杀人了，神谷骏介，一个睡了惠的男人。他被抛尸荒野了，所以一时半会儿出不了事。他以前是个男公关，还贩过毒。终于让我摸清了住处。惠连这种男的都……

写详细点儿吧。感觉有人在窥视着。不过无懈可击的我就这样盯着周围。“没事的”，从前大家都这么说我。大家都这么说。所以我肯定能行。

杀人之前喝点儿药，米村给的那个药。心跳平和得吓人，可是我却出了点儿汗。那家伙住的老旧出租房的停车场，我在这个渺无声息的地方一直等着。画在停车场地上的白线太过清晰，让人头晕。在他要上车的时候，我捅了他。从背后拍了拍他的肩膀，在他转身的一刹那我出手了。动手之前，不知怎的觉得让他知道是我比较好。吓了他一跳吧。保持平静的我是值得信赖的。我在漫画里看到过那种笑着杀人的，不过也没什么开心的，所以我也笑不出来。

然后（不是我自夸）进行得很顺利。直接把这家伙塞到车里，我一踩油门抛尸荒野，就这么简单（真的就这个样）。要发现那个地方，可得费点儿时间。我就开着这家伙的车，径直回到了他住的出租房停车场。把车往那一放。这个蠢货，车表面都是灰尘，所以从外面看不到他溅到车座上的血。

我无所不能。

洗个盘子，但是洗好的盘子摆得不整齐这一点让我很纠结，使得我花了点儿时间。一个偏差就会引起致命的崩塌，我小心翼翼地把盘子放好，不然是会碎的。这么想很危险，但是如果具备了破碎的需要，便会觉得碎了才是应该的。

杀人的顺序，就是这样排列的，对吗？有没有疏忽大意的地方？不过，我害怕想这些。

我看了一个偷猎犀牛的纪录片。犀牛被杀的时候，真是感觉可惜到了极点。眼泪始终没停过，就连现在也是，一想起来我还是泪流满面。这是为什么呢？怎么能对犀牛做出这样的事，怎么下得去手？

今天很放松，还是不看以前的笔记为好。就是感觉心情时好时坏，不过这两天稳定了，还是一样犯困。

这个笔记写完之后，如果有人来读就好了。当然是惠与神来读了，可是那边会怎么看？要是等到尘埃落定之后再读，看的人可能早就知道今后发生的事情了。那个所谓的“今后”连我都还不清楚。要去看事先已经知道的事情，这就是神的视角吧。

这次我犹豫了，难道是把药换回轻度镇静剂的缘故？不过，我还是办到了。

那家伙在我用绳子勒住他脖子时应该就已经死了。那我想把他整个都烧了又是为什么？光烧驾驶证不就完了嘛？况且烧他也是把驾驶证烧完之后的事。我还是一五一十地写吧。我怕了，强烈的后悔让我更怕了。马上泼水，我想让他清醒过来。可是这种交通事故的惯犯活着，就还会出现像惠一样的受害者。所以我认为就得让他死得透透的。碾死你。用车压在他身上。这次没戏了吧？我把要隐藏尸体这事给忘了，不过也回不去了。再也不想碰他了，就是他把惠给撞了。

然后我去了奈良。

再也不杀人了，我受够了。

轻度镇静剂不起什么作用了。即便换回那个药，手里也没多少了。都用完了的话，到那时会怎么样呢？

我要一直杀下去，不断超越过去。我的大脑一直在思考，但大脑似乎也要离我而去。我的意识，也就是要把“我”转移到某个地方，这是通过吸引大脑自身来实现的。但是我依靠米村的药，把眼睛睁得更大了，为了不让“我”被带走。

不过，那个米村倒是消失了。常常趴在我房间里、用右手把自己的下巴推到左边的米村消失了。那个明明是我疯狂的写照，但我却靠这个清楚地认识到自己的癫狂，所以我才没有疯。不过我的疯狂化身米村不在了，就像是把我给撇下了。何为孤独？我开始寻觅起米村的幻象了。

我得捋一捋科原说的事。

她一直在我屋前等着，她看上去变化很大，只是眼角下的痣还是老样子。

她说有些事别人听到不好，还是屋里谈吧。但是，她的眼神已经不再是还对我有所牵挂了。我抵不过她那一张严肃的脸，就让她进了房间。我背着她喝了药。

“你就是‘大衣男’吗？”她突然问道，“不，不是。根本就没有‘大衣男’。但是，是你杀了真田吗？”

她打开了话匣子。得知真田被杀时，她马上就想到是我，但那时都认为作案的是“大衣男”。当时大家都觉得是“大衣男”用刀袭击女人即那个家庭主妇，所以她就排除了我。原因是她认为我不可能对女性使用暴力。

“可是，今天市高署的警察又来了，之后问了我有关惠的事。”

我的心跳开始加快。

市高署的警察？为什么？“大衣男”案子的走访调查。惠的名字？我眼前一阵发黑。怎么联系上的？他们怎么知道的？

“他们问我的时候，我才发觉果然是你杀了真田。哎，是吗？对吧？”

“你怎么说的？”

“嗯？”

“之后呢？你怎么说的？”

科原睁大了眼睛看着我：“果然是你。”

“快告诉我。”

外面的雨下得很大。我想起来之前和科原通电话的时候，也是下着雨。

“刚开始也没提到你和惠的名字，只说了我和真田交往时对他的印象。怕不小心说出你的名字，我只说有关真田的，说得很详细。可是……”

“可是什么？”

“警察问我是否认识惠的时候，我说了她是真田的前女友。”

“你说这个干吗！”

“因为……”她提高了嗓门，“要是‘大衣男’不存在的话，我害怕杀了真田的人是你。然后，市高署的警察又说真田还和一个叫什么的死者，好像是个医生，都和惠有联系。都到这了，杀了真田的除了你还能有谁。我想阻止你，所以我就……”

“我的名字？”

“还没说，不过……”科原小百合盯着我，她看上去眼含热泪，“这次我会说。所以求你了，去自首吧。”

那时候我是一副什么表情？

“真的就只说了这么多？”

“什么？”

“真的是想让我住手，说了惠和真田的事了？你这看起来貌似对我一点儿都没感觉了。搞新对象了？那么我这边也就无所谓了？”

“你说什么呢？”

“你是不是还想给那个警察来点儿福利啊？想协助他们？不该说的也说了一通？还不经过大脑说了点儿博取同情的事？刚才一提到警察你就不安分。不会是，你对那个警察有意思？”

科原低下了头。我虽然说的都是没有把握的话。不过，也并非全都对不上。

“你还是小心点儿吧。警察嘛，得装得亲切。那是为了办案，才那样关怀你的。要是这两下子你就爱上了他，你可是病得不轻啊。”

我怎么在那个时候说出这样的话？本来我觉得她会气得发作，不过她只是低着头一动不动。我也默然看着她，可明明是我伤害了她。我的神经，真是崩溃了。

“喂，你回答我。”科原开口了，“是你杀了真田吗？”

我们四目相对，外面还一直下着雨。

“对。”我回答道，“我杀的。”

我那时怎么说得这么干脆，虽然不得不这么说。但话一说出来就得将科原小百合灭口，也就是必须杀了她。我下不去手，所以得争取时间。

“不过，我已经报仇了。我杀了真田，米村也自杀了。一切都结束了。”

“自首吧！”

“听着，你觉得我就杀了真田一个人吗？我还杀了其他人。神谷骏介、小竹原满，这就三条人命了。进去就是死刑。”

科原像丢了魂一样地看着我。

“不过都结束了，我不会再伤害别人了。即便这样，你还想让我去自首？想让我死吗？”

“不是那样的。”

“别说出去。等机会来了，我会跑得远远的，直到无路可逃。”

科原小百合能替我保密吗？哪怕是一段时间。这下我就得加快速度了。正好，一鼓作气，一勺烩。下一个间岛、栗林、户冢……

我得保持冷静，还有时间。市高署的警察不会这么快的。这就是一场赌博。去喝个药，好像要犯困。

最终我会被捕吧。中岛和小桥，虽然我不认为他们两个是很犀利的那种，但是相当执着。罪犯怕的也许不是锐利，来硬的话可以应付，可是对于执着就束手无策了。我这边背了人命，心理承受力会消耗殆尽。

因为服药的关系，我感觉困得不行，但不能暴露了。

那个叫小桥的女的，我盯她好长时间了。她有点儿像惠，说不上是脸还是整体的感觉。她把世界和平冻糕上的国旗拿掉的时候，我禁不住笑了出来。不过，在这之后我立刻又想哭了，这可真是要了命了。

因为我不配笑。背了人命，没资格和其他人一样去感受生活的一幕幕。远离了，这个世界；远离了，这份温暖。

那个叫中岛的警察，夹着什么东西。或许和我是一种人，我能感觉到。

他不会恨那些可憎的罪犯。他的话也许我能懂，要是他的话……

可是，我怎么跟竹筒倒豆子一样，什么都说了。有关惠的事，一件件的。开始的时候还好，一副玩世不恭的样子应该让我装得不错，还想有意无意地打听他们到底掌握了多少有关真田和米村的情况。不过，我也觉得就这样结束对话有点儿太没劲了，所以，说了多余的话。就想再聊聊，哪怕就一会儿也好。

我这是怎么了？脑海里浮现一个场景，好像给我送终的是中岛或者小桥其中之一。我这是怎么了？

我要被抓了，那两个人肯定会逮捕我。全完了。但是，不知怎的我有点儿放心了。真是卑劣，仇还没报成，就要结束了。可我还得杀多少人？要再体会那种感觉多少次？被挡在温情之外的我，无论吃什么都索然无味。即便这样，我今后还得杀下去，直到最后连记忆都保不住。变得只会一味地杀戮，筋疲力尽之后意识也跟着支离破碎，逐渐消逝。然后不就成了一个连“我”都称不上的东西吗？即使脸上挂着笑，也并非我在笑。怒不可遏，但生气的并不是我，就像现在这样。如同未被疯狂吞噬，相对在内心深处尚存着一点正常的我，正在最靠近疯狂的地方被迫感受着狂躁。

救救我，说得出口吗？我配吗？

我现在感到有 股眼神，正从上方盯着我写下的这段文字。那是一股强烈的眼神。

我对这个眼神有印象，却想不起是什么时候了。这就是神吧！神哪，是你的眼神吗？

这眼神来自庞大到无处不在的神。作为渺小个体的我，被庞大无比的存在凝视，这种感觉叫什么？这算是什么？神注视着人，注视着每一个人。但是，又能怎么样？不会仅限于此吧。我的人生是一个现象，神注视着作为行动主体的我也就是我这个个体，并且掌控着我。不过，尽管如此，神也没对我做什么。

我觉得自己被注视着，奇怪的是反而有一种很踏实的感觉。即便也没对我做什么，仅仅是看着。神注视着这个想方设法去闯荡这个艰苦的世界并完整度过一生的人。

但是，我不会接纳神，也就是你。不会认可这个把惠变成了那样的世界。

我要躲避你的眼神，凌驾于人，到达让你看不到的境界。要怎么做我才能这样？杀了科原小百合怎么样？我在这世上恐怕最不能杀的人就是科原小百合。杀了她，我岂不是泯灭自我了吗？那也就成了我彻底否定了这个世界，并肆无忌惮地对其进行侮辱的证据。

不行，我不能这样。

不对，我为什么不能这样？不去做的话，不就等于接纳了这个世界吗？这个没有惠的世界。

没错，我以后也必须死，这都是你的错。米村的幻象不就是这么说的吗？他说得对，把惠逼死的罪魁祸首就是我。步步逼近企图改变惠的生活，又想把她拽到和我在一起的倒霉日子里，所以一直强迫着她。我最该杀的人是我自己，我的复仇对象就是我。

不对，这是种逃避吧？为了逃离杀人的情境。

也不知道家里的电话是什么时候响的。这是外面随时都能联系到我的渠道。这是有可能的，所以我把电话线拔了。快看，这个电话的样子，这个形状好像是拿起话筒就想坦白！

本来就是科原小百合的不对。

瞄着杯子里的液体，我感到晃动的水面像是活的，吐了一地。水被杯子围在里面，显得十分拘束。

这都要怪科原小百合不是吗？

要是科原小百合没有出现的话，我不就能和惠继续在一起了吗？不就能和惠同生共死了吗？

千万不能杀了科原。

间岛俊该死。他欠了一屁股债想开溜，我本该杀了他的。这是为什么？可是脑海里出现了两个面孔，市高署的警察，中岛和小桥这两个难缠的人。他们那种比起追捕嫌疑人更迫切地想要制止犯罪的心情，迫使我想找一个替罪羊，为此我把小竹原的银行卡给了间岛。这家伙只要一用，自助取款机就会拍下他的样子。正好他也失踪了，可以干扰警方的视线……

我走到外面看看天，在东京基本看不到星星。明明天气还很凉，我却感到一阵暖和。

这是怎么了？想到这，我才发现自己穿着大衣。大衣的材质给了我温度。温度，让我这样的人感到了温暖，我突然流下了眼泪。

假如神，也就是你，在这个世界上代表善意的话，那么这份温暖是你给的吗？如果你不单单是善意的化身，而是这个世界的“全部”的话，那就等于这份温暖是你给我的吧？

如果是的话，假如你还没有弃我而去的话，我只想问一句，我到底该怎么办？

人活着有自主意识吗？我该从我人生的什么地方重新来过？在哪里？如果我们没有自主意识，那么我们又是什么？自主意识受不受限制？又为何要限制我们？

我的人生、我的性格、我的方向。我们必须生活在限制的范围里。某些人不会突然间就变得开朗。我们的自主意识被限制了，这是为什么？我到底是什么？真田的尸体说“惠死了。你本来是一颗石头落地了吧”，是真的吗？真田尸体说出来的，就是真的吗？我内心的一部分，连我都无法完全了解的意识的一部分，是这么认为的吗？但这是我的错吗？你连这都要制裁吗？

你不是看着我们，而是要品尝一切吧？品尝我们的不幸与悲伤。如此的话我会努力摆脱你的喜好。不对，也许我的疯狂也会让你觉得津津有味。

如果这样的话，无论神存在与否，这都是个充满绝望的世界。我们无法逃出神的手掌心，把我嚼了吐了扔了吧，别再享用我了！我要逃离这绝望……

如果杀了科原小百合，如果杀了最不该杀的女人的话，就等于我把你创造的世界侮辱得体无完肤，也能够给你的世界添一块你意料不到的污渍。你品味的对象是人的话，我就要超越人成为你琢磨不透的存在。这样的我，你还享用得了吗？那么我唯有继续进化，直到彻底摆脱你为止。

人失去一切的时候，来自疯狂的诱惑将会乘虚而入。

谁来阻止我？我不能杀科原，那样我会发疯的。

科原生日的时候给她买点点心，下毒送给她。她回到房间，一吃就死吧。我已经忍无可忍了，我也想服毒。我还得向自己复仇，反正横竖都是死。

我准备了点心，我把自己弄得也挺好。

写点什么……犯了难。只有在头脑冷静的时候才能写。语言就是逻辑，趁我还有点儿逻辑的时候……我能写完吗？能写完这事吗？

谁能阻止我？我约了科原在咖啡馆见面，把这个毒点心给她吃。谁来帮助科原？

挂钟下面有个桌子，窗帘折痕太明显了。

今天是个大晴天，我药喝多了。别品尝我！别品尝我！

今天是阴天，一直喘气难受。我知道原因了。桌子旁边，电线紧紧地缠在了一起。要是那个解开了，可能会轻松点儿。别看我的笔记。

今天晴天，没药了。

好久没写了。在便利店有一个男的撞了我一下却一声不吭就走了。为什么这个态度？

不行了。我想让心情平静下来，可还是特别纠结于昨天那个男的。

正义使者，我来也。

制定计划。我埋伏在便利店了，可是那个男的今天没来。跑了？不过我明天一定找得到他。那个泄密的。

我来到车站。

忘带乘车卡了。排队买票，本想将零钱都放进售票机里，有一个进去被退了出来，还得再放一次。准备过自动检票口的时候，前边的人出了点状况。磨磨蹭蹭，我一咂嘴。为了让那个人听见，我故意弄得声音很大，然后表示我很忙，就从那人身边一路小跑过去了。

电车来了，是这辆吗？我有点儿拿不准，但还是上去了。车已经满员了，很多人挤在一起。挨着我的这个人怎么发抖了？我这么想很好笑吧。广播报出了站名。是那里吗？可能就是这里，我赶紧下车了。新宿车站有很多线路通过，跑得我直喘气，我也不清楚要去哪儿。线路太多了，去哪儿好呢？这么火急火燎地要到什么时候？我必须要让大家看到我忙碌的样子，要让人们都认为我很忙。

我上气不接下气地坐在候车的椅子上，旁边的女的看起来很善良，我想让她觉得我忙得要命。

“忙死了。”我这么说，“哎呀，真服了。看把我给忙的，我还得像这样拿手机来看工作日程。”

我一直这么说着。她看起来很善良。

“以前哪，我还有块手表。现在就这样了。我那时候可是正式员工。那块手表七千日元哪。九千的货花七千买的，不对，九千的东西八千买的。”

不过，那个女的走了，明明一副那么善良的样子，为什么不听我说？下次要是再碰见，我就不客气了。白衬衫，黑裙子，头发垂至两肩，丹凤眼。

吸烟室里有泄密的，还是个女的。很明显她一直在看我，突然就把目光移开了。她离开的时候我跟上去就对了。反正都得杀了，不如之前侵犯她一下。不过，我提不起那个心气，还是算了吧。今天小风吹得凉快，这小风真是不错。不用着急了。

说起来，我怎么就成杀人凶手了呢？

我出什么事了？如果翻翻这个笔记，或许就能明白我都干了什么。

“您今天可以回家了。”我说完，科原小百合无力地从椅子上站了起来。

“我还想再问您点儿事……今天先到这里吧。”

我和小桥两个人把科原送到了市高署门口，其间我把暂时保管的她手上的东西还给了她，是放着手机和钱包的挎包，里面还有一个包好的点心。

“这个是……”小桥看着这个包裹问道。

“他……吉高，在咖啡馆的时候送给我的。今天我生日。”

科原拿着装有点心的包走了，我们目送她远去。

我直接坐了下来。看见雪原后我叫住了她，要了根烟。

“中岛，你不是戒了吗？”

“就来一根……憋不住了。”

我点了烟，雪原看了我一会儿就回局里了。就剩下我和小桥。我从口袋里取出打火机，一个已经打不着火、写有 COMPLEX 字样、用掉了色的打火机。

“谁都阻止不了我。”无意间我嘟囔了一句。

小桥站在原地，一直看着科原的背影渐渐走远。

“是啊……可是……”小桥小声说，“也许中途就住手了吧……伤害惠的那些人当中还有活着的。”

“是吗？”

“是的……我认为是那样的。”

烟快烧完了，抽完这根烟，我又必须切换回那个刚毅的警察。

外面天色渐暗。人再怎么拼命，今天一天还是要过去的。

“不过……”小桥继续说道，“吉高没救了，他死了。”

抽完烟，我站起身来。吉高最后是揣着什么想法死的，要是能再和他聊一次就好了。

“虽然判了死刑，不过在这之前也许会有一段平静的时间。”

是怎么样的心理状态让他做出那样的事？现在笔记被烧毁了，也就不得而知了。为什么吉高会半途放弃报仇？

“椎名启子和西原在哪儿？”

“据看护说，好像能听到说话声，是西原的声音。……他说，我们已经不能活了。”

“如果在病院里，椎名启子应该会拒绝。”

“是的。但是如果和西原一起的话……”

大家沉默了一阵。他很有可能已经死了。他们的行为虽说罪不可恕，但还是应该活在这世上接受惩罚。有必须要死的人吗？我不知道。

“效仿‘大衣男’作案的，也被逐个逮捕了，当中还有自首的人……不过那个在电视采访中捅人的男人还没到案。部分周刊也开始报道，传言是不是警察局某人的儿子。说是捅人的人已经自杀了。貌似想就这么不了了之。”

一个警察匆忙坐上了警车，犹如来自迷雾的组织，一个充满干劲跑现场的警察，长着棱角分明的脸，正在朝同事大声喊着什么。在现场工作的人们都这么拼命工作。警车马上就开走了。

“我现在准备去看看高柳。他差点被当作‘大衣男’，吃了不少苦头。怎么说呢……去帮帮他吧。”

我说完，小桥朝我笑着说道：“不过，你还是先联系科原吧。”

“啊？”

“害怕恋爱是没用的，死了都要爱才是恋爱呢。”

“什么啊，看把你给神气的，还用这种口气和我说话。”

“这你别管。”她指着我说，“去谈恋爱吧，离了一次婚的警官。”

我就那样张嘴看着她。还想再说，可是我累了，只好作罢。从自动售货机上买了罐咖啡，顺便也买了上次请小桥喝的那种让她面露难色的红茶递给了她。小桥眉头一皱，不过就像是认为搭理你我就输了一样，继续说道："杀害竹林的横川被捕了，也知道了杀害真田的凶手。虽然还没有确切证明米村是自杀还是他杀的证据，可是不管怎么样都与吉高有关。办案总部的工作到此结束……该在这里道别了。"

我还想说点儿什么，可一时又不知道该说什么好。

"我们所属的刑警和搜查一课的相遇，是发生事件的时候……在有人遭遇不幸的时候，真是讽刺啊，只能在那种时候碰面。"

一阵沉默。突然小桥不经意间看向我这边："不过，我会给你发邮件的，骚扰邮件，伪装成一点进去就被诈骗的、网页跳到交友网站的。"

"别闹。"

"后面写上'我是科原'的邮件名发过去。"

"别闹啊，说正事。"

我这么一说，小桥开心地笑了。

尾　声

科原小百合回到了自己住的公寓。

我觉得房间空落落的。房间里有放着笔记本电脑的桌子、衣柜、排列着小说的矮书架、小电视、单人床。就好像这屋子里的家具，都在责备我的孤独。科原这么认为。

房间变得冰冷，因为没有人在。不过她觉得即便自己在这里，屋子还是依然那么冰冷。

检查窗户有没有开着。我回忆一下，回家时自己是不是用钥匙开的门，也就是自己锁没锁好门。没错，我确实用钥匙开的门，还有咔嚓一下的感觉。要是门没锁，胆小的我肯定就会慌了神。科原翻来覆去地想着。

因为可能会进来陌生的男人，所以必须把门锁好。没上锁的门形同虚设。那时候，读高中的时候，我的房间门上要是有锁的话，应该就不会发生继父进我房间的事了。

忽然一股寒意袭来。科原有些在意房门锁好没有，就去检查了。她还是不放心，把锁打开一次，又锁上了。

远处传来一阵警笛声，是什么人犯了事的声音、是什么人出了事的声音。

科原从包里拿出手机、化妆包、笔记本和大钱包。裹着点心的包就在挎包的最下面。吉高给她的，在她生日那天。

生日，庆祝人出生的日子。科原拿出点心小包，她觉得房间里就这个被包装好的点心洋溢着一种存在感。

将点心放在桌子上，一直盯着看。这里面有毒，科原想着，一定是的，吉高打什么主意，我是清楚的。

科原还一直盯着点心包，不知道什么时候眼泪已经流出来了。可是，我还是要吃，因为……科原认为，因为……

通过桌上的镜子，科原看到了自己的脸，眼睛下面的痣还在那，上面沾着泪。

科原在吉高撇下自己走的那天，神情恍惚地出了公寓。

她也不知道自己要去哪里。就这样在途中因为觉得路过的便利店灯光很刺眼，随即改变了方向。有人朝自己说话，一个高个子的男人过来搭讪。科原停下脚步，茫然地看着他。这是一个显得挺干净的男人。要是跟他上床的话，我就会痛快了吧？科原考虑着，如此作践自己，折磨自己，如此就能有种通过糟蹋自己来报复了什么的感觉了？不过，她没搭理这个男的。我都能估摸到之后她后悔的样子。接着来到了惠的出租房前面。这是为什么？科原想着。可还是觉得自己要去的地方只有这里了。自己现在打算干什么？明明什么也做不了，跟别的女人抢男人，自己怎么会做得出那样漂亮的事，胜负早已知晓。

事到如今，科原回想起来觉得还是那时把惠杀了好。这样一来，至少惠应该能死得幸福点儿。

对于脑子里时而会出现自杀这条路的科原来说，比起让绝望的自己来结束自己的生命，还是被别人杀掉看起来显得幸福。当然这不是能做比较的事。科原也清楚没多少人会对这种想法有同感，可她还是这么认为。

什么也做不了，更别说是去见惠一面了。那时科原站在惠的出租房前呆呆地发愣。透出点亮光，一想到她在里面，焦虑就会转化成紧张。还是回家吧，她如此想着。然后再次回到孤独的生活，担心门没上锁，走夜路时提防身后的日子，一声不吭地待在发凉的屋子里。她每天往返于公司、咖啡馆、家，过着三点一线的生活。

可是，科原还继续站在惠的房门前。

虽然没有勇气，但是她想试试自己的极限在哪里……她的心跳加快，科原翻了翻自己的包。

她从包里拿出了信，吉高给她的信。让惠看看这个怎么样？科原琢磨着。要是给她看这个的话……

虽说吉高光草稿就打了好几份，可他自己却记不清那封信是怎么写的了。不过，科原记得一清二楚。内容虽然和吉高笔记里写得一样，实际上那个信在文尾上是不同的。

“与小百合在一起的日子，我是幸福的，真的很幸福。但是我恐怕不是因为爱她（惠）才想跟她在一起的。这肯定不算是恋爱。我不过是想让自己痛苦才要和她在一起。她这个女人和小百合有着同样的过去。要是你（科原）的话我能幸福，可是和她（惠）一定不能。我打算和她同归于尽。”

科原认为，惠看了这封信后就明白吉高其实不爱她——她会发现妨碍吉高幸福、成为绊脚石的是自己吧？她也会注意到正是自己让吉高走向绝路的吧？

心痛的时候，科原把这封信送到了惠门上的收信口。可是，科原回想起来，自己并不是真的想把信放进去。

科原认为自己没有那个胆量——我是因为生气、因为对惠羡慕嫉妒恨，可我在做缺德事之前，只不过是做做样子。因为如果那样的话，在将要把信放进去的这段时间里，心情也许就能痛快些。但是我会半途而废，自己还是没有那个勇气，只好有气无力地回家。真把信拿到紧挨着收信口的时候，我的手在发抖。往里稍微推一点试试，就一点儿，这么想着，用信把收信口的盖子推开了一点，信也跟着稍微进去了一些。再来一点儿，再放进去一点点时就抽出来。就在这时，我感到摇晃了。就好像收信箱快要坏了一样摇晃起来。之后过了很久才知道，是因为那个精神科的人一直把多到不行的信强塞进去的缘故，收信箱才快要坏了。收信箱摇晃了一下，发出咯噔一声。这个声音像是让我暴露了，于是一股恐惧袭来，惊恐的一瞬间，信掉进去了……

我浑身无力，这是干了什么事啊。为什么这么干呢？我得把信拿回来。想到这，门里面有人朝这边过来了，肯定是惠。看到门上的猫眼，我觉得她在看我，要看看我的样子。我这张眼睛下面点了颗痣的脸、愚蠢到企图变成惠的自己要被看见了。不行，这绝对不行，我唯独不想被她看到。

回过神，我一路狂奔，跑得上气不接下气。停下来的时候，又想起自己做的事。可是，当时我真是不小心才把信掉进去的吗？我心里好像有点儿什么，我内心里将收信箱摇晃吓了自己一跳当作借口，是它让我这么干的。因为自己现在觉得非常轻松，感到心中窃喜。

这样一来，我就能玷污她和吉高将来的幸福，就能让她明白吉高其实不爱她。此时我才发现自己已经满眼泪水，僵在了那个地方。这是多么愚蠢的想法，我是多么丑陋。我就是这样，我就是这样。

可是，我不敢去找她。我想还是写信吧，在那里给她道个歉。正在发愁该怎么写才好的时候，我得知了案件，也就是她自杀的事。

自杀，吉高跟我说了原因。她是被真田，还有医生，就是最近才知道名字的那个米村他们逼迫的。不知道吉高自己有没有感觉出来，恐怕也是吉高把惠逼得自杀的。不仅仅如此，还得加上我。最后把惠推向自杀的人是我。浑然不知惠都到了要考虑自杀的地步，在这种情况下我还把最不能让她看的信给了她。

但是，吉高并没有注意这些。这是为什么呢？自己写的信应该在屋子里，不会是被惠处理掉了吧？吉高说有烧了什么的痕迹。惠袒护我，为了让我和吉高能走到一起。那封信上写着我和过去的惠很像，所以她才这么做的。她还为我着想，在要自杀的精神状态下。

我不是突然就想要和真田交往的。我以为爱上那种人，我就可以得到惩罚。我想就像惠一样，经历过很多不同的男人，再被真田强暴。可是，真田就像是一具空壳，并不对我拳脚相向。纵使我求他，他也只是无力地看着我。没能受到惩罚的我被晾在了一边。吉高，这是我的罪过，是我犯下的罪过。吉高，在你抛下我的那天。吉高，在你抛弃脱下衣服想让你最后抱抱的我的那天。吉高，在你消失的夜里。

科原小百合看着桌子上的点心包，又止不住地流下了眼泪。

必须要告诉吉高，我本来是这么想的，但是我没有胆量。更何况我还知道他为报仇杀了人。我只能保持沉默。就算现在我坦白，又能怎么样呢？即便最后推她的人是我，他复仇的事实也一定不会消失。而且，我还发现自己傻到对那个警察中岛有了强烈的好感。心烦意乱的时候，吉高联系了我，说想送一个生日礼物给我。

他已经不正常了，两眼空洞无神，看着我的斜上方，一直在说着什么。然后，递给我这个点心的时候还说了句“这下我就能凌驾于人了”。我就全明白了。为了接下来的杀人，得除掉我这个让他受良心谴责的对象。他要通过这种疯狂的行为，进一步改变自己。脱离人类，变成其他什么。那么，如果这样的话，我想帮他。他即使现在住手了也是死罪。我觉得那就让他彻底疯了吧。彻底疯了的话，他就不在了，也就没有痛苦了，复仇的事也就消失了。之后，他被诊断为精神失常。如果能让他疯到都判不成死罪的地步，也就因此救了他的命。所以我要吃下后死去。这么想着就收下了。他只是自己察觉不到而已，这才是真正的报仇，因为我应该出现在他的复仇名单里。他虽然死了，但是复仇还在进行。

科原打开点心包裹，里面是巧克力。看到这些，她的眼泪又流了出来。点心已经散架了，他真是笨蛋，以为这样就不被发现了，明摆着里面加了东西嘛。

但我还是要吃，我没有活下去的资格，我要帮他完成复仇。我一死，这件事才算真正意义上的结束。

手机突然震动起来，科原条件反射似的看向手机。她对自己的视线做出这种举动感到厌恶。她看了一下手机屏幕，是那个警察，屏幕上显示的是中岛。

那个人给我打电话？他在意我了？从他身上感到的好意，不是错觉。可是科原已经泪流满面，她不能接这个电话。她认为那样太卑鄙了，不能那样做。

科原把一直震动的手机放在床上，盯着桌子上的巧克力。科原想等这个电话震动一停就吃了巧克力，不需要遗书，对谁都没什么可说的。

手机突然不响了。停止的瞬间，房间仿佛被寒冷寂寞所包围。这是一种熟悉的感觉。科原笑了，这是一种安静的感觉，这是一种孤单的感觉，也符合我的结局。

但是，手机又震动了，科原一看还是中岛。

如果，科原哭着想，我把做的事都说了，中岛还能接纳自己的话，我就活着。这种卑鄙的想法，我可以有吗？怎么可能？怎么可能？可是，即便这样，我还想追求那份温暖。就算不被世人原谅，受世人指责，就一点，就那么一点点温暖，我想活下去。目前为止虽然没什么好事，但是，我还是想活下去。就算得不到原谅，能够在一个地方、世界的一个角落，和一个人平静地生活下去的话，这份祥和如果像自己这样的人能够得到的话……

这是不被允许的。科原虽然这么想，但还是又看了一次手机。它一直在震动，科原觉得这震动好像在不断地传达对自己的关心与体贴。

科原泪流不止，拿起手机，声音颤抖着接通了电话。

图书在版编目（CIP）数据

你消失的那一夜 /（日）中村文则著；万鲁建译. —北京：中国工人出版社，2019.1
ISBN 978-7-5008-7133-0

Ⅰ.①你… Ⅱ.①中… ②万… Ⅲ.①长篇小说—日本—现代 Ⅳ.①I313.45

中国版本图书馆CIP数据核字（2019）第035587号

著作权合同登记号　图字：01-2017-5345

你消失的那一夜

出 版 人	王娇萍
责任编辑	葛忠雨　周小彦
责任校对	董春娜
责任印制	黄　丽
出版发行	中国工人出版社
地　　址	北京市东城区鼓楼外大街45号 邮编：100120
网　　址	http://www.wp-china.com
电　　话	（010）62005006（总编室）
	（010）62005039（出版物流部）
	（010）62379038（社科文艺分社）
发行热线	（010）62005049　（010）62005042（传真）
经　　销	各地书店
印　　刷	三河市万龙印装有限公司
开　　本	880毫米×1230毫米　1/32
印　　张	9.25
字　　数	247千字
版　　次	2019年4月第1版　2019年4月第1次印刷
定　　价	45.00元